Eierlikör und tote Herzen

Der dritte Fall für Loni und Anneliese

von

Kerstin Mohr

Impressum

1. Auflage April 2025
ISBN: 979-8-31246-713-0

Kerstin Mohr – alle Rechte vorbehalten

Kerstin Mohr

**c/o Fakriro GmbH
Bodenfeldstr. 9
91438 Bad Windsheim**

hallo@kerstinmohr.de
www.kerstinmohr.de

Lektorat: Michaela Diesch – www.michaeladiesch.de
Korrektorat: Ilka Sommer– www.autorin-ilka-sommer.de
Covergestaltung: Laura Newman – design.lauranewman.de

Sämtliche Inhalte sowie das Coverdesign dieses Buches sind urheberrechtlich geschützt. Jede Verwendung, auch in Teilen, ist ohne die ausdrückliche schriftliche Genehmigung der Autorin unzulässig.
Kein Teil dieses Buches darf ohne die ausdrückliche schriftliche Genehmigung der Herausgeberin reproduziert, in einem Abrufsystem gespeichert oder auf irgendeine Weise elektronisch, mechanisch, fotokopiert, aufgezeichnet oder auf andere Weise übertragen werden.
Urheberrechtsverstöße können zivil- und/oder strafrechtliche Folgen haben.

Die in diesem Buch dargestellten Figuren und Ereignisse sind fiktiv. Ähnlichkeiten mit lebenden oder toten realen Personen sind zufällig und von der Autorin nicht beabsichtigt.

Auch das Hotel „Zum Räuberherz" im Soonwald existiert nur in der Fantasie der Autorin.

Personenverzeichnis

Loni – Rentnerin und Hobbydetektivin

Anneliese – Lonis Nachbarin und beste Freundin, Rentnerin und Hobbydetektivin

Julius – Lebensgefährte und Nachbar von Loni, ehemaliger Kriminalhauptkommissar

Erich – Lebensgefährte von Anneliese

Emma – Enkelin von Loni, Hochzeitsfotografin

Jupp – Patenonkel von Fred von Thalheim, Dorfbewohner von Mühlbach, dem Heimatort von Loni und Anneliese

Willi – Jupps bester Freund, Dorfbewohner von Mühlbach

Laurens – Enkel von Loni, Zwillingsbruder von Emma

Jack – Lebensgefährte von Laurens

Hannes – Lebensgefährte von Emma

Die Hochzeitsgesellschaft

Frederik (Fred) von Thalheim – Bräutigam

Constanze Engelhard – Braut

Rosamund von Thalheim – Mutter des Bräutigams

Konrad von Thalheim – Vater des Bräutigams

Marius von Thalheim – Bruder des Bräutigams

Adele von Thalheim – Großmutter des Bräutigams, Mutter von Konrad

Inga Krüger – Trauzeugin, beste Freundin der Braut

Nick – Trauzeuge, bester Freund des Bräutigams

Finn – Sohn von Nick

Claudine – Cousine des Bräutigams, Brautjungfer

Lola – Tochter von Claudine

Nanette – Cousine des Bräutigams, Brautjungfer

Kayla – Tochter von Nanette

Hotelpersonal

Cornelia – Kellnerin

Irmi – Spülhilfe

Dimitri – Beikoch

Die Polizei

Elif Göktan - Kommissarin

Maximilian Meierle - Kommissar

Dr. Schnitthagen – Rechtsmediziner, Patenonkel von Kommissar Meierle

Kapitel 1

„Anneliese, vor Gottes Angesicht nehme ich dich an, als meine Frau. Ich verspreche dir die Treue in guten wie in schlechten Tagen, in Gesundheit und Krankheit, bis der Tod uns scheidet."

Erich sprach mit Nachdruck und sah Anneliese dabei tief in die Augen. Die bemühte sich, ernst zu bleiben. Sie bemerkte, dass Erichs Mundwinkel amüsiert zuckten. Der Pfarrer sah sie an und nickte auffordernd. Anneliese stöhnte leise. „Erich, vor Gottes Angesicht nehme ich dich an ...", leierte sie herunter.

Weiter kam sie nicht. Die Tür der kleinen Kapelle flog mit einem lauten Krachen gegen die Wand. Der Pfarrer zuckte zusammen. Anneliese wandte sich um. Eine Frau in einem Brautkleid stand in der Türöffnung. Rote Locken umrahmten ihren Kopf wie ein Feuerkranz. Das Gesicht hatte sich farblich ihrer Haarpracht angeglichen.

„Was soll das bitte schön?", fauchte sie, raffte ihr Kleid auf und lief mit großen Schritten nach vorn zum Altar.

Anneliese ließ Erichs Hand los und trat zurück. Constanze! Die schon wieder! So langsam ging ihr diese hysterische Braut gehörig auf die Nerven.

Die Frau stürmte an ihr vorbei, stieg die Stufen zum Altar hinauf und baute sich vor dem Pfarrer auf. Mit weit vorgerecktem Kopf schrie sie ihn an: „Wer hat erlaubt, dass Sie diesen Hokuspokus hier durchführen?"

Der Pfarrer wich keinen Meter zurück. Anneliese bewunderte den Mann. Selbst als ihn ein Spuckeregen aus dem Mund der Braut traf, zuckte er nicht, sondern schloss nur für eine Sekunde länger die Augen. Das war Selbstbeherrschung.

„ICH habe diesen ‚Hokuspokus' angeordnet, meine liebe Constanze." Eine Dame in einem roten Kostüm, Rosamund von Thalheim, die bisher reglos in der ersten Bank gesessen hatte, erhob sich von ihrem Platz und trat majestätisch nach vorn zum Altar.

Die Braut fuhr herum und ging einen Schritt auf die Frau zu. Dabei stolperte sie über ihr Brautkleid und wäre die Stufen vor dem Altar hinuntergepurzelt, wenn Erich sie nicht im letzten Moment am Ellbogen gegriffen hätte. Ihr Missgeschick hielt sie jedoch nicht davon ab, mit ihrer Tirade fortzufahren. „Du? Das hätte ich mir ja denken können! Und das Ganze hinter meinem Rücken. Weiß Fred von dieser Veranstaltung?"

Rosamund, immer noch die Ruhe in Person, lächelte maliziös. „Natürlich ist mein Sohn informiert."

Wenn möglich, wurde das Gesicht der Braut noch eine Spur röter. Anneliese befürchtete, ihr könne gleich Dampf aus den Ohren schießen. Constanze holte tief Luft, gab dann aber nur ein Schnauben von sich, drehte sich um und stürmte aus der Kapelle.

"Musste das sein, Rosamund?" Erich warf ihr einen strengen Blick zu. "Ich bin davon ausgegangen, sie weiß Bescheid."

"Ach was." Rosamund wischte seine Bemerkung mit einer nachlässigen Handbewegung beiseite. "Constanze muss man vor vollendete Tatsachen stellen. Sie wird sich die Schnapsidee einer freien Trauung schon noch aus dem Kopf schlagen. In unserer Familie wurde immer katholisch geheiratet und Fred wird diese Tradition auf keinen Fall brechen. Dafür werde ich sorgen. Ich lasse mir von dieser hergelaufenen Frau nicht auf der Nase herumtanzen."

Den letzten Satz hatte sie nur gemurmelt, doch Anneliese hatte ihn trotzdem gehört. Unangenehme Person, schoss es ihr durch den Kopf. Sie hatte Rosamund von Thalheim von Anfang an nicht gemocht. Herrisch, rücksichtslos und arrogant, so ihr Urteil. Auch wenn sie Constanze ebenfalls nicht sonderlich sympathisch fand – ihre Schwiegermutter in spe übertraf sie bei Weitem.

Während Rosamund mit dem Pfarrer diskutierte, beugte sie sich zu Erich hinüber und flüsterte ihm zu: "Nach den kommenden Tagen bist du mir etwas schuldig." Als er sie gefragt hatte, ob sie ihn zu der Hochzeit von Frederik, dem Sohn eines alten Studienfreundes begleiten wolle, hatte sie sich noch gefreut. Doch selbst das Romantikhotel ‚Zum Räuberherz' im wunderschönen Soonwald verlor seinen Zauber, bei so viel weiblichem Drama.

"Wenn ich mich recht erinnere, bist du freiwillig mitgekommen", raunte er zurück.

"Du hast mich mit falschen Versprechungen hergelockt. Ich habe mich auf ein paar entspannte Tage mit dir eingestellt. Nicht darauf, als Statistin vor den Altar treten zu müssen."

„Unsere gemütliche Suite und die exquisite Küche entschädigen aber für einiges, oder nicht?" Erich lächelte sie an. „Und denk an den riesigen Wellnessbereich."

„Den habe ich auch bitternötig. Hätte ich geahnt, in welch chaotische Familienstrukturen wir hier geraten, hätte ich mir die Sache noch einmal überlegt."

In fünf Tagen sollte das Brautpaar sich das Jawort geben und ein Teil der Gäste war schon angereist. Die Braut hatte keinerlei Angehörige mehr, dafür sorgte die Familie des Bräutigams für genug Schereien.

Sämtliche Vorbereitungen für die Feier liefen auf Hochtouren. Nichts wurde dem Zufall überlassen, alles war akribisch geplant: von der Deko, über das Menü bis zu den Fotolocations. Nicht einmal vor der Zeremonie stoppte die Probenwut. Und während sie und Erich das glückliche Brautpaar mimten, stapfte Loni mit ihrer Enkelin Emma und den beiden Trauzeugen durch den hoteleigenen Park, um Testfotos zu machen.

„Ich denke, die Probe ist damit beendet", unterbrach der Pfarrer Annelieses Gedankengänge und trat die Stufen vor dem Altar hinunter.

„Natürlich sind wir nicht fertig!", hielt ihn die strenge Stimme von Rosamund von Thalheim zurück. „Von dieser kleinen Unterbrechung lassen wir uns doch nicht aus der Ruhe bringen. Fahren Sie fort." Sie wedelte mit der Hand und scheuchte ihn wieder vor den Altar.

„Aber gnädige Frau, die Braut …", wagte der Pfarrer einen Einwand, wurde jedoch von Rosamund unterbrochen.

„Die Braut hat hier gar nichts zu entscheiden. Ich sagte, fahren sie fort!" Ihre Stimme füllte die ganze Kapelle und der Blick, den sie dem Geistlichen zuwarf, verursachte Anneliese eine Gänsehaut.

Gespannt wartete sie auf seine Reaktion. Sie war nur Gast und würde sich wohlweislich aus allem heraushalten. Von ihr aus konnten sie die Farce noch einmal aufführen. Auch Erich zuckte nur die Schultern und drehte sich Richtung Pfarrer. Dessen Gesicht war leicht gerötet, doch seine Stimme war fest und klar, als er sich ihnen zuwandte und erneut mit dem Eheversprechen begann.

„Lass uns einen Moment hierbleiben und die Ruhe genießen", schlug Erich vor, als Rosamund und der Pfarrer ein paar Minuten später die Hotelkapelle verlassen hatten. Er deutete auf die vorderste Sitzbank und streckte Anneliese seinen Unterarm hin, um sie zu ihrem Platz zu geleiten.

Sie mochte diese kleinen, aufmerksamen Gesten, mit denen es ihm vor einem halben Jahr gelungen war, ihren Widerstand zu durchbrechen und ihr Herz zu erobern. Wer hätte gedacht, dass sie in ihrem Alter und nach jahrelangem Single-Dasein nun doch noch für eine Partnerschaft bereit war? Aber es gefiel ihr. Erich war aufmerksam, charmant und ein angenehmer Gesprächspartner. Außerdem ließ er ihr genügend Zeit, um ihren Hobbys – der Malerei und den Zumba-Stunden mit Loni – nachzugehen. Und er teilte ihre Vorliebe für gutes Essen.

„Rosamund ist durch und durch furchtbar", sagte Anneliese, als sie neben Erich auf der Kirchenbank Platz nahm. „Ich verstehe gar nicht, was dein Freund Konrad an ihr findet. Er ist ein netter Mann. Höflich, interessiert, mit angenehmen Manieren. Ganz anders als seine Frau."

„Ich muss gestehen, ich konnte die Faszination, die er für Rosamund hegt, noch nie nachvollziehen. Sie ist natürlich eine überaus attraktive Frau. Als die beiden geheiratet haben, war sie eine wahre Schönheit."

Anneliese schnaubte. „Als ob es darauf ankäme. Schönheit ist vergänglich. Auf die inneren Werte kommt es an."

Erich lächelte. „Da bin ich ganz deiner Meinung. Rosamund und ich, wir waren noch nie auf einer Wellenlänge, aber früher war sie …", er zögerte, „… umgänglicher. Sie war eine hervorragende Gastgeberin, konnte charmant plaudern und ihre Gäste unterhalten."

„Na, davon ist aber jetzt nichts mehr zu spüren." Anneliese zog eine Grimasse. „Heute tyrannisiert sie jeden. Angefangen von den Gästen der Hochzeitsgesellschaft bis hin zu dem Hotelpersonal. Hast du gesehen, wie sie die Kellnerin zurechtgestutzt hat, nur weil sie den Teller von der falschen Seite abgeräumt hat? Das arme Ding ist ganz rot geworden."

Erich seufzte. „Ich weiß, sie lässt die Hotelmitarbeiter spüren, dass sie ihrer Meinung nach gesellschaftlich nicht auf einer Stufe mit ihr stehen."

Ein Tumult an der Tür unterbrach ihr Gespräch. Eine Gruppe trat in die Kapelle und quetschte sich in den Altarraum. Der Chor mutmaßte Anneliese anhand der Notenmappen, die alle bei sich trugen.

„Wollen wir den Proben einen Moment lauschen?", fragte Erich und ergriff ihre Hand.

Anneliese wurde warm ums Herz. „Gern. Ein wenig

gute Musik kann nicht schaden, um die schlechte Stimmung zu vertreiben, die sich hier in der Kapelle breitgemacht hat", stimmte sie ihm zu.

Doch nachdem der Chor sich eingesungen hatte und das erste Lied anstimmte, revidierte sie ihre Meinung. Von guter Musik konnte keine Rede sein. Der Gesang erinnerte eher an das Jaulen von Katzen bei Nacht. Es kostete Anneliese eine gehörige Portion Selbstbeherrschung, um sich nicht die Hände auf die Ohren zu pressen. Sie blickte rasch zu Erich. Der verzog keine Miene. Ihm gefiel das Gejaule doch nicht etwa? Verunsichert sah sie wieder nach vorn. Die rund ein Dutzend Frauen und drei Männer sangen mit voller Inbrunst, das musste sie ihnen lassen. Der eine oder andere schiefe Ton wurde übergangen, indem lauter gesungen wurde. Das war ja kaum zum Aushalten! Anneliese warf einen erneuten Blick auf Erich und dieses Mal sah sie, dass seine Mundwinkel zuckten. Sie beugte sich zu ihm hinüber und raunte: „Also hier bekommt der Ausdruck gemischter Chor eine ganz neue Bedeutung."

Er wandte sich ihr zu und runzelte fragend die Stirn.

„Ich dachte bisher immer, ein gemischter Chor bestehe aus männlichen und weiblichen Sängerinnen und Sängern. Mir war nicht klar, dass es bedeutet, dass die eine Hälfte singen kann und die andere nicht."

Erich prustete los und kaschierte seinen Lacher als Hustenanfall.

Anneliese nutzte die Gelegenheit, packte ihn am Ellbogen und dirigierte ihn aus der Kapelle. Bloß weg hier, sonst bekam sie Ohrensausen.

Kapitel 2

„Nein, das gefällt mir gar nicht! Inga, sei nicht so steif! Lehn dich doch mal mehr an Nick an!" Constanze fuchtelte hektisch mit den Armen durch die Luft und Loni hatte den Eindruck, sie hätte am liebsten mit dem Fuß aufgestampft wie ein kleines, trotziges Kind. Die zukünftige Braut sah abgehetzt aus. Ihre seidigen roten Haare fielen nicht wie sonst in perfekten Locken über ihre Schultern, sondern hingen leicht zerzaust um ihr Gesicht und Loni bemerkte, dass der Reißverschluss ihres Sommerkleides nicht ganz geschlossen war. Irgendetwas schien ihr über die Leber gelaufen zu sein. Loni unterdrückte einen Seufzer. Bis zu Constanzes Ankunft vor ein paar Minuten war das Probefotoshooting friedlich verlaufen. Sie und Emma waren schon seit fast zwei Stunden mit Inga und Nick, den beiden Trauzeugen unterwegs, um die perfekten Örtlichkeiten für die Hochzeitsfotos zu finden. Eigentlich eine Wiederholung des gestrigen Tages, doch die ersten Probeaufnahmen hatten keine Gnade vor den strengen Augen der Braut gefunden.

„Bin ich froh, dass du mit dabei bist", raunte Emma ihr zu, als Constanze zu Nick und Inga hinüberging, um sie in die von ihr gewünschte Pose zu stellen. „So eine anstrengende Kundin hatte ich noch nie."

„Das glaube ich dir." Loni schenkte ihrer Enkelin ein aufmunterndes Lächeln. „Ich freue mich, wenn ich dir nicht nur mit der Ausrüstung zur Hand gehen, sondern auch ein wenig seelischen und moralischen Beistand leisten kann."

Emma zog eine Grimasse. „Moralische Unterstützung kann ich wirklich brauchen. Bei unseren ersten Gesprächen war Constanze ganz anders. Viel netter, nicht so anspruchsvoll. Hätte ich geahnt, zu welch kleinlichem Kontrollfreak sie mutiert, hätte ich den Auftrag nicht angenommen."

„Sieh es positiv. Du bekommst Geld dafür", versuchte Loni, sie aufzuheitern. „Nick und Inga lassen sich ganz umsonst von Constanze herumkommandieren."

Emma hob eine Augenbraue. „Bei dir ist das Glas immer halb voll, was? Aber du hast recht. Das Honorar entschädigt für vieles. Respekt vor Inga und Nick, die sich alles anstandslos von ihr gefallen lassen. Mich wundert, dass er noch nicht alles hingeschmissen hat."

„Ich habe da so eine Idee, warum Nick das ganze Theater mitmacht. Auf diese Weise kann er Zeit mit Inga verbringen." Loni zwinkerte ihrer Enkelin zu.

„Die scheint aber langsam die Nase voll zu haben." Emma deutete mit dem Kopf zu der Dreiergruppe, wo

Constanze ihre Freundin an der Schulter packte und unsanft in die gewünschte Position bugsierte.

Loni bemerkte, dass Inga sich zusammenriss, um ihren Anweisungen widerspruchslos zu folgen. Mit verkniffenem Gesichtsausdruck lehnte sie sich an die Brust von Nick. Der schien den engen Körperkontakt zu genießen. Liebevoll legte er ihr einen Arm um die Taille.

Emma hob schnell die Kamera und bedeutete Loni, den Aufheller in Position zu bringen. Sie bewunderte die nach außen hin professionelle Haltung ihrer Enkelin, die sich nicht anmerken ließ, wie genervt sie von den ständigen Einmischungen war. Doch ihrer Oma konnte sie nichts vormachen. Emma stand unter Strom. In fünf Tagen war der große Tag und Constanze war – wie so viele Bräute heutzutage – merklich gestresst. Nichts konnte man ihr recht machen. Alles musste perfekt sein. Wenn Loni da an ihre eigene Hochzeit zurückdachte … Sie und Fritz hatten im kleinen Kreis geheiratet. Nur die engste Familie und ein paar Freunde. Anschließend waren sie in Koblenz in einer Gastwirtschaft essen gewesen. Das Brautkleid hatte sie von ihrer Freundin gebraucht gekauft und selbst umgeändert. Über so etwas wie Deko und Blumenschmuck hatte sie sich überhaupt keine Gedanken gemacht. Die Gastwirtin hatte den Tisch für die Hochzeitsgesellschaft gedeckt und geschmückt – ohne Farben oder Blumen vorher mit dem Brautpaar abzustimmen. Loni schmunzelte. So etwas würde es heute nicht mehr geben. Da hatte jede Hochzeit ihr eigenes Farbkonzept. Angefangen bei den Einladungskarten über die Kleider der Brautjungfern bis hin zur Tischdeko und den Gastgeschenken passte alles ins Farbschema. Kein Wunder, dass die Bräute heutzutage reinste Nervenbündel waren. Hinzu kam die Aufregung vor dem großen Schritt im Leben. Loni erinnerte sich nur zu gut an den Morgen ihrer eigenen Hochzeit. Sie hatte vor Nervosität keinen Bissen heruntergebracht und auf dem Standesamt Angst gehabt, ohnmächtig zu werden, weil ihr flau im Magen war. Ob Constanze diese Aufregung ebenfalls verspürte? Oder war es für die jungen Leute heutzutage gar nicht mehr der große Schritt, weil alles unverbindlicher war und Ehen schneller geschieden wurden? Sie hätte sich gewünscht, mehr Zeit mit Fritz gehabt zu haben. Nun war sie schon über vierzig Jahre Witwe. Sie stieß einen leisen Seufzer aus. Dann wandte sie ihre Aufmerksamkeit wieder ihrer Arbeit zu. Constanze linste Emma über die Schulter und begutachtete die Aufnahmen. Zwischen ihren Augenbrauen hatte sich eine steile Falte gebildet. Sie redete hektisch auf ihre Enkelin ein und gestikulierte wild mit den Armen. Loni betrachtete die gestresste Braut nachdenklich. Wenn alles so perfekt geplant war, machte Heiraten doch keinen Spaß mehr, oder? Bei Constanze kam noch eine besondere Schwiegermutter erschwerend hinzu. Ein ähnliches Kaliber wie die Braut. Es war schon manchmal erstaunlich, wie viele Menschen einen Partner wählten, der einem Elternteil glich. Man hätte annehmen können, dass Rosamund und Constanze aufgrund ihrer Gemeinsamkeiten gut zusammenpassten und an einem Strang zogen. Doch Fehlanzeige. Da prallten zwei Alphaweibchen aufeinander, die sich gegenseitig ihre Position bei Fred streitig machten. Darüber hinaus lagen die Vorstellungen der beiden, wie eine perfekte Hochzeit auszusehen hatte, weit auseinander.

„Na ja, wirklich schön ist das nicht, aber Fred und

ich harmonieren natürlich besser und werden auf den Fotos daher ganz anders rüberkommen. Ihr seid einfach zu steif!", schleuderte Constanze den beiden Trauzeugen mit erhobener Stimme entgegen und riss Loni damit aus ihren Gedanken. „Können wir nun zum nächsten Motiv kommen?" Sie warf einen Blick auf eine Liste, die sie in den Händen hielt, und wandte sich an Emma. „Ich dachte mir, der Rosengarten ist eine schöne Kulisse."

„Ich würde zuerst die Aufnahmen am Teich machen. Da passt es jetzt vom Licht besser", warf Emma ein.

Loni sah Constanzes pikierter Miene an, dass sie ihr am liebsten widersprochen hätte, doch gegen Emmas sachlichen Ton und ihr fachliches Argument kam sie nicht an.

„Na schön", willigte sie ein. „Aber danach direkt der Garten."

Emma nickte ergeben, wandte ihr den Rücken zu und verdrehte die Augen. Als sie Lonis Blick bemerkte, zuckte sie mit den Schultern und grinste.

Loni zwinkerte ihr verschwörerisch zu und schulterte die Tasche mit den Stativen. Auf Richtung Teich.

Constanze schritt wie ein Feldwebel in schnellem Tempo voran, dicht gefolgt von Emma. Loni bildete das Schlusslicht der Gruppe und folgte den beiden Trauzeugen.

„Warum tust du dir das überhaupt an? Sie behandelt dich wie eine Angestellte", hörte sie Nick Inga zuraunen.

„Sie ist gerade nicht sie selbst. Der Stress …"

„Du findest auch immer eine Entschuldigung für ihr Verhalten, was?"

„Jetzt tu nicht so, als wärst du immun gegen ihren Charme. Ich weiß …"

Nick blieb abrupt stehen, sodass Loni fast in ihn hineingelaufen wäre. Inga sah auf und verstummte jäh.

„Tut mir leid", wandte sie sich, leicht rot im Gesicht, an Loni.

„Kein Problem. Sie machen das prima, sie beide. Keine leichte Aufgabe, was?"

Inga stöhnte und lächelte gleichzeitig. „Nicht wirklich. Aber es soll schließlich alles perfekt werden."

„Ich weiß nicht, ob weniger Perfektionismus und mehr Spaß der ganzen Sache nicht zuträglicher wäre", entgegnete Nick.

Bevor Loni etwas erwidern konnte, wurden sie von Constanze aufgescheucht, die ungeduldig in die Hände klatschte und laut rief: „Wo bleibt ihr denn? Auf, auf, das hier ist nicht die letzte Location für heute. Beeilt euch mal ein bisschen."

Kapitel 3

„Meine Liebe, du entzückst mich immer wieder mit deinem Humor." Vor der Kapelle blieben Anneliese und Erich kurz stehen und er schüttelte lachend den Kopf.

„Wenn sie nicht so zickig wäre, könnte Constanze einem fast leidtun. Erst dieser Drachen von Schwiegermutter und dann dieser Chor. Ob sie weiß, dass er an ihrer Hochzeit auftreten soll?" Sie sah ihn fragend an.

„Das wage ich zu bezweifeln. Ich kann mir nicht vorstellen, dass Constanze diesen – ich muss es leider sagen, wie es ist – dilettantischen Chor auf ihrer perfekten Hochzeit dulden wird."

„Bestimmt ist das die nächste Gemeinheit von Rosamund, um ihrer zukünftigen Schwiegertochter eins auszuwischen." Anneliese schüttelte den Kopf.

„Nicht ganz." Erich hob abwägend eine Hand. „Ich vermute, das ist der Angestelltenchor der Brauerei der von Thalheims. Es hat Tradition, dass er bei den Hochzeiten der Familie singt. Allerdings verfügten die Sänger bei Rosamunds und Konrads Hochzeit über mehr Talent, wenn mich meine Erinnerung nicht trügt." Er schmunzelte.

Anneliese murmelte ein „Majuseppekait"[1] und hakte sich bei Erich unter. Sie schlenderten von der Kapelle Richtung Rosengarten, im Rücken das gedämpfte Gejaule des Chors.

„Mir tut Fred leid", sagte Erich, nachdem sie ein paar Minuten in einträglichem Schweigen nebeneinanderher spaziert waren. „Er sitzt zwischen allen Stühlen."

„Selbst schuld. Erst tanzt er nach der Pfeife seiner Mutter und dann sucht er sich eine Frau von genau dem gleichen Typ. Da kommt er durch die Heirat wahrlich vom Regen in die Truhe. Er müsste mal auf den Tisch hauen und sich von den beiden Frauen nicht alles gefallen lassen."

„Ich glaube, darauf können wir lange warten. Das ist nicht seine Art. Ich kenne ihn ja von klein auf. Dafür ist er zu gutmütig."

„So habe ich ihn auch kennengelernt." Sie seufzte. „Viel zu gutherzig. Manchmal würde ich ihn gern unter meine Fittiche nehmen und ihm mal ein paar Lektionen fürs Leben mit auf den Weg geben."

Erich lachte auf. „Lass' das mal lieber sein. Fred kann keine weitere dominante Frau in seinem Leben mehr ertragen, die ihm Ratschläge gibt."

„Was heißt denn hier dominant?" Anneliese war stehen geblieben und stemmte ihre Hände in die Hüften. „Ich bin doch nicht dominant."

---

[1] Hunsrücker Platt, vergleichbar mit „Mein Gott", wörtlich: Maria Josef Katharina

„Ich fürchte, in diesem Punkt sind wir beiden nicht einer Meinung, meine Liebe."

Anneliese wollte schon auffahren, da sah sie wieder dieses leichte Zucken um Erichs Mundwinkel. Er zog sie zu gern auf. Sie schüttelte den Kopf und grinste wider Willen. „Sollen wir eine Runde um den Teich drehen, bevor wir uns auf der Hotelterrasse ein Stück Eierlikörtorte gönnen?"

Erich sah auf seine Armbanduhr. „Das klingt zwar verlockend, aber ich treffe mich gleich mit Konrad im Rauchersalon. Wir wollen mal ungestört reden."

Anneliese tätschelte ihm den Arm. „Es sei euch gegönnt. Beim Abendessen werdet ihr vermutlich keine ruhige Minute haben, wenn Braut und Schwiegermutter in spe wieder aufeinander losgehen. Ich werde mir noch ein wenig die Beine vertreten, wir sehen uns dann beim Essen?"

Erich nickte. „Bis später."

Anneliese blickte ihm ein paar Sekunden hinterher, während sie überlegte, die Runde um den großen Teich sein zu lassen. Sie könnte ja auch direkt zum Kuchen übergehen. Doch nein, ein wenig Bewegung würde wirklich nicht schaden. Erich war erstaunlich gut in Form. Er liebte ausgedehnte Spaziergänge in strammem Tempo, und es kam nicht selten vor, dass sie neben ihm ganz schön aus der Puste kam. Trotz ihres wöchentlichen Zumba-Trainings. Als sie am Teich ankam, war glücklicherweise nichts mehr von dem Gesang aus der Kapelle zu hören. Lediglich ein paar Enten schnatterten und das Schilf am Ufer raschelte, wenn ein Windhauch hineinfuhr. Anneliese folgte dem Rundweg und ließ sich auf einer Bank nieder. Sie hatte keine Lust, allein bei

Kaffee und Kuchen auf der Hotelterrasse zu sitzen. Loni war noch mit den Probeaufnahmen beschäftigt. Bei ihrer Ankunft am Wasser hatte sie am gegenüberliegenden Ufer das Fototeam Richtung Rosengarten marschieren sehen. Sie würde sich eine kleine Pause in der Sonne gönnen, in der Hoffnung, später auf der Terrasse mit ihrer Freundin zusammenzutreffen. Auch wenn Braut und Bräutigammutter anstrengend waren, freute sie sich auf die bevorstehenden Tage. Das Romantikhotel ‚Zum Räuberherz' war der ideale Ort zum Heiraten. Idyllisch mitten im Soonwald gelegen, mit einer hauseigenen Kapelle und einem romantischen kleinen Turm, umgeben von Rosenbeeten, der sich perfekt für Hochzeitsfotos eignete. Auch wenn Constanze da anderer Meinung war. Anneliese hatte gehört, wie sie Emma gestern Abend angeblafft hatte: „Diese hässlichen gelben Rosen möchte ich auf keinen Fall auf meinen Fotos haben. Gelb ist nicht meine Farbe!" Sie beneidete Lonis Enkelin nicht um ihren Job. Sicher, die Fotostrecke brachte gutes Geld ein, aber dafür musste sie einiges über sich ergehen lassen. Zum Glück hatte sie ihre Großmutter an der Seite, die ihr bei der Beleuchtung half und bestimmt auch das eine oder andere Mal als Blitzableiter fungierte.

Ein Rascheln im Schilf riss Anneliese aus ihren Gedanken. Ein kleiner Junge mit einer Tüte voller Brotreste und dreckigen Knien tauchte aus dem Uferdickicht auf. „Hallo", begrüßte sie den Ankömmling. „Tim, nicht wahr?"

„Nicht Tim. Finn." Der Junge hatte sich vor ihr aufgebaut und musterte sie mit strenger Miene.

„Oh, entschuldige, Finn, natürlich."

Der Blick des Kleinen wurde weicher und er hielt ihr die Tüte hin. „Magst du auch mal? Für die Enten", fügte er erklärend hinzu und deutete mit dem Kopf zum Wasser, wo ein Entenpärchen in Ufernähe schwamm.

„Sehr gern. Danke." Anneliese griff in die Tüte, stand auf, trat ans Ufer und warf die Krümel ins Wasser. Sofort machten sich die Enten darüber her. „Bist du ganz allein hier am Teich unterwegs?"

Finn, der neben sie getreten war, nickte.

„Wo sind denn die beiden Mädchen? Magst du nicht mit ihnen spielen? Wie heißen sie noch gleich?" Anneliese erinnerte sich, dass zu den Gästen, die bereits eingetroffen waren, auch zwei Mädchen im Alter von etwa sechs Jahren gehörten.

„Kayla und Lola? Die sind doof."

Anneliese grinste angesichts der Vehemenz, mit der Finn diese Feststellung traf. Insgeheim stimmte sie ihm zu. Was sie bisher von den beiden Rackern mitbekommen hatte, ließ darauf schließen, dass Finn mit seiner Einschätzung absolut richtig lag. Beim Frühstück benahmen sich die zwei unmöglich, waren laut, sprachen im Befehlston mit dem Hotelpersonal und machten unglaublich viel Dreck. „Ihr drei seid doch die Blumenkinder, oder?"

Finn verzog das Gesicht zu einer Grimasse. „Leider. Blumenjunge mach ich ja gern, aber nicht mit den zwei blöden Ziegen. Dauernd sagen sie Finn-Klimbim zu mir." Er stampfte mit dem Fuß auf, sodass es in der feuchten Erde ein quatschendes Geräusch gab.

„Das ist aber gemein", entgegnete Anneliese.

„Mein Papa sagt, ich soll sie einfach igno… ignamieren."

„Dein Papa ist ein schlauer Mann. So geht man am besten mit Dummköpfen um." Das Schimpfwort war heraus, bevor es ihr in den Sinn kam, dass sie hier mit einem Sechsjährigen redete, für den das nicht die angemessene Wortwahl war. Doch Finn grinste sie nur verschwörerisch an. „Wer ist denn dein Papa?" Sie hatte die Verwandtschaftsverhältnisse der Hochzeitsgesellschaft noch nicht vollends durchschaut.

„Mein Papa ist der Trauzeuge", erklärte der Junge nicht ohne Stolz.

Anneliese hatte den hochgewachsenen, schlanken Mann sofort vor Augen. Er grüßte beim Frühstück freundlich und war stets höflich und zuvorkommend.

„Papa sagt außerdem, dass Kayla und Lola sich als was Besseres fühlen, weil sie blaues Blut haben." Finn hob den Arm und zeigte seinen Ellbogen, auf dem eine kleine Schürfwunde zu sehen war. „Mein Blut ist rot." Er hielt ihr die Wunde vor die Augen. „Das war Lola. Sie hat mich geschubst. Ganz extra."

„Das war aber nicht nett von ihr."

„Nein." Finn schüttelte den Kopf. Er drehte die Tüte mit den Brotkrumen um und schüttete die restlichen Krümel in den Teich.

„Dann seid ihr, also du und dein Papa, nicht mit den von Thalheims verwandt?"

Finn schüttelte erneut den Kopf. „Mein Papa und Fred waren zusammen in der Schule. Und dann sind sie Freunde geworden."

„Ahhh." In Annelieses Gehirn rückte das nächste Teil des Hochzeitsgesellschaftspuzzles an seinen Platz.

„Ich habe überhaupt keine Lust auf die blöde Hochzeit. Meine Mama sagt, die Ehe hält eh nicht."

„Woher weiß deine Mama das denn?"

„Sie sagt, sie hat ein Geschwür dafür."

„Du meinst sicher ein Gespür, oder?"

„Kann sein. Sie sagt auf jeden Fall, dass da keine Liebe im Spiel ist."

„Und wo ist deine Mama jetzt?"

„Zu Hause. Mama und Papa sind getrennt. Die lieben sich auch nicht mehr wie ein Ehepaar, nur noch wie Freunde. Deswegen bin ich mit Papa allein hier. Mama ist nicht eingeladen. Das finde ich doof. Ohne sie ist es ganz schön langweilig."

„Wenn du magst, können wir ja mal was zusammen machen."

„Echt?" Finn sah sie von unten herauf an und strahlte.

Anneliese hätte sich am liebsten auf die Zunge gebissen. Majuseppekait, was sagte sie denn da? Sie war doch hier, um Wellness zu machen und Zeit mit Erich zu verbringen. Und jetzt bot sie sich freiwillig als Kindermädchen für einen kleinen Jungen an? Doch als sie das Leuchten in Finns Augen sah, konnte sie ihre Aussage nicht mehr zurücknehmen. „Ja klar. Wir können ja mal … " Anneliese stockte. Verdammt, was machte man denn mit einem Sechsjährigen? Sie würde sicher nicht mit ihm auf dem hoteleigenen Spielplatz schaukeln oder im Sand buddeln. „Wir können ja mal zusammen Mau-Mau spielen, oder so", schloss sie lahm.

„O ja, jetzt gleich?"

Anneliese unterdrückte ein Stöhnen. „Ja, warum nicht." Sie brachte es nicht übers Herz, diesen kleinen Jungen mit seinen blonden Locken und den dunklen Augen zu enttäuschen. „Auf geht's. Setzen wir uns an

die Bar. Die werden bestimmt ein Kartenspiel haben."
Der Kuchen würde warten müssen. Sie warf einen Blick auf ihre Armbanduhr. Erst vier Uhr. Loni stapfte wahrscheinlich noch mit Emma, Inga und Finns Vater durch den Rosengarten, auf der Suche nach dem schönsten Hintergrund für das perfekte Hochzeitsfoto.

Sie stand auf, wandte sich Richtung Hotel und forderte Finn mit einer Kopfbewegung auf, ihr zu folgen. Er zerknüllte die Papiertüte, stopfte sie in seine Hosentasche und folgte ihr. Plötzlich spürte Anneliese, wie sich eine warme kleine Hand in ihre schob. Fast wäre sie vor Erstaunen stehen geblieben, doch sie warf nur einen Blick rechts neben sich.

Finn sah zu ihr auf und strahlte sie an. „Was ist eigentlich Mau-Mau?"

Kapitel 4

Loni nahm ihre Kaffeetasse in beide Hände, sog den aromatischen Duft tief in die Nase und ließ sich zurück in die weichen Stuhlpolster sinken. Während sie in kleinen Schlucken ihren Morgenkaffee genoss, wanderte ihr Blick durch den Frühstückssaal. Noch war der Raum recht leer. Ein Ehepaar in Sportkleidung saß am Fenster. Nanette und Claudine, die Cousinen des Bräutigams, belegten mit ihren beiden Kindern einen runden Tisch in der Ecke.

Nachdem sie, Anneliese und Erich gestern direkt neben der Vierergruppe gesessen hatten, hatte sie sich heute wohlweislich einen Platz in einiger Entfernung gesucht. Loni liebte Kinder, aber die Mädchen stellten ihre Geduld auf eine harte Probe. Die zwei waren laut, stritten unaufhörlich und nach einer Minute sah der Frühstückstisch aus wie ein Schlachtfeld. Auch heute waren sie wieder in ihrem Element. Gerade fegte der blonde Lockenkopf eine Tasse mit Kakao mit Schwung vom Tisch. Sie zerbarst in tausend Teile und hinterließ einen braunen See auf dem Boden. Eine Kellnerin eilte sofort herbei, und Loni meinte einen Seufzer zu hören, als sie an ihr vorbeihastete. Sie warf einen Blick auf die Uhr. Kurz nach acht. Vermutlich hatte sie Zeit für einen zweiten Kaffee, bevor Anneliese und Erich sich zu ihr gesellten. Sie stand auf und ging zur Kaffeemaschine am Büfett. Gerade als sie ihre Tasse unter die Maschine stellen wollte, erhielt sie von hinten einen Stoß in den Rücken. Zum Glück war die Tasse leer, sonst hätte jetzt ein Kaffeefleck ihre cremefarbene Bluse geziert. Ein Blick über die Schulter bestätigte ihre Vermutung: Die Mädchen spielten Fangen und eine der beiden hatte sie im Vorbeilaufen angerempelt. Mit einem leichten Kopfschütteln stellte sie ihre Tasse ab und betätigte den Knopf.

„Das sind zwei Wildfänge, was?" Nick, der Trauzeuge, war neben sie getreten. Er sah verschlafen aus, seine braunen Haare standen zerzaust vom Kopf ab und unter den Augen lagen dunkle Schatten.

Loni nickte und lächelte ihn an. „Na, Sie scheinen den Kaffee ja nötig zu haben. Harte Nacht gehabt?", rutschte es ihr heraus. Hastig schlug sie sich die Hand vor den Mund. Wie unhöflich.

Doch Nick lachte nur. „Das sieht man mir an, was?" Er fuhr sich durch die Haare, die nun noch mehr zu Berge standen. „Mein Sohn braucht immer etwas Zeit, bis er sich an eine neue Umgebung gewöhnt hat. Und auch wenn er spät einschläft, ist er morgens um halb sechs putzmunter. Ich habe schon gefühlt fünfzig Partien Mau-Mau hinter mir. Das Spiel hat er neu gelernt und jetzt kann er nicht genug davon bekommen." Er grinste.

„Dann haben Sie sich ihren Kaffee redlich verdient."
Loni nahm ihre Tasse und trat zur Seite. „Wir sehen uns ja später wieder, oder?"

Nick verzog das Gesicht zu einer Grimasse. „Ich befürchte, ja. Oh, das klingt jetzt missverständlich." Er rieb sich über die müden Augen. „Das *leider* bezog sich nicht auf Ihre Gesellschaft oder die Ihrer Enkelin. Aber hätte ich gewusst, wie schwierig und langwierig sich die Probaufnahmen hinziehen, hätte ich mich niemals als Model zur Verfügung gestellt. Ich hätte eine Gage aushandeln sollen." Er lachte. „Na ja, jetzt ist es zu spät."

„Da müssen wir wohl beide durch, ich hätte auch nicht damit gerechnet, schon zum dritten Mal Probaufnahmen zu machen." Loni zuckte die Schultern. Sie nickten sich in stillem Einvernehmen zu. Mit ihrer Kaffeetasse in der Hand kehrte sie an ihren Platz zurück, wo Anneliese in der Zwischenzeit eingetroffen war.

„Guten Morgen." Sie schenkte Loni ein strahlendes Lächeln. „Warte, ich hole mir auch schnell einen Kaffee und was zu essen." Sie stand auf und eilte davon.

Loni lehnte sich in die weichen Polster der Sitzbank zurück und schloss ihre Hände um die warme Tasse. „Was sind deine Pläne für heute? Wo steckt Erich überhaupt?", fragte sie Anneliese, als diese mit einem großen Milchkaffee und einem Teller mit Rühreiern und Speck an ihren Tisch zurückkehrte.

„Er frühstückt später. Er hat noch ein paar Telefonate zu erledigen. Danach wandern wir ein bisschen. Er möchte unbedingt mal zum Hochsteinchen[2]. Und heute Abend ist das Probedinner, da sind wir auch dabei."

---

[2] Zweithöchste Erhebung im Hunsrück

„Stimmt." Loni nickte. „Das hatte ich vergessen. Hoffentlich ist die Braut in puncto Essen leichter zufriedenzustellen als in puncto Hochzeitsfotos."

„Da sagst du was. Aber nicht nur die Braut macht mir Sorgen. Die zukünftige Schwiegermutter hat ebenfalls genaue Vorstellungen, wie die Hochzeit abzulaufen hat." Anneliese berichtete Loni von der Szene in der Kapelle. „Hoffentlich sind sie sich wenigstens im Hinblick auf das Menü einig, sonst wird das heute Abend eine stressige Veranstaltung." Sie verzog das Gesicht.

In dem Moment betrat Rosamund den Frühstücksraum, auf den Lippen ein breites Lächeln. Als sie an ihrem Tisch vorbeiging, warf sie ihnen ein fröhliches „Guten Morgen, die Damen" zu.

Loni runzelte die Stirn. „Wie ein Schwiegermonster wirkt sie auf mich nicht."

Anneliese sah Rosamund verblüfft hinterher. „Nein, so kenne ich sie gar nicht. Das komplette Gegenteil zu gestern." Sie schüttelte den Kopf. „Vielleicht ist sie nur ihrer zukünftigen Schwiegertochter gegenüber so gemein. Apropos Constanze. Seid ihr heute wieder auf Motivsuche für die Hochzeitsfotos?"

Loni nickte und zog eine Schnute. „Ja, leider."

„Ihr Armen. Emma hat mir schon von ihrer herausfordernden Kundin erzählt." Anneliese schob sich eine Gabel mit Rührei in den Mund.

„Das ist noch nett ausgedrückt. Constanze ist … nennen wir es mal: überaus anspruchsvoll. Ich hoffe, bis heute Mittag haben wir die perfekten Motive gefunden. Wie wäre es dann mit einem Kaffee auf der Terrasse, falls ihr schon zurück seid?"

Anneliese antwortete nicht. Sie sah aus, als hätte sie

einen Geist gesehen. „Was machen die denn hier?", entfuhr es ihr. Sie sah durch die geöffnete Tür des Speisesaals Richtung Foyer.

Loni hob den Kopf und folgte dem Blick ihrer Freundin. Zu ihrem Erstaunen entdeckte sie zwei bekannte Gestalten an der Rezeption. Jupp und Willi! Die hätte sie hier am wenigsten erwartet. In einem Romantikhotel, in dem üblicherweise Paare abstiegen und Hochzeiten gefeiert wurden. Soweit sie wusste, waren die beiden noch nie gemeinsam in den Urlaub gefahren. Wenn sie sich die zwei überhaupt auf Reisen vorstellen konnte, dann auf einer betreuten Busreise, aber doch nicht in einem Luxushotel, nur ein paar Kilometer von Mühlbach entfernt.

Schweigend beobachteten sie das Geschehen an der Rezeption. Plötzlich trat Konrad von Thalheim aus dem Aufzug, ging langsam zu den beiden und schloss Jupp in seine Arme. Anneliese, die einen Schluck Kaffee getrunken hatte, verschluckte sich und hustete. Loni riss ihren Blick von der Begrüßungsszene los und klopfte ihrer Freundin auf den Rücken. Die schnappte nach Luft, gab aber nach ein paar Sekunden mit der Hand wedelnd zu verstehen, dass es ihr besser ging.

„Danke", röchelte sie mit hochrotem Kopf. Als sie wieder zu Atem kam, stieß sie ungläubig hervor: „Sag bloß, die gehören zu der Hochzeitsgesellschaft?"

„Scheint so." Loni zuckte die Schultern.

Anneliese schüttelte, weiterhin leicht rot im Gesicht, den Kopf. „Das darf doch nicht wahr sein. Die haben mir gerade noch gefehlt."

Loni versuchte, ihre Freundin zu trösten. „Ach

komm, das kann auch recht lustig werden, mit den beiden."

Annelieses hochgezogene Augenbrauen waren Antwort genug. Plötzlich kniff sie die Augen zusammen und stöhnte. „Und schon sind sie im Anmarsch."

„Guten Morgen, die Damen", flötete eine wohlbekannte Stimme. Jupp schob seinen Rollator mit einem breiten Grinsen im Gesicht an ihren Tisch. „So schnell sieht man sich wieder."

„Mit uns hättet ihr hier nicht gerechnet, was?", ergänzte Willi, der neben seinen Kumpel getreten war.

„Das haben wir wirklich nicht." Loni lächelte. „Gehört ihr auch zur Hochzeitsgesellschaft?"

„Jawoll. Ich bin Freds Patenonkel", kam es wie aus der Pistole geschossen aus Jupps Mund.

„Du? Der Patenonkel?" Anneliese war der Unglauben in ihrer Stimme anzuhören.

Jupp reckte die Brust heraus. „Ja, ich!"

„Und was hat der hier zu suchen?" Sie deutete mit dem Finger auf Willi.

„Er ist meine Begleitung."

Annelieses Augen wurden groß wie Untertassen. „Deine Begleitung?"

„Ja, in der Einladung stand ,plus eins' und da ich keine Frau habe, habe ich Willi mitgebracht."

Loni brach in schallendes Gelächter aus, wofür sie einen bösen Blick ihrer Freundin erntete. Sie ignorierte ihn und fragte stattdessen: „Wollt ihr euch auf eine Tasse Kaffee zu uns setzen?" Den Fußtritt von Anneliese unter dem Tisch hatte sie vorhergesehen und ihre Beine rechtzeitig in Sicherheit gebracht.

„Aber gern doch." Willi zog einen Stuhl hervor und

ließ sich darauf niedersinken. „Unsere Zimmer sind noch nicht fertig. Da können wir uns ein zweites Frühstück gönnen." Er deutete auf einen weiteren Stuhl und bedeutete Jupp, sich zu setzen. Der schob seinen Rollator in eine Nische neben dem Tisch und nahm ebenfalls Platz.

Anneliese schien ihre Zunge verschluckt zu haben. Sie starrte die beiden nur ungläubig an.

Loni übernahm die Gesprächsführung. „Woher kennst du die von Thalheims, Jupp? Oder seid ihr verwandt?"

„Nein, nein, verwandt sind wir nicht." Er winkte ab. „Ich war doch der Braumeister in der Brauerei der von Thalheims. Weißt du das nicht mehr?"

Loni erinnerte sich dunkel daran, dass Jupp mal in einer Brauerei gearbeitet hatte, aber das war Jahrzehnte her.

„Ich habe die Brauerei quasi mit Konrad zusammen wieder groß gemacht", fuhr er fort. „Als ich nach meiner Lehre dort angefangen habe, stand sie kurz vor dem Konkurs. Konrad versteht aber etwas vom Geschäft und hat lukrative Verträge mit Hotels in ganz Deutschland abgeschlossen und die Brauerei so gerettet."

„Und du hast dich in dieser Zeit mit Konrad von Thalheim angefreundet? Du, der Braumeister mit dem Firmenchef?", klinkte Anneliese sich in das Gespräch ein.

„Ja, warum nicht." Jupp sah sie herausfordernd an. „Konrad ist ein feiner Kerl. Er weiß ehrliche Arbeit zu schätzen. Und ich habe hervorragende Arbeit abgeliefert, wenn ich das so sagen darf."

Anneliese lehnte sich zurück und verschränkte die

Arme vor der Brust. „Und unsere ach so vornehme Rosamund war damit einverstanden, dass du der Patenonkel ihres Sohnes wirst? Das kann ich mir nur schwer vorstellen."

Loni sah Jupp an, dass ihre Freundin ins Schwarze getroffen hatte. „Du hast recht. Rosamund war alles andere als erfreut. Aber Konrad hat sich durchgesetzt, zumal es noch einen zweiten Paten gab, der aus adligen Kreisen kam. Der ist aber schon verstorben."

„Aha. Dachte ich mir doch, dass Rosamund ihre Bedenken hatte." Ihre Miene strahlte Selbstzufriedenheit aus.

„Du scheinst Rosamund nicht zu mögen." Willi reckte den Hals und nahm das Büfett ins Visier.

Anneliese machte ein abschätziges Gesicht. „Gibt es jemanden, der diesen hochmütigen Drachen mag?"

Jupp grinste, bevor er antwortete: „Ich finde ja, du hast ein wenig Ähnlichkeit mit ihr."

Bei seinen Worten fuhr Anneliese auf und beugte sich über den Tisch nach vorn. Dabei schmiss sie mit ihrem Busen die vor ihr stehende Kaffeetasse um, die zum Glück leer war. „Sag das noch mal!", forderte sie Jupp mit drohender Stimme auf.

„Du bist ihr gar nicht so unähnlich." Er lächelte ihr freundlich ins Gesicht.

Loni gab Jupp im Stillen recht, zumindest was das Äußerliche betraf. Rosamund war wie Anneliese eine stattliche Frau und hatte ebenfalls rote Haare. Beide trugen gern farbenfrohe Kleidung. Während ihre Freundin jedoch wallende Gewänder liebte, bevorzugte die Gräfin von Thalheim strenge Kostüme. Doch sie ahnte, dass Jupp nicht nur auf das Äußere anspielte. Anneliese wirkte auf Fremde mit ihrer unverblümten Art oft einschüchternd, genau wie Rosamund. Loni hütete sich allerdings, das zu sagen, um die Wut ihrer Freundin nicht anzuheizen. „Ach, Jupp macht doch nur Spaß", sagte sie schnell, um die Situation zu entschärfen. Dabei warf sie ihm einen warnenden Blick zu und war erleichtert, als er nicht weiter auf dem Thema herumritt. „Soll ich euch einen Kaffee holen?", bot sie an. Jupp und Willi nickten erfreut und sie besorgte das Gewünschte am Büfett. Als sie an den Tisch zurückkehrte, hatte sich die Stimmung nicht gebessert. Anneliese saß mit verschränkten Armen auf ihrem Platz und sah demonstrativ aus dem Fenster, während Jupp und Willi sich über die Obstreste auf Lonis Teller hermachten. Sie stellte die Kaffeetassen vor den beiden Männern ab und wollte anbieten, etwas zum Essen zu holen, als Anneliese sich erhob.

„Mir ist der Appetit vergangen. Ich ziehe mich auf mein Zimmer zurück." Mit diesen Worten verließ sie den Speisesaal.

Loni sah ihr kopfschüttelnd hinterher, dann wandte sie sich an Jupp. „Musste das sein?"

Der zuckte nur mit den Achseln. „Habe ich etwa nicht recht?"

„Ein klein wenig, aber das musst du ihr ja nicht unbedingt auf die Nase binden. Du kennst sie doch." Loni schüttelte den Kopf.

„Die wird sich schon wieder einkriegen." Jupp nahm seine Tasse, lehnte sich in die weichen Polster des Stuhls zurück und seufzte vernehmlich. „Wir machen uns jetzt ein paar schöne Tage hier, was Willi?"

„Darauf kannst du Gift nehmen", entgegnete sein

Kumpel, und die beiden prosteten sich mit einem zufriedenen Grinsen im Gesicht mit ihren Kaffeetassen zu.

Kapitel 5

„Mmmhhh, köstlich." Anneliese schob sich eine zweite Gabel mit dem Eierlikör-Tiramisu in den Mund, schloss die Augen und kaute genießerisch. Das Dessert war das perfekte Zusammenspiel der verschiedenen Aromen: der cremige Likör, die leicht bitteren Schokosplitter, die beim Draufbeißen zart knackten, und die süße Mascarponecreme. Herrlich. Leider währte der genussvolle Moment nicht lange. Die schrille Stimme von Constanze riss sie aus ihrer kulinarischen Versunkenheit.

„Eierlikör-Tiramisu? Wer hat das bestellt? Ich hasse Eierlikör. Hatte ich nicht die klare Anweisung gegeben, dass ich gern dreierlei Mousse mit Chili und Ingwer-Crumble hätte?" Sie zerrte sich die Leinenserviette von ihrem Schoß und knallte sie wütend neben das Dessert-Schälchen auf den Tisch.

Anneliese öffnete die Augen, ihre Hand verharrte mit dem dritten Löffel, den sie eben zum Mund führen wollte, in der Luft. Chili und Ingwer im Nachtisch? Igitt! Sie war heilfroh, dass jemand die Bestellung geändert hatte. Rasch schob sie sich den Löffel in den Mund und füllte ihn wieder mit der leckeren Nachspeise. Nicht, dass Constanze auf die Idee kam, das Dessert abräumen zu lassen, bevor sie leer gegessen hatte.

Doch der schien dieser Gedanke nicht in den Sinn zu kommen, sie schimpfte weiter: „Was ist das hier für ein Saftladen? Muss ich mich um alles selbst kümmern, damit es läuft?" Sie war mittlerweile rot angelaufen.

Fred legte beruhigend eine Hand auf ihre Schulter. „Schatz, es tut mir leid. Oma liebt doch Eierlikör und da hat meine Mutter vorgeschlagen, ihr zuliebe dieses Dessert zu wählen." Er warf seiner Großmutter Adele, die nicht weit von Anneliese saß, einen schnellen Blick zu. „Und du liebst normalerweise Tiramisu. Ich dachte, das wäre eine gute Idee." Er klang niedergeschlagen und sah Constanze bittend an, wie ein treudoofer Hund.

Die schüttelte seine Hand unwirsch ab und drehte sich aufgebracht zu ihm. „Heiratest du deine Mutter oder mich? Ich bin die Braut, also entscheide ich, was es zu essen gibt."

„Aber Fred ist der Bräutigam. Er wird da doch wohl ein Wörtchen mitzureden haben?", mischte sich Rosamund in die Diskussion ein.

„Natürlich kann er mitreden." Constanze verzog die Augen zu schmalen Schlitzen. „Aber allein entscheiden, dass es statt Mousse Tiramisu gibt, ist nicht mitreden. Das ist schlicht und ergreifend ein Hinwegsetzen über meine Wünsche."

„Es tut mir leid, Schatz." Freds Hand bewegte sich wieder Richtung Schulter seiner Zukünftigen, doch im letzten Moment zuckte er zurück, ließ sie kurz unschlüssig in der Luft schweben, bevor er sie auf dem Tisch ablegte und hektisch über das Tischtuch strich. „Wir könnten beides anbieten. Mousse und Tiramisu?", schlug er mit zaghafter Stimme vor.

„Das passt überhaupt nicht zusammen und zerstört das ganze Konzept des Menüs." Constanze verschränkte die Arme vor der Brust, wie ein trotziges Kind.

„Lass uns morgen mit dem Küchenchef reden. Die Hochzeit ist erst in vier Tagen. Bis dahin hat er genügend Zeit, eine Lösung zu finden", schlug ihr Zukünftiger vor.

Die sichtlich genervte Braut warf den Kopf in den Nacken, blieb aber still. Vermutlich war ihr bewusst geworden, dass sie gerade vor der halben Hochzeitsgesellschaft eine Szene machte.

Anneliese sah zu Erich. Der hob nur die Augenbrauen und zuckte mit den Schultern. Sie beeilte sich, das köstliche Dessert zu essen. So wie sie Constanze bisher kennengelernt hatte, würde sie nicht so schnell wieder in den Genuss dieser Nachspeise kommen. Sie war sich sicher, dass die Braut sich mit ihren Wünschen durchsetzte. Es sei denn, Rosamund agierte erneut hinter ihrem Rücken, auch wenn sie dadurch einen Eklat an der Hochzeitsfeier riskierte. Was für eine schreckliche Familie. Wobei der Bräutigam und sein Vater recht nett waren. Sie hatte die beiden am ersten Abend näher kennengelernt, als sie zusammen mit Erich an der Bar einen Absacker getrunken hatte. Fred hatte damals ganz anders gewirkt. Locker, witzig, selbstbewusst. Doch sobald Constanze in seine Nähe kam, machte er eine erstaunliche Verwandlung durch und wurde regelrecht unterwürfig. Anneliese verstand nicht, was er an dieser Frau fand. Egal, er war erwachsen und würde schon wissen, was er tat.

Constanze, die ihr Schweigen aufgegeben hatte und leise mit Fred tuschelte, stand plötzlich auf und verließ hocherhobenen Hauptes den Saal. Der Bräutigam lächelte unsicher in die Runde, ehe er stumm sein Tiramisu weiter löffelte. Das Schälchen seiner Verlobten war unangetastet.

Anneliese überlegte, ob es unhöflich wäre, um die verwaiste Portion zu bitten.

Bevor sie zu einem Entschluss gelangt war, ergriff Rosamund von Thalheim das Wort: „Liebe Gäste, lasst euch von diesem kleinen Zwischenfall nicht stören. Genießt das hervorragende Dessert. Im Anschluss daran werden im Salon Zigarren und Portwein gereicht. Danke, dass ihr heute Abend unsere Gäste seid."

Anneliese hatte Rosamund während ihrer kurzen Rede nicht aus den Augen gelassen. Die Gräfin genoss ihren Triumph über Constanze sichtlich. Sie hatte mit der Umbestellung des Desserts einen Anfall ihrer zukünftigen Schwiegertochter nicht nur in Kauf genommen, sondern bewusst provoziert. So hysterisch sich die junge Frau manchmal gebärdete, bisweilen verstand Anneliese sie. Mit einer Schwiegermutter wie Rosamund hatte sie es nicht leicht.

„Wollen wir uns die Zigarren und den Wein schenken und uns lieber zu zweit auf unser Zimmer zurückziehen?", raunte Erich.

„Eine sehr gute Idee", stimmte Anneliese ihm zu. In dem Moment trat ein junger Mann zu ihnen und legte

Erich einen Arm auf die Schulter. „Onkel Erich, wir hatten noch gar keine Gelegenheit, uns in Ruhe zu unterhalten. Setzen wir uns zusammen ins Raucherzimmer und plaudern ein wenig?"

Anneliese war der Mann nicht bekannt. Er musste erst vor Kurzem angereist sein, denn er war nur zum Dessert zu der Hochzeitsgesellschaft gestoßen.

„Marius, wie schön dich zu sehen. Darf ich dir meine Partnerin Anneliese vorstellen?"

Marius reichte ihr mit einem charmanten Lächeln die Hand. „Es freut mich, Ihre Bekanntschaft zu machen."

„Die Freude ist ganz meinerseits." Sie lächelte zurück.

„Das ist Marius, der Bruder von Fred", erklärte Erich. „Bist du gerade erst angereist?", wandte er sich ihm wieder zu.

„Ja, früher habe ich es nicht geschafft. Ich hatte geschäftlich in München zu tun, aber den Höhepunkt habe ich ja nicht verpasst." Marius verzog sein Gesicht. „Mutter kann es aber auch nicht lassen. Ihr fällt es schwer, die Kontrolle abzugeben."

Erich nickte. „So ist es."

„Und das arme Muttersöhnchen Fred schafft es nicht, sich gegen sie aufzulehnen. Das kann ja heiter werden, die nächsten Tage."

Anneliese hatte den Eindruck, der jüngere Bruder hätte sich am liebsten die Hände gerieben. Er schien die Zwistigkeiten innerhalb der Familie zu genießen.

„Eine spitze Zunge, wie eh und je", entgegnete Erich.

Marius lachte und klopfte ihm auf den Rücken. „Du kennst mich doch, Onkel. Und unsere Sippe auch.

Wann ist es bei uns jemals harmonisch zugegangen?" Erich antwortete nicht auf die rhetorisch gemeinte Frage und Marius grinste. „Also, wie wäre es mit einer Zigarre und einem schönen Whiskey?" Er wandte sich Anneliese zu. „Sie sind natürlich auch herzlich eingeladen."

„Nein danke, ich möchte euer Wiedersehen nicht stören. Ihr habt euch bestimmt viel zu erzählen." Sie schob ihren Stuhl zurück, gab Erich einen Kuss auf die Wange und hob grüßend die Hand. „Ich werde mal nach meiner Freundin sehen. Bis später."

Auf der Hotelterrasse traf sie auf Loni und deren Enkelin, die es sich mit einer Wolldecke auf der Hollywoodschaukel bequem gemacht hatten und in ein Gespräch vertieft waren. Sie überlegte kurz, ob sie die traute Zweisamkeit stören sollte, als Emma sie erspähte und zu sich winkte.

„Ist euer Probeessen schon vorbei? Wie hat es geschmeckt?", rief sie ihr zu.

Anneliese entfuhr ein Schnauben. „Das war was, kann ich euch sagen!" Sie ging zu einem großen Korb mit Decken, nahm sich eine und zog einen Sessel heran. Emma und Loni beugten sich neugierig in ihre Richtung. Um die Spannung noch ein wenig zu steigern, drapierte sie die Wolldecke besonders sorgfältig um ihre Beine.

Emma stöhnte. „Jetzt spann uns nicht so auf die Folter."

„Du willst doch nicht, dass ich mich erkälte? Ich finde es für Anfang Mai abends noch recht frisch." Sie grinste die beiden an. Loni verdrehte die Augen und Anneliese hatte ein Einsehen. „Also, das Essen war – wie nicht anders zu erwarten – hervorragend. Die Braut war allerdings nicht begeistert."

„Wieso denn nicht?" Loni beugte sich nach vorn und griff nach ihrem Weinglas, das auf dem kleinen Tisch stand.

Anneliese berichtete von dem Tiramisu-Desaster. „Außerdem ist der Bruder des Bräutigams angereist", schloss sie ihre Erzählung. „Ein ganz anderer Typ als Fred. Weniger förmlich. Er sah fast ein wenig affig aus mit seinem blonden Schnauzer. Aber das scheint bei den jungen Leuten ja wieder Mode zu sein."

„Das ist bestimmt der Mann, der eben hier Eine geraucht hat. Groß, blond, Schnurrbart? Jeans und weißes Jackett?", fragte Loni.

„Genau der", bestätigte Anneliese.

„Der gehört zu den von Thalheims? Ich dachte, er sei vom Hotelmanagement, weil er sich länger mit einer der Kellnerinnen unterhalten hat. Die, die auch immer beim Frühstück Dienst hat. Cornelia heißt sie, glaube ich. Auf den ersten Blick habe ich sie gar nicht erkannt, weil sie nicht die Hoteluniform trug. Ich hatte den Eindruck, die beiden kennen sich", erklärte Loni.

„Also kam er nicht zu spät, weil er geschäftlich noch etwas zu tun hatte, sondern weil er mit der Kellnerin geschäkert hat", mutmaßte Anneliese.

„Schäkern würde ich das jetzt nicht nennen", warf Emma ein.

„Ich auch nicht", stimmte Loni ihr zu. „Die beiden haben sich ein paar Minuten lang unterhalten. Geflirtet haben sie nicht. Eher ernste Themen besprochen. Aber da kann ich mich auch täuschen. Es war schließlich schon dämmrig."

„Er scheint auf jeden Fall keine große Lust auf die Hochzeit zu haben." Anneliese griff nach Lonis Weinglas und trank nach einem fragenden Blick in ihre Richtung und ihrem zustimmenden Nicken einen Schluck. „Ich gehe zu Bett. Das ganze Drama macht müde." Sie lächelte die beiden an. „Genießt ihr zwei noch den Abend. Wir sehen uns morgen beim Frühstück."

Kapitel 6

Anneliese hakte sich bei ihrer Freundin unter und sog tief die frische Morgenluft in die Lungen. Die Frühlingssonne strahlte über dem Soonwald und hatte ordentlich Kraft. „Gut, dass du mich zu diesem Spaziergang überredet hast. Die Luft tut gut und nach dieser kleinen Morgenrunde haben wir wieder ein Hüngerchen und können uns das zweite Frühstück so richtig schmecken lassen."

„Ich befürchte, ich kann vor heute Abend nichts mehr zu mir nehmen." Loni rieb sich mit der freien Hand den Bauch. „Das Frühstück ist fantastisch, aber ich habe ein wenig zu viel gegessen."

„Ein Holländischer Kaffee wird aber noch reinpassen, oder?" Das Getränk – ein Kaffee mit Eierlikör, Sahne und einer Prise Muskat – hatte hier im Hotel ihren sonst heiß geliebten Irish Coffee abgelöst. „Oder musst du nach unserer Runde wieder mit Emma losziehen und Fotos machen?"

„Heute zum Glück nicht. Emma sichtet mit Constanze die bisherigen Probeaufnahmen, da braucht sie mich nicht."

„Erich ist auch beschäftigt. Er hat sich mit Konrad zum Schachspielen verabredet. Da können wir zwei uns heute einen richtigen Freundinnentag machen." Sie strahlte Loni an und die lächelte zurück.

„Was schwebt dir vor?"

„Vieles: Sauna, eine Massage, eine Beauty-Behandlung? Möglichkeiten gibt es genug."

„Dann bin ich für eine Massage. Sauna ist mir zu heiß, das weißt du doch."

„Na dann, Massage. Lass uns gleich, wenn wir zurück sind, nach Terminen fragen."

Eine Weile schlenderten sie schweigend in gemächlichem Tempo um den Teich.

„Was machen eigentlich Laurens und Jack?", fragte Anneliese in die Stille hinein. „Haben sie den Kaufvertrag endlich unterschrieben?"

Lonis Enkel Laurens und sein Partner Jack hatten vor Kurzem beschlossen, Koblenz den Rücken zu kehren und nach Mühlbach zu ziehen. Sie hatten vor, ein Bauernhaus im Dorf zu kaufen, das sie in Eigenregie renovieren wollten.

„Ja, haben sie. Laurens hat mir gestern geschrieben, dass alles unter Dach und Fach ist." Loni strahlte über das ganze Gesicht. „Jetzt kann es losgehen."

„Da werden sie in Zukunft ordentlich zu tun haben, bis sie einziehen können", entgegnete Anneliese.

„Stimmt, das wird ein Haufen Arbeit. Aber Laurens ist handwerklich begabt und Hannes hat schon seine Hilfe angeboten."

„Zum Glück ist Emmas Freund Schreiner. Seine

Kenntnisse sind da natürlich Gold wert." Anneliese tätschelte Lonis Arm. „Nun sind alle Enkel wieder in deinen Schoß zurückgekehrt." Sie freute sich für ihre Freundin, da sie wusste, wie sehr sie an ihren Enkelkindern hing, die sie nach dem Tod ihrer Tochter großgezogen hatte.

„Was heißt denn zurückgekehrt? Laurens war doch nie weg."

„Das stimmt. Aber er hat mehr Zeit in Koblenz als in Mühlbach verbracht und eine Zeit lang sah es doch so aus, als würde er ganz zu Jack ziehen."

„Da hast du recht, das dachte ich auch. Aber Jack fühlt sich richtig wohl im Hunsrück. Ich glaube, er hat sogar den Anstoß gegeben, das alte Bauernhaus zu kaufen."

„Schön, schön. Dann haben wir endlich mal wieder ein wenig frisches Blut im Dorf." Anneliese kickte einen Stein vor sich her. „Meinst du, Emma und Hannes heiraten bald?"

„Anneliese! So etwas frage ich die beiden doch nicht. Die jungen Leute haben heutzutage ihr eigenes Tempo. Ich mische mich da nicht ein."

„Sollst du auch nicht. Ich dachte nur, vielleicht hat Emma mal was in die Richtung angedeutet."

Loni schüttelte den Kopf.

„Ist vielleicht auch gut so. Du hast schließlich gar keine Zeit für Hochzeitsvorbereitungen und dann eventuell noch Ur-Enkel. Julius nimmt dich ja ganz schön in Anspruch", neckte Anneliese ihre Freundin, was ihr einen Knuff mit dem Ellbogen einbrachte. Vor vier Monaten hatte Loni endlich dem Werben ihres Nachbarn nachgegeben und die beiden waren seither ein Paar.

„Zum Glück habe ich Erich. Sonst könnte ich mich glatt vernachlässigt fühlen", stichelte sie freundlich weiter.

Loni zog sie näher zu sich und klopfte ihr sanft mit der freien Hand auf den Oberarm. „Wer hätte gedacht, dass wir in unserem Alter noch einmal die Liebe finden, was?"

„Also ich …", setzte Anneliese an, als ein Schrei sie innehalten ließ.

„Was war das?" Loni blieb stehen und reckte ihren Kopf lauschend nach vorn. „Da hat doch jemand um Hilfe gerufen, oder nicht?"

Anneliese legte ihre Hand an ihre rechte Ohrmuschel. „Es hat jemand gerufen, aber was die Person gesagt hat, konnte ich nicht verstehen."

„Das kam aus Richtung Rosengarten." Loni lief los. „Lass uns nachsehen." Anneliese beeilte sich, ihr zu folgen.

„Hilfe, so helft mir doch", gellte es plötzlich und diesmal waren die Worte klar verständlich. Da war eindeutig jemand in Not. Sie beschleunigte ihre Schritte und holte zu ihrer Freundin auf. „Das klang wie Rosamund, oder?", keuchte sie. Loni zuckte nur die Schultern. Wieder ertönte ein Hilferuf.

„Das kommt vom Rapunzelturm", rief Loni und hielt auf den Turm zu, dessen Spitze man hinter den Rosenhecken erkennen konnte.

Anneliese bemühte sich, ihrer Freundin so schnell wie möglich zu folgen, was mit ihren hochhackigen Schuhen auf dem Kiesweg nicht ganz einfach war. Als sie die Rosenbüsche umrundete, sah sie eine Person am Fuß des Rapunzelturms am Boden knien. Sie war über etwas gebeugt, das aus der Ferne nicht zu erkennen war.

Hechelnd legte sie die letzten Meter zurück. Als sie am Ort des Geschehens ankam, hatte Loni sich bereits neben die Person gekniet und sprach beruhigend auf sie ein. Sie hatte richtig gehört, es handelte sich um Rosamund. Vor ihr auf dem Boden lag, mit dem Gesicht nach unten, eine Frau in einem weißen Kleid und mit roten Haaren. Constanze? Anneliese trat einen Schritt näher.

Loni rief ihr über die Schulter zu: „Hast du dein Handy dabei? Wir müssen den Krankenwagen verständigen. Schnell!"

Anneliese kramte in ihrer Handtasche nach ihrem Smartphone und setzte einen Notruf ab. Dann ging sie zu Loni und Rosamund.

„Es sieht nicht gut aus. Ich fühle keinen Puls mehr", raunte ihre Freundin ihr zu. „Kannst du sie hier wegschaffen?" Sie deutete mit dem Kopf Richtung Gräfin.

Anneliese fasste Rosamund behutsam am Arm. „Kommen Sie. Loni kümmert sich um alles. Ich habe einen Krankenwagen verständigt." Sie sah sich um und deutete auf eine Bank, ein paar Meter entfernt. „Setzen wir uns und warten auf den Rettungswagen, okay? Vielleicht wäre es gut, wenn wir hier nichts mehr anfassen und auch nicht zu viel herumtrampeln, bis die Rettungskräfte eintreffen", schlug Anneliese vor.

Rosamunds Kopf fuhr bei ihren Worten herum. „Was soll das denn heißen? Nichts mehr anfassen? Was wollen Sie damit andeuten?" Ihre Bestürzung war Wut gewichen.

Anneliese atmete einmal tief ein. „Ich deute gar nichts an, aber ich weiß aus Erfahrung, dass hier die Polizei eingeschaltet wird, so wie es aussieht ..." Sie stockte und blickte von der leblosen Gestalt auf dem Boden zum Rapunzelturm hinauf. „So wie es aussieht, ist sie vom Turm gestürzt. Ob …"

Weiter kam sie nicht. Ein erneuter Schrei zerriss die Luft und Fred stürzte auf die Gruppe zu. „Nein, nein! Constanze!", schrie er verzweifelt.

Rosamund schüttelte Annelieses Arm ab und eilte ihm entgegen. „Nicht hinsehen, Fred. Hilfe ist schon unterwegs."

„Ist das Constanze? Nein, sag nein, das kann sie nicht sein!" Er sank auf die Knie, barg sein Gesicht in den Händen und schluchzte auf.

So emotional hatte Anneliese ihn noch nie gesehen. Sie hatte immer gedacht, ihn könne nichts aus der Fassung bringen, so stoisch, wie er die ständigen Streitereien seiner Zukünftigen und seiner Mutter ertrug.

„Mein Junge." Rosamund kniete sich neben ihn und zog ihn in ihre Arme.

Loni, die mittlerweile zu der Gruppe getreten war, beugte sich über ihn und legte ihm sanft eine Hand auf die Schulter. „Fred", sprach sie mit leiser Stimme. „Die Frau dort vorn ist nicht Constanze."

Ruckartig hob er den Kopf und sah Loni verwirrt an. Auch Rosamund und Anneliese sahen mit erstaunter Miene auf.

„Es ist Inga."

Kapitel 7

Das durfte doch nicht wahr sein! Loni schüttelte den Kopf. Schon wieder eine Tote in ihrem näheren Umfeld? Ein Schauer lief ihr über den Rücken. Hoffentlich war es nur ein schrecklicher Unfall. Eine hoch motivierte Anneliese, die sie mit ihrer unerschütterlichen Neugier zu irgendwelchen Ermittlungen anstiftete, konnte sie im Moment gar nicht gebrauchen. Sie hatte sich auf ruhige Tage eingerichtet – Zeit mit Emma, das eine oder andere Buch und ein paar Wellnessanwendungen. Insgeheim hatte sie auch ein wenig auf die Hochzeit hin gefiebert. Sie war schon lange nicht mehr zu einer eingeladen gewesen, und sie hatte sich auf eine unbeschwerte Feier und eine junge Liebe gefreut.

Nun war die Polizei vor Ort. Göktan und Meierle, die Kommissare, die Loni von ihrem letzten Fall kannte, hatten alle Gäste der Hochzeitsgesellschaft gebeten, sich in der Bibliothek des Hotels zu versammeln. Der gemütliche Raum mit dem offenen Kamin, in dem angesichts der warmen Temperaturen kein Feuer brannte, den einladenden Sesseln und den weichen Kissen stand im Gegensatz zur angespannten Stimmung der Anwesenden. In Lonis Magen bildete sich ein Knoten, während sie nach und nach die Versammelten in Augenschein nahm.

Anneliese konnte nicht stillsitzen und rannte wie ein aufgeregtes Huhn zwischen den Stühlen hin und her. „Das war kein Unfall", hatte sie ihr schon mehrmals ins Ohr geflüstert. „Da hatte jemand seine Finger im Spiel, glaub mir!"

Erich hatte sich vergeblich bemüht, sie zum Sitzen aufzufordern. Ihre Freundin war nicht die Einzige, die nervös durch den Raum tigerte. Constanze lief mit kleinen, hektischen Schritten vor der Fensterreihe auf und ab. Ihre Finger kneteten ein Taschentuch. Fred war kurz zu ihr getreten, doch nachdem sie ihm mit bösem Blick etwas zugezischt hatte, hatte er sich wieder hingesetzt und starrte seitdem mit unbewegter Miene aus dem Fenster. Lediglich sein rechter Fuß wippte unablässig auf und ab und verriet seine innere Anspannung. Loni begriff Constanzes Verhalten nicht. Warum ließ sie ihn so kalt abblitzen? War ihr nicht klar, dass ihr Verlobter noch vor wenigen Stunden geglaubt hatte, sie sei die Tote? Verständlich, dass er ihre Nähe suchte. Ihre beste Freundin war ums Leben gekommen. Sie musste doch auch fix und fertig sein. Warum spendeten sie sich nicht gegenseitig Trost?

Loni ließ ihren Blick weiter durch den Raum schweifen. Nick saß zusammengesunken auf einem Sessel vor dem Kamin. Er hielt den Kopf gebeugt und sie meinte, Tränen in seinen Augen zu sehen. Nanette und Claudine saßen dicht beieinander und waren in ein leises Gespräch vertieft. Wo die Kinder der drei wohl steckten? Vermutlich kümmerte sich das Animationsteam um sie und lenkte sie im Kinderbereich ab. Marius saß abseits. Sein Gesicht wirkte teilnahmslos. Ob ihn der ganze Trubel nicht berührte? Nun trat Rosamund zu ihm und flüsterte ihm etwas ins Ohr. Marius hob daraufhin nur die Augenbrauen. Sie sprach eindringlicher auf ihn ein, doch er schüttelte den Kopf. Konrad, Rosamunds Mann, saß bei seiner Mutter, Adele. Beide blickten stumm vor sich auf den Boden. Auf der anderen Seite von Adele saßen Jupp und Willi. Hin und wieder tuschelten sie miteinander und schienen ansonsten, ebenso wie sie selbst, die Anwesenden zu beobachten. Loni warf einen Blick auf die Uhr. Sie saßen bereits seit mindestens einer halben Stunde hier fest.

Just in dem Moment öffnete sich die Tür und die Kommissare Göktan und Meierle traten ein.

„Meine Damen, meine Herren", ergriff Kommissarin Göktan das Wort. „Wir werden jeden von Ihnen einzeln zum Tod von Inga Krüger befragen."

Rosamund von Thalheim sprang auf. „Wieso das? Es war doch ganz eindeutig ein Unfall!"

„Dennoch müssen wir Ihre Zeugenaussagen aufnehmen. Routine", entgegnete Göktan knapp.

„Ich verstehe, dass Sie mich befragen müssen, ich habe die Tote schließlich gefunden. Die anderen haben damit aber nichts zu tun." Rosamund war anscheinend nicht bereit, klein beizugeben.

„Lassen Sie uns unsere Arbeit machen, je kooperativer Sie sind, umso schneller sind wir fertig", sagte Göktan mit sachlicher Stimme, in der Loni eine Spur

Gereiztheit wahrnahm. „Wir fangen mit Ihnen an." Die Kommissarin nickte Rosamund zu. „Folgen Sie uns bitte ins Büro."

Rosamund kniff die Augen zusammen und schüttelte den Kopf, folgte aber anstandslos.

Nanette stand auf. „Ich werde mal eine Runde Kaffee bestellen. Möchte sonst noch jemand etwas?" Alle schüttelten stumm den Kopf und Nanette verließ den Raum. Bis zu ihrer Rückkehr sprach keiner ein Wort. „Es bringt gleich jemand Kaffee, Gebäck und Getränke", sagte sie, als sie zurückkam und wieder neben Claudine Platz nahm.

„Danke, Nanette." Konrad nickte ihr zu.

Ein paar Minuten später schob eine Kellnerin einen Servierwagen in die Bibliothek und verschwand mit einem grußlosen Nicken wieder. Loni meinte, in ihr die junge Frau wiederzuerkennen, die am Vorabend mit Marius gesprochen hatte. Keiner machte Anstalten, sich an dem Kaffee zu bedienen. Sie erhob sich. „Kann ich jemandem eine Tasse einschenken?" Konrad nickte. „Für mich gern. Danke schön." Auch Nanette und Claudine standen auf und gemeinsam versorgten sie die Anwesenden mit Getränken. Als Loni mit einer Tasse zu ihrem Sessel ging, wurde die Tür stürmisch aufgerissen und Rosamund platzte herein.

„Unfähige … unverschämt", murmelte sie. Die Tür warf sie mit Schwung hinter sich zu. Als sie in die erwartungsvollen Gesichter blickte, verstummte sie und setzte sich neben Konrad. Aufgeregt tuschelte sie mit ihm.

Kurze Zeit später steckte Meierle den Kopf zur Tür herein und bat Fred zu sich. Bevor dieser ging, warf er einen bittenden Blick in Constanzes Richtung, doch die sah weiter stumm aus dem Fenster und drehte allen den Rücken zu. Die Befragung von Fred dauerte nur ein paar Minuten. Als er zurückkehrte, bedeutete er Loni, sich zu den Kommissaren ins Büro der Hotelchefin zu begeben.

„Haben wir erneut das Vergnügen", begrüßte Göktan Loni, als sie die Tür zum Büro schloss.

Die beiden Kommissare thronten hinter dem Schreibtisch, was ein wenig seltsam aussah, da der Tisch nicht für zwei Personen ausgelegt war. Loni nahm auf einem bequemen Stuhl davor Platz.

„Bitte berichten Sie, was sich heute Morgen im Rosengarten zugetragen hat." In knappen Worten fasste Loni die Ereignisse zusammen. Als sie geendet hatte, fragte Göktan: „Sie haben den Tod von Frau Krüger festgestellt?"

Loni nickte. „Ich konnte keinen Puls mehr fühlen und bat meine Freundin, den Krankenwagen zu verständigen."

„Haben Sie vor Ihrer Ankunft im Rosengarten jemanden auf dem Hotelgelände bemerkt?"

Loni schloss die Augen und kehrte in Gedanken zu ihrem Spaziergang mit Anneliese zurück. „Nein", sagte sie nach einer Weile. „Mir ist niemand aufgefallen, aber ich war ins Gespräch mit meiner Freundin vertieft."

„Ihre Freundin Frau Müller?" Klang Kommissarin Göktans Stimme etwa genervt?

„Genau."

„Sie war bei Ihnen, als Sie die Tote entdeckt haben?"
Loni nickte stumm.

„Nun gut. Würden Sie bitte Frau Müller zu uns schicken? Und bitte reisen Sie vorerst nicht ab, sondern halten Sie sich für weitere Fragen zur Verfügung."

Loni nickte abermals und verließ das Zimmer. Als sie in die Bibliothek zurückkehrte, um Anneliese zu den Kommissaren zu schicken, entschied sie sich, nicht dort auf ihre Freundin zu warten. Im Moment ertrug sie die gedrückte Stimmung hier nicht. Sie würde auf der Hotelterrasse einen Kaffee trinken. Stark und schwarz, zur Beruhigung ihrer Nerven.

Kapitel 8

„Also, diesen Holländischen Kaffee haben wir uns verdient." Anneliese nahm einen großen Schluck von dem mit Eierlikör versetzten Heißgetränk und lehnte sich mit einem Aufseufzen in ihrem Stuhl zurück. „Das gibt es doch nicht, dass wir schon wieder in einen verdächtigen Todesfall hineinstolpern, was?" Sie hatte sich nach ihrer Unterredung mit den Kommissaren zu Loni auf die Terrasse gesellt und gleich zwei dieser köstlichen Getränke bestellt. Jetzt brauchten sie etwas Starkes.

„Warum nur habe ich den Eindruck, dass du das Ganze auch ein wenig genießt?"

„Na, na, Loni." Anneliese hob tadelnd einen Zeigefinger. „Ich genieße es doch nicht, wenn jemand gewaltsam zu Tode kommt!"

„Okay, das ist vielleicht das falsche Wort", rechtfertigte sich Loni. „Aber ich habe den Eindruck, du stehst schon wieder in den Startlöchern, um eigene Ermittlungen zu starten."

Anneliese grinste. „Da hast du nicht unrecht. Sollte

es sich bei Ingas Tod nicht um einen Unfall handeln – wovon ich überzeugt bin - werde ich selbstverständlich mein Wissen und meine Fähigkeiten in die Arena werfen, um der Polizei zu helfen. Da wir vorerst sowieso auf polizeiliche Anweisung hierbleiben müssen, kann ich die Zeit auch nutzen. Wie du weißt, haben sich Göktan und Meierle bei unserem letzten Fall nicht unbedingt mit Rum bekleckert, da werden sie auch dieses Mal auf unsere Hilfe angewiesen sein."

Loni schüttelte leicht den Kopf angesichts von Annelieses verdrehten Sprichwörtern, ging jedoch nicht darauf ein. „Du meinst also, Inga ist nicht freiwillig gesprungen oder aus Versehen vom Turm gestürzt?"

„Loni, ich bitte dich! Wer fällt denn aus Versehen von einem Turm? Sie war doch kein kleines Kind mehr. Ich hatte übrigens auch den Eindruck, dass die Kommissare nicht an einen Unfall glauben. Was ist denn deine Einschätzung?"

„Ich finde, sie haben sich nicht in die Karten schauen lassen. Aber unsere Unterredung war sehr kurz. Sie wollten lediglich wissen, um welche Uhrzeit wir Inga gefunden haben und was ich vorher gemacht habe."

Anneliese nickte. „Bei mir war es ähnlich. Aber Ingas Tod wird auf jeden Fall Ermittlungen nach sich ziehen. Und wir können eigene Nachforschungen anstellen. Mich treibt zum Beispiel die Frage um, warum Inga ein Brautkleid trug."

„Das ist vermutlich einfach zu erklären: Sie und Constanze haben die gleiche Größe und Körperform." Loni rührte in ihrem Kaffee und leckte die Sahne vom Stiel ihres Löffels. „Ich habe mitbekommen, wie Constanze sie gestern beim Fotoshooting gebeten hat, das Kleid noch einmal anzuziehen, damit die Schneiderin gegebenenfalls letzte Änderungen vornehmen kann."

„Und warum?"

Loni zuckte mit den Schultern. „Du kennst sie doch. Inga war bei den gesamten Hochzeitsvorbereitungen ihr Double. Sie musste ja auch mit Nick die ganzen Probeaufnahmen für die Hochzeitsfotos machen."

Anneliese schüttelte den Kopf. „Na, ich hätte Constanze was gehustet, dass Inga sich das hat gefallen lassen."

Loni breitete die Hände aus. „Tja, Constanze ist nicht einfach und Inga als beste Freundin wollte sie in dem ganzen Hochzeitsstress vermutlich bestmöglich unterstützen."

„Nicht einfach?" Anneliese schnaubte. „Ich würde behaupten, sie ist geradezu hysterisch. Bis auf heute, da war sie nach Ingas Tod erstaunlich ruhig. Ich finde …"

„Dürfen wir uns zu euch setzen?", wurde sie von Willi unterbrochen, der an ihren Tisch getreten war, gefolgt von Jupp, der mit dem Rollator ein paar Meter hinter seinem Freund herrollte.

Bevor sie etwas einwenden konnte, hatte Loni schon einen Stuhl unter dem Tisch hervorgezogen und deutete mit einer einladenden Geste darauf.

„Na klar, setz dich", forderte sie Willi auf.

Ihre ablehnende Mimik schien sie mutwillig zu ignorieren. Anneliese unterdrückte ein Stöhnen. Die beiden hatten ihr gerade noch gefehlt. Sie wollte mit Loni in Ruhe den Todesfall besprechen und erste Thesen aufstellen, was Motive und mögliche Täterinnen und Täter anging. Doch dafür war es nun zu spät. Auch Jupp hatte sich zu ihnen gesellt und auf der Sitzfläche seines Rollators Platz genommen.

Willi winkte die Kellnerin heran, die auf die Terrasse getreten war. „Wir nehmen dasselbe wie die zwei Damen hier. Das sieht gut aus."

„Ich nehme auch noch einen", sagte Anneliese resigniert und trank ihre Tasse in einem langen Zug leer. Das brauchte sie jetzt, zur Beruhigung ihrer Nerven. Sie wusste genau, warum die beiden Tratschonkel sich zu ihnen an den Tisch gesetzt hatten.

Und wie zu erwarten, legte Willi direkt los. „Na, ihr zwei, werdet ihr wieder zu Detektiven und versucht, den Fall zu klären? Ist das hier womöglich schon eure erste Dienstbesprechung, in die wir geplatzt sind?" Er stieß ein wieherndes Lachen aus, in das Jupp gackernd einstimmte.

Anneliese verdrehte demonstrativ die Augen. Hoffentlich kam die Kellnerin bald mit dem zweiten Holländischen Kaffee. Sie würde eisern schweigen. Sollte Loni die beiden doch unterhalten, sie hatte sie schließlich an ihren Tisch gebeten.

„Solange wir nichts über den Tathergang wissen, werden wir gar nichts unternehmen", sagte Loni.

„Hört, hört. Tathergang.", spottete Jupp. „Ihr verwendet ja sogar schon das Fachvokabular."

Loni sagte daraufhin nichts, sondern nippte an ihrem Getränk.

„Jetzt mal Spaß beiseite. Denkt ihr, es war Mord?" Willi beugte sich gespannt nach vorn.

„Wie gesagt, solange die Umstände von Ingas Tod nicht geklärt sind, glauben wir gar nichts", versuchte Loni, neutralen Boden zu wahren.

„Jetzt sei doch nicht so reserviert. Wir wollen euch nur helfen", verteidigte sich Willi.

Nun konnte Anneliese nicht mehr an sich halten. „Ihr wollt uns helfen? Wobei denn?"

„Na, bei euren Ermittlungen. Ist doch klar", mischte sich Jupp ein.

Anneliese, die in einen Kaffeekeks gebissen hatte, verschluckte sich und hustete. Loni klopfte ihr auf den Rücken. Als sie sich beruhigt hatte, presste sie mit hochrotem Kopf hervor: „Helfen? Wie das denn?"

„Jetzt tu nicht so hochnäsig. Was ihr könnt, können wir schon lange. Also, wie gehen wir vor?" Jupp verschränkte die Arme vor der Brust und sah sie herausfordernd an.

Hilfe, das konnte doch nicht wahr sein! Sie sah verzweifelt zu Loni. Das fehlte noch, dass die beiden ihnen in ihre Ermittlungen hineinpfuschten. Jupp, feinfühlig wie ein Ackergaul, würde alle verscheuchen, bevor sie sich zur Tat äußern konnten. Außerdem hatte sie nicht vergessen, dass er sie mit Rosamund verglichen hatte.

Loni ergriff das Wort. „Im Moment haben wir gar nichts geplant, wir warten erst einmal die Ermittlungen der Polizei ab. Vielleicht war es ein Unfall." Sie ließ ihren Blick in die Ferne schweifen. „Die arme Inga. So tragisch." Sie stieß einen Seufzer aus.

„Die Hochzeit wird nun abgeblasen, oder?", mutmaßte Anneliese.

„Da wäre ich mir nicht so sicher." Jupp beugte sich über den Tisch. „Ich habe mich eben mit Konrad unterhalten und ihm meine Unterstützung in dieser schwierigen Situation angeboten." Er reckte den Kopf noch ein wenig weiter nach vorn und senkte die Stimme. „In der

Familie gibt es ganz schön Streit deswegen."

Anneliese neigte sich ihm neugierig entgegen. „Erzähl!"

Jupp lehnte sich wieder zurück und legte den Kopf schief. „Nein, das behalte ich lieber für mich. Nicht, dass ich mit meinen Klatschgeschichten eure Ermittlungen in eine falsche Richtung lenke." Er grinste hämisch.

Anneliese unterdrückte einen Fluch. Dieser gerissene Dachs. „Nun gut, eine Hand wäscht die andere. Du erzählst mir von den Streitigkeiten in der Familie, dafür verrate ich dir, was mein nächster Schritt ist."

Jupp streckte ihr seine rechte Hand hin. „Abgemacht, schlag ein."

Etwas widerwillig reichte Anneliese ihm ihre Hand, zögerte aber im letzten Moment. „Und dass ich Ähnlichkeit mit Rosamund habe, nimmst du zurück!"

Jupp verdrehte die Augen. „Wenn es unbedingt sein muss. Es tut mir leid, dass ich dich auf deine Ähnlichkeit mit Rosamund aufmerksam gemacht habe."

Abrupt zog Anneliese ihre Hand wieder zurück. „Was soll das denn sein? Eine Entschuldigung ja wohl nicht!" Sie wechselte einen Blick mit Loni, die nur die Augen gen Himmel verdrehte.

„Na gut. Du hast keine Ähnlichkeit mit Rosamund. Jetzt zufrieden?"

Anneliese nickte. „Einigermaßen." Sie streckte die Hand aus und Jupp schlug ein. „Dann erzählt mal. Was ist los bei den von Thalheims?"

„Du zuerst", mischte Willi sich ein. „Nicht, dass wir unser ganzes Wissen preisgeben und du machst einen Rückzieher."

„Heee, ich habe euch die Hand darauf gegeben. So

viel Ehre besitze ich, dass ich mich an meine Versprechen halte", brauste Anneliese auf.

„Dann wirst du ja kein Problem damit haben, anzufangen", forderte Willi.

„Na gut. Solange die Umstände von Ingas Sturz unklar sind, wollen wir nicht die Katzen scheu machen und uns unauffällig umhören. Die erste Frage, die sich stellt, ist: Wenn es Mord war, war Inga das beabsichtigte Opfer?"

„Wie meinst du das?" Willi sah sie verständnislos an.

„Na, überleg doch mal. Sie trug ein Brautkleid, sie hat rote lange Haare. Wer sie von hinten sieht, könnte denken, es handele sich um Constanze."

„Wovon sowohl Rosamund als auch Fred ausgingen, als wir die Leiche gefunden haben", ergänzte Loni.

Jupp nickte bedächtig mit dem Kopf. „Stimmt. Das macht den ganzen Fall verzwickt. Und wie wollt ihr herausfinden, wer das eigentliche Opfer sein sollte?"

„Wir müssen für beide Versionen denkbare Motive finden. Das bedeutet, so viel wie möglich über Inga und Constanze in Erfahrung zu bringen. Wichtig wäre, mit dem Brautpaar ins Gespräch zu kommen."

„Wir erfahren, was bei euren Unterredungen rauskommt, klar?" Willi hob mahnend einen Zeigefinger.

„Ich habe euch doch eben mein Wort gegeben", bekräftigte Anneliese widerwillig. „Jetzt ihr. Was ist bei den von Thalheims los?"

Jupp beugte sich erneut über den Tisch und senkte die Stimme. „Die Familie ist dafür, die Hochzeit abzusagen, aber die Braut besteht darauf, die Trauung zu vollziehen."

„Wie bitte?" Anneliese runzelte die Stirn. „Also, ich

bin ja nicht gerade für meine Feinfühligkeit bekannt, aber das kommt selbst mir reichlich pietätlos vor."

Jupp hob beschwichtigend die Hand. „Die große Feier wird natürlich abgesagt. Die Gäste, die noch anreisen wollten, werden heute noch informiert. Allerdings möchte Constanze die Trauung im kleinen Kreis abhalten. Nur die engste Familie und die Traurednerin."

„Was sagt denn Rosamund dazu? Sie besteht doch auf einer kirchlichen Hochzeit?" Anneliese hätte zu gern bei den Diskussionen Mäuschen gespielt.

„Das ist ein weiterer Streitpunkt. Rosamund und Konrad wäre es am liebsten, die Hochzeit würde um ein paar Monate verschoben. Wenn Fred und vor allem Constanze allerdings darauf bestehen, dann möchte Rosamund eine kleine Segensfeier in der Hotelkapelle."

„Dass die beiden jetzt überhaupt einen Kopf dafür haben." Loni runzelte die Stirn.

„Fred ist wohl auch eher dafür, alles abzusagen, traut sich aber nicht, sich gegen seine Verlobte zu stellen." Jupp ließ seinen Blick zwischen Loni und Anneliese hin und her wandern.

„Wann haben sie das denn alles besprochen? Inga wurde erst vor vier Stunden gefunden." Loni schüttelte fassungslos den Kopf.

„Constanze hat, als ihr nicht mehr in der Bibliothek wart und nur noch die engste Familie anwesend war, sofort das Thema auf die Hochzeit gebracht." Jupp grinste breit. Es schien ihm zu gefallen, dass die Braut ihn und Willi dazu zählte. „Morgen Mittag versammeln sich alle, um eine abschließende Entscheidung zu treffen." Zufrieden mit seinen Ausführungen lehnte er sich zurück.

„Na, wir können euch schon behilflich sein, was? Mit

Jupps direktem Draht zur Familie könnt ihr nicht mithalten." Willi klopfte seinem Freund anerkennend auf die Schulter.

Anneliese enthielt sich einer Antwort, gab ihm im Stillen aber recht. Jupps Verbindungen zu den von Thalheims könnten Gold wert sein. Dann fiel ihr ein, dass auch sie durchaus einen Draht zur Familie hatte. Erich! Sie musste dringend mit ihm reden. Wenn er als Freund von Konrad ebenfalls zu dem morgigen Treffen eingeladen war, musste sie dabei sein. Hastig erhob sie sich und verabschiedete sich von den dreien.

Kapitel 9

Auch Jupp und Willi hatten es plötzlich eilig. Ihren gebuchten Massagetermin wollten sie trotz eines mutmaßlichen Mordes nicht ausfallen lassen. Loni blieb allein auf der Terrasse zurück. Sie war froh für ein paar Minuten Ruhe, um ihre Gedanken zu ordnen. Bereits in dem Moment, als sie bei Inga keinen Puls mehr fühlen konnte, war ihr klar gewesen, dass Anneliese aktiv werden würde. Dass nun auch Jupp und Willi auf den Zug aufsprangen, machte die ganze Sache nicht leichter. Sie atmete tief ein. Wie schön wäre es, wenn Julius hier wäre. Er würde mit seiner besonnenen Art die aufgeregte Stimmung beruhigen und er war auch der Einzige, der Anneliese ein wenig zu bremsen vermochte. Loni griff nach ihrem Holländischen Kaffee, doch die Tasse war leer. Sie zog die Karte heran. Jetzt brauchte sie etwas Wohltuendes, ohne Alkohol. Zum Glück verfügte das Hotel über ein umfangreiches Teesortiment und sie entschied sich für einen Zitronenmelisse-Tee.

Cornelia, die aufgeweckte Kellnerin, die auch beim Frühstück bediente, betrat in diesem Moment die Terrasse. „Darf ich Ihnen noch einen Holländischen Kaffee bringen?" Sie griff nach der leeren Tasse und lächelte Loni freundlich an.

Sie schüttelte den Kopf. „Nein danke, ein Kaffee mit Eierlikör am Nachmittag reicht. Jetzt brauche ich etwas Beruhigendes. Ich nehme einen Tee mit Zitronenmelisse."

Die Kellnerin nickte. „Verstehe. Das Ganze nimmt einen sehr mit, nicht wahr?" Sie stellte ihr Tablett auf der Hüfte ab, bereit, ein wenig zu plaudern. „Sie kannten die Tote, oder? Ich habe gesehen, wie Sie mit ihr im Rosengarten Fotos gemacht haben."

„Kennen wäre zu viel gesagt, aber ja, ich habe in den vergangenen Tagen etwas Zeit mit ihr verbracht."

„Dann geht einem das besonders nah." Die Kellnerin nickte mitfühlend.

„Ein so tragisches Unglück ist immer schrecklich, für alle Beteiligten", entgegnete Loni.

Cornelia strich sich eine Haarsträhne hinters Ohr. „Ich fand sie nett. Sehr zuvorkommend. Sie hatte immer ein Lächeln oder ein freundliches Wort für das Servicepersonal übrig." Sie stockte, bevor sie hinzufügte: „So sind leider nicht alle Gäste."

„Das glaube ich Ihnen gern. Kein leichter Beruf, den Sie haben."

„Wissen Sie, als Kellnerin bekommt man einen tiefen Einblick in den Charakter eines Menschen. Der Umgang der Gäste mit Dienstpersonal lässt auf vieles schließen.

Frau Krüger war immer höflich, man hatte nie den Eindruck, dass sie sich als etwas Besseres fühlte. Die Braut ist da anders. Sie hat einen regelrechten Kommandoton an sich. Am Anfang dachte ich aufgrund der äußerlichen Ähnlichkeit, die beiden seien Schwestern, und habe mich gewundert, wie sie charakterlich so unterschiedlich sein können."

„Frau Engelhard ist wegen der Hochzeit sicher nervös und reagiert daher nicht immer angemessen", versuchte Loni, Constanze in Schutz zu nehmen.

Hektische Flecken leuchteten plötzlich im Gesicht der Kellnerin auf. Anscheinend wurde ihr gerade bewusst, dass sie etwas indiskret gewesen war. „Ich bringe Ihnen jetzt erst einmal Ihren Tee. Der wird guttun." Sie verzog ihren Mund zu einem schiefen Lächeln und verschwand Richtung Bar.

Loni blickte ihr gedankenverloren hinterher. Was sie zur Ähnlichkeit zwischen Inga und ihrer Freundin gesagt hatte, ging ihr nicht aus dem Kopf. Falls der Sturz kein Unfall war, hatte jemand die beiden verwechselt? Sollte Constanze das Opfer sein? Auch Anneliese hatte so etwas angedeutet. Schwebte die Braut womöglich in Gefahr? Und was, wenn … Stopp! Loni unterbrach das Gedankenkarussell. Sie sollte die Erkenntnisse der Polizei abwarten, bevor sie sich gedanklich zu sehr in die Sache verstrickte. Mit einem Seufzer richtete sie ihren Blick in die Ferne. Denk an etwas anderes, forderte sie sich selbst auf.

In ein paar Wochen stand in Mühlbach das jährliche Dorffest an. Welchen Kuchen sollte sie für die Feierlichkeiten backen? Einen Bienenstich? Der kam immer gut an. Oder doch besser eine Schwarzwälder Kirschtorte, der Klassiker? Den mochte Julius so gern. Ach, Julius. Sie hätte nicht gedacht, dass sie ihn bereits nach ein paar Tagen so vermisste. Sie freute sich, ihn wiederzusehen. Sicher, sie verbrachten in Mühlbach nicht jeden Tag gemeinsam, aber der morgendliche Kaffee vor dem Hühnerstall war ihr schon so zur Gewohnheit geworden, dass ihr der tägliche Plausch mit ihm fehlte. Wie gern hätte sie jetzt mit ihm die aktuellen Ereignisse besprochen. Ob sie ihn anrufen sollte? Besser nicht, das würde ihn nur beunruhigen. Als ihr Blick über den Parkplatz vor dem Hotel glitt, hielt sie inne. Spielten ihre Augen ihr einen Streich oder ging da etwa Julius mit einem Koffer in der Hand auf das Romantikhotel zu? Bevor sie sich bemerkbar machen konnte, war die Gestalt im Eingangsbereich des Hotels verschwunden. Ohne nachzudenken sprang Loni auf und lief Richtung Foyer. Auf dem Weg durch den Speisesaal kam ihr die Kellnerin mit dem Tee entgegen. „Stellen Sie ihn auf den Tisch, ich bin gleich wieder da", rief Loni der verdutzten Frau im Vorbeigehen zu.

„Julius!", stieß sie hervor, als sie an der Rezeption ankam. Die Person am Empfang drehte sich um. Er war es tatsächlich.

Sein Gesicht hellte sich auf, als er sie erblickte. Mit ausgebreiteten Armen kam er ihr entgegen. „Na, ist die Überraschung gelungen?" Er schloss sie in die Arme.

„In der Tat. Was machst du hier?"

„Freust du dich denn gar nicht?"

„Doch natürlich." Loni lächelte und schmiegte sich enger an seine Brust. „Klar, freue ich mich, dich zu sehen. Aber ich bin überrascht. Wolltest du nicht heute mit einem ehemaligen Kollegen für ein paar Tage wandern gehen?"

„Lass uns doch einen Kaffee trinken", sagte Julius und deutete mit dem Kopf Richtung Terrasse. „Dann erkläre ich dir alles in Ruhe."

„Gute Idee. Ich habe mir gerade einen Tee bestellt, der schon am Tisch auf mich wartet."

Julius deponierte seinen Koffer in einem kleinen Raum neben der Rezeption, kam zu Loni zurück und reichte ihr den Arm.

Sie hakte sich grinsend bei ihm unter und gemeinsam schlenderten sie an ihren Tisch im Freien. Als sie Platz genommen hatten und Julius einen Kaffee und ein Stück Käsekuchen bestellt hatte, beugte er sich nach vorn und ergriff ihre Hand.

„Mein ehemaliger Kollege ist krank geworden und wir mussten unsere Wanderung verschieben. Heute Morgen habe ich mit der Hotelchefin telefoniert. Du weißt doch, dass ich hier angefragt habe, ob ich ihnen Honig fürs Frühstücksbüfett liefern kann. Bei unserem Telefonat hat sie mir von dem Todesfall berichtet. Ich habe eins und eins zusammengezählt und mir war klar, dass es sich bei der Toten um ein Mitglied eurer Hochzeitsgesellschaft handeln muss."

„Und du bist sofort angereist, um Anneliese und mich vor Dummheiten zu bewahren."

Julius sah ertappt aus. „Sagen wir so: Um euch ein wenig im Auge zu behalten. Oder vielmehr Anneliese. Sie wittert doch schon wieder einen Mordfall, oder etwa nicht?"

Loni grinste. „Natürlich tut sie das. Du kennst sie ja.

Ich muss ihr dieses Mal allerdings zustimmen. Die Umstände von Ingas Tod sind schon etwas seltsam." Sie erläuterte Julius in knappen Worten, was geschehen war. „Man fällt doch nicht einfach so von einem Turm. Es gibt zwar kein Geländer, aber eine etwa kniehohe Brüstung. Außerdem war Inga eine erwachsene Frau, kein Kind."

Julius rieb sich das Kinn. „Das klingt in der Tat ein wenig seltsam."

„Ja, oder? Und das Merkwürdigste habe ich dir noch gar nicht erzählt. Inga trug ein Brautkleid. Wenn man dann noch weiß, dass sie der Braut sehr ähnlich sah, kommt schon die Frage auf, ob es eine Verwechslung gab. Vielleicht wollte jemand Constanze umbringen? Und warum war Inga überhaupt auf dem Turm? Der Rapunzelturm ist normalerweise gar nicht zugänglich. Das Tor ist mit einem Schlüssel verschlossen. Ich vermute, weil er – zumindest für Kinder – gefährlich ist."

„Du hast recht, das wirft Fragen auf. Umso besser, dass ich jetzt hier bin und wir zu dritt ein paar Nachforschungen anstellen können."

Loni legte ihre Hand auf Julius' Arm und lächelte. „Du kannst den Kriminalbeamten in dir auch nicht abstellen, was?"

„Wohl nicht so gut, wie ich mir eingebildet habe, als ich in Pension gegangen bin. Außerdem …" Julius rückte mit seinem Stuhl ein wenig näher an sie heran und legte ihr einen Arm um die Schultern, „… habe ich dich vermisst. Es war doch recht langweilig, morgens allein vor dem Hühnerstall mit meiner Tasse Kaffee."

Loni wurde es bei seinen Worten warm ums Herz. „Ich dachte ja, du hast mit deinen Bienen alle Hände voll zu tun und dir fällt gar nicht auf, dass ich ein paar Tage weg bin." Sie grinste.

„Du hast recht, im Moment bin ich viel in Sachen Imkerei unterwegs, aber für eine morgendliche Tasse Kaffee mit dir habe ich doch immer Zeit, oder etwa nicht?"

„Das stimmt." Loni lächelte. „Ich habe dich auch vermisst. Auch wenn ich hier alle Hände voll zu tun hatte." Sie berichtete ihm von Constanzes anstrengenden Aufträgen und Forderungen. „Damit ist es jetzt wohl vorbei. Womöglich reisen wir bald schon wieder ab. Die Polizei hat uns zwar gebeten, vorerst vor Ort zu bleiben, aber ewig können sie uns hier nicht festhalten."

„Vielleicht klärt sich auch alles ganz schnell auf und es war doch ein Unfall."

Loni sah Julius skeptisch an. Das war zwar auch ihre Hoffnung, aber ihr Bauchgefühl sagte etwas anderes.

Kapitel 10

Lustlos fuhr Anneliese mit dem Finger über die Buchrücken der Romane, die in Reih und Glied in der Hotelbibliothek im Regal standen. Goethe, Schiller, Lessing – lauter Schmuckausgaben von Klassikern, die vermutlich nie ein Hotelgast in die Hand nahm, die sich aber mit ihren breiten Lederrücken optisch gut in der Bibliothek machten. Auch sie sprachen die dicken Schinken nicht an. Ein Regal weiter entdeckte sie ein Fach mit Literatur über die Region. Wanderführer, ein Bändchen des Hunsrückdichters Jakob Kneip, eine Kurzgeschichtensammlung der Hunsrücker Autorengruppe. Dazwischen fiel ihr Blick auf einen Band, der ihr Interesse weckte: ‚Schinderhannes – der Robin Hood des Hunsrücks'. Klar, dass ein Buch über den berühmten Räuberhauptmann der Gegend nicht fehlen durfte, wo doch das Hotel nach ihm benannt war. Sie zog das schmale Büchlein aus dem Regal, ging zu einem der bequemen Lesesessel und ließ sich hineingleiten. Sie blätterte in dem Buch, las hier und da ein paar Abschnitte über das Leben des Räubers, der vor über 200 Jahren den Hunsrück unsicher gemacht hatte. Doch so richtig war sie nicht bei der Sache. Ständig wanderte ihr Blick zu der Uhr über der breiten Flügeltür. Wo blieben Loni und Julius bloß? Gleich viertel nach neun. Sie wollten zu dritt eine kleine Wanderung unternehmen. Anneliese hatte dieser körperlichen Aktivität nur zugestimmt, weil sie neugierig darauf war, Julius' Einschätzung der gestrigen Ereignisse zu erfahren. Erich war mit Konrad verabredet. Wieder zog es ihren Blick zur Uhr. Schon über zehn Minuten zu spät – das sah ihrer Freundin gar nicht ähnlich. Andererseits, vielleicht hatten die zwei ihr Wiedersehen gefeiert und darüber die Zeit vergessen. Sie schmunzelte. Seit ein paar Monaten waren die beiden unzertrennlich. Endlich! Sie hatte zwar immer gewusst, dass es nur eine Frage der Zeit war, bis aus ihnen ein Paar wurde, allerdings war Loni sturer gewesen, als Anneliese es sich ausgemalt hatte. Doch wie sagte man so schön: Ende gut, alter Hut. Nun musste sie ihre beste Freundin zwar mit Julius teilen, aber das tat sie von Herzen gern. Loni war in den letzten Monaten richtig aufgeblüht. Sie, die meist gute Laune hatte, strahlte noch mehr als sonst und ihre Bäckchen röteten sich jedes Mal zauberhaft, wenn sie Julius sah. Außerdem sorgte Erich bei Anneliese für Ablenkung. Sie hatten schon den einen oder anderen Ausflug zu viert unternommen. Zum Glück verstanden sich die Herren prima, auch wenn sie auf den ersten Blick recht unterschiedlich waren. Anneliese schmunzelte erneut. Bei ihr und Loni war es ja nicht anders. Ihre Augen wanderten zur Uhr. Schon zwanzig nach neun. Langsam sank ihr Verständnis für die zwei Verliebten. Da, endlich öffnete sich die Tür mit einem so kräftigen Schwung, dass sie fast gegen die Wand geknallt wäre. Doch nicht Loni und Julius kamen herein, sondern Finn, der die Tür hastig wieder schloss und sich dann mit dem Rücken dagegen lehnte. Sein Atem ging heftig. „Na, na, wer hat es denn so eilig?", begrüßte Anneliese den kleinen Kerl. Der zuckte bei ihren Worten zusammen. Er schien ihre Anwesenheit erst jetzt zu bemerken.

„Hallo Frau Müller." Er löste sich von der Tür und kam mit zögernden Schritten auf sie zu, wobei er immer wieder über die Schulter zurückblickte.

„Ich habe dir doch schon mal gesagt, du darfst mich gern Anneliese nennen." Sie deutete mit der Hand auf den freien Sessel ihr gegenüber. „Setz dich und erzähl mir, vor wem du auf der Flucht bist."

Finn gehorchte und setzte sich in den Ohrensessel, in dem er fast versank. Seine Beine ragten gerade so über die Sitzfläche hinaus. Bevor er ihr antworten konnte, flog die Tür erneut auf und Kayla und Lola traten einen Schritt herein und sahen sich hektisch um.

Nun war klar, vor wem Finn sich versteckte. „Immer langsam mit den jungen Katzen." Anneliese setzte eine strenge Miene auf und hoffte, der kleine Kerl verhielt sich still. Von der Tür aus war er im Sessel nicht zu erkennen. Die hohe Rückenlehne verbarg seine Gestalt. „Das hier ist eine Bibliothek. Da herrscht Ruhe." Den letzten Satz hatte sie mit erhobener Stimme gesprochen. „Muss ich mich etwa beim Hotelpersonal über die Ruhestörung beschweren?" Um ihre Worte zu verstärken, hob sie den Zeigefinger.

Ihre Mahnung zeigte Wirkung bei den beiden. Eine Entschuldigung kam zwar nicht über ihre Lippen, aber zumindest Kayla wurde rot und die zwei traten hastig den Rückzug an, wobei sie die Tür leise zuzogen.

Sie wandte sich Finn zu und zwinkerte verschwörerisch. „Okay, jetzt weiß ich, vor wem du davongelaufen bist."

Er grinste. „Danke Frau Mü…, äh, ich meine Anneliese. Die zwei sind mich nur am Ärgern." Er verschränkte die Arme vor der Brust, zog die Augenbrauen zusammen und machte ein finsteres Gesicht.

„Lass dich doch von den beiden Quälgeistern nicht piesacken." Sie schüttelte den Kopf.

„Was ist piesacken?"

„So was wie ärgern oder quälen."

Finn stieß einen tiefen Seufzer aus. „Das versuche ich ja. Aber das ist gar nicht so einfach. Papa möchte, dass ich mit ihnen spiele. Ich will ihm ja den Gefallen tun, vor allem, weil er jetzt so traurig ist."

„Wegen Inga?"

Finn nickte. „Ich glaube, er war in sie verliebt." Tränen traten in seine Augen. „Ich habe sie auch gemocht. Ich dachte, wenn Inga auch in Papa verliebt ist, dann …" Er verstummte.

Anneliese beugte sich ein wenig nach vorn und tätschelte unbeholfen sein Knie. Wie sollte sie den kleinen Kerl nur trösten?

„Papa sagt, Inga wäre nie von allein da runtergefallen."

„Das hat er zu dir gesagt?" Sie kannte sich zwar nicht gut mit Kindern aus, aber ob man mit einem Sechsjährigen solche Dinge besprach?

Finn schüttelte energisch den Kopf. „Nicht zu mir. Zu Fred. Ich habe gehört, wie die beiden geredet haben, als Papa dachte, ich schlafe schon."

Anneliese rang kurz mit sich. Durfte sie ein unschuldiges Kind aushorchen? Doch dann schob sie ihre Bedenken beiseite und fragte: „Worüber haben die beiden denn noch gesprochen?"

„Ich habe nicht alles verstanden, nur, dass Papa denkt, dass jemand Inga und Constanze verwechselt hat."

Anneliese lehnte sich zurück und sah nachdenklich aus dem Fenster. Interessant. „Was genau hat er denn gesagt?"

„So was wie: Sie hatte doch das Brautkleid an. Bestimmt dachte der Mörder, es ist Constanze."

„Hat er wirklich Mörder gesagt?"

Finn ließ den Kopf hängen und nickte.

„Und was hat Fred darauf erwidert?"

„Er ist ganz aufgeregt geworden und hat gesagt, dass er nicht mehr hierbleiben will. Und dass er Constanze in Sicherheit bringen muss. Meinst du auch, hier im Hotel ist ein Mörder? Will er vielleicht auch mich umbringen?"

„O mein Gott, Junge, nein." Anneliese stand auf, quetschte sich neben Finn in den Sessel und legte ihm einen Arm um die Schultern. „Ich will ehrlich zu dir sein. Es könnte sein, dass Inga nicht einfach so vom Turm gefallen ist, sondern dass ein böser Mensch das getan hat. Aber du musst dir keine Sorgen machen. Du bist noch ein Kind, dir wird niemand etwas tun." Sie streichelte ihm über den Oberarm und betete zu Gott, dass sie recht behielt.

Kapitel 11

Anneliese ignorierte Constanzes stechenden Blick geflissentlich. Sie wusste, dass die Braut sie nicht dabeihaben wollte. Doch das war ihr egal. Wenn sie Informationen über die Hintergründe zu Ingas Tod bekam, dann hier.

Da sie diese Zusammenkunft unter keinen Umständen hatte verpassen wollen, war aus der geplanten Wanderung mit Julius und Loni nach deren Verspätung nur ein Spaziergang geworden. Die beiden hatten doch tatsächlich verschlafen! Loni, die Frühaufsteherin! Wahrscheinlich hatten sie über ihre Wiedersehensfreude die Zeit vergessen. Anneliese schmunzelte, riss sich jedoch gleich wieder zusammen. Hier ging es nicht um Loni und Julius, sondern um ein anderes Liebespaar.

Die Familie von Thalheim war im Salon des Hotels zusammengekommen, um über die ausstehende Hochzeit zu beraten. Anneliese hatte Erich ein wenig überreden müssen, ebenfalls an dieser Zusammenkunft teilzunehmen und sie mitzunehmen. Schließlich hatte er eingewilligt. Sie wusste mittlerweile, welche Knöpfe sie bei ihm drücken musste. Dass er ein Faible für Kriminalfälle und deren Lösung hatte, war ihr schon bei ihrem Kennenlernen klar gewesen, als er sie bereitwillig bei ihren Ermittlungen zum damaligen Mordfall unterstützt hatte. Natürlich waren auch die beiden ‚Jungdetektive' Jupp und Willi mit von der Partie. Die beiden thronten auf einem kleinen Sofa. Anneliese atmete einmal tief ein. Das konnte heiter werden, wenn die zwei ihr ständig ins Handwerk pfuschten.

Konrad, der in einem Sessel in der Mitte des Raumes saß, setzte sich etwas aufrechter hin und eröffnete die Diskussion. „Ich finde, wir sollten angesichts der Umstände die Hochzeit verschieben. Aufgeschoben ist ja nicht aufgehoben."

Constanze, die nervös vor der Fensterfront auf- und abgelaufen war, blieb bei seinen Worten abrupt stehen. „Auf gar keinen Fall. Wir werden heiraten."

„Sollt ihr ja auch", entgegnete Konrad mit besonnener Stimme. „Nur zu einem anderen Zeitpunkt."

„Warum warten? Zumindest die standesamtliche Trauung werden wir nicht absagen. Es ist alles vorbereitet!" Constanzes Hände durchschnitten die Luft.

Fred trat zu ihr und strich ihr sanft über den Arm. „Hältst du das wirklich für eine gute Idee?" Versuchte er, sie zu beruhigen.

„Fällst du mir jetzt auch noch in den Rücken?"

„Nein, mein Schatz. Natürlich nicht. Aber ich denke, wir sollten keine übereilten Entscheidungen treffen."

„Übereilte Entscheidungen? Wir planen diese Hochzeit seit einem Jahr!"

„Fred meint, dass wir angesichts von Ingas Tod keine vorschnellen Entscheidungen treffen sollten. Ich schlage vor, die Hochzeit zu verschieben, zumindest bis Inga beerdigt worden ist", mischte sich Rosamund in die Diskussion ein.

Anneliese verfolgte den Wortwechsel von ihrem Sessel in der Ecke des Raumes. Sie hatte diesen Platz bewusst gewählt. Von hier hatte sie alle im Blick, blieb selbst aber im Hintergrund. Sie wollte beobachten, die Reaktionen der Familienmitglieder in Augenschein nehmen. Ihrer Meinung nach hing Ingas Tod mit einem der hier Anwesenden zusammen.

Constanze öffnete den Mund, um ihrer zukünftigen Schwiegermutter zu widersprechen, schloss ihn jedoch wieder und drehte sich mit einer ruckartigen Bewegung Richtung Fenster, sodass sie allen den Rücken zukehrte.

Fred hob den Arm, als wollte er ihn ihr um die Schultern legen, ließ ihn dann aber kraftlos sinken, wo er neben seinem Körper hing, als gehörte er nicht zu ihm.

Anneliese bemerkte, wie Nick Fred mit einer Handbewegung zu verstehen gab, er solle Constanze einen Moment für sich geben. Wie ein Hund mit eingezogenem Schwanz zog Fred ab und setzte sich neben seine Mutter, die erneut das Wort ergriff.

„Die fehlenden Gäste sind informiert und werden nicht anreisen. Auch die Feier ist abgesagt. Ich bin der Meinung, wir sollten die Trauung ebenfalls absagen. Selbst eine Eheschließung im kleinen Kreis, ohne Festlichkeiten halte ich für unangemessen. Ich finde …"

Ihre Ansprache wurde durch eine Kellnerin unterbrochen, die einen Servierwagen mit Kaffee und Gebäck in den Salon schob. War das nicht Cornelia, die Loni zusammen mit Marius gesehen hatte? Sie schien die angespannte Stimmung in der Bibliothek zu spüren, denn sie bewegte sich nicht mit der gewohnten professionellen Flinkheit. Ihre Bewegungen wirkten fahrig und unkonzentriert. Sie hob einmal kurz den Blick, schlug die Augen aber sofort wieder nieder und vermied standhaft jeglichen Blickkontakt. In unbehaglichem Schweigen warteten alle, bis sie die Tassen mit Kaffee und das Gebäck auf Tellern arrangiert hatte und grußlos, nur mit einem angedeuteten Kopfnicken, die Bibliothek verließ. Als die Tür hinter ihr mit einem dumpfen Ton ins Schloss fiel, richtete Anneliese ihr Augenmerk wieder auf Constanze. Sie hatte beim Eintreten der Kellnerin nicht reagiert und weiter aus dem Fenster gestarrt. Nick hingegen hatte die kurze Unterbrechung genutzt und war neben sie getreten. Jetzt redete er mit schnellen Worten auf sie ein. Was gesprochen wurde, konnte Anneliese leider nicht verstehen, auch wenn sie sich in ihrem Sessel so weit wie möglich nach vorn beugte. Als sie sich frustriert wieder zurücklehnte und dabei Erichs Blick streifte, bemerkte sie, dass er sie mit einem amüsierten Grinsen beobachtete. Sie zuckte nur die Schultern und breitete die Hände in einer entschuldigenden Geste aus.

Rosamund wollte erneut das Wort ergreifen, doch Konrad gebot ihr mit einer Handbewegung Einhalt. Zu Annelieses Erstaunen gehorchte sie ihrem Mann.

„Ich verstehe deine Einwände sehr gut, meine Liebe, und bin geneigt, dir recht zu geben. Dennoch bin ich der Ansicht, die letztendliche Entscheidung, ob es zu einer Vermählung kommt oder nicht, obliegt dem Brautpaar." Er sah seinen Sohn fragend an. Der gab den Blick an Constanze weiter, die sich bei Konrads Worten vom Fenster abgewandt hatte und in die Runde blickte.

„Nun gut, wenn ihr alle dagegen seid, verschieben wir die Hochzeit eben." Mit diesen Worten rauschte sie aus dem Salon.

Anneliese spürte ein kollektives Aufatmen im Raum. Die Stimmung wirkte sofort gelöster.

„Das ist die richtige Entscheidung", raunte Erich ihr leise zu. „Angesichts der Umstände ist das nicht der passende Rahmen für eine Hochzeit."

„Mit Sicherheit ist das die moralisch korrekte Entscheidung." Sie runzelte die Stirn. „Allerdings wundere ich mich über den plötzlichen Stimmungsumschwung von Constanze. Ich würde zu gern wissen, was Nick ihr da zugeflüstert hat." Noch während sie sprach, bemerkte sie, wie sich Claudine Nanette zuwandte. Rasch beugte sich Anneliese in Richtung der beiden Cousinen.

„Ich verstehe Constanze nicht", hörte sie Claudines leise Stimme. Anneliese lehnte ihren Oberkörper noch weiter über die Lehne, um ja kein Wort zu verpassen. „Ich würde auf keinen Fall heiraten wollen, wenn meine beste Freundin kurz zuvor unter tragischen Umständen zu Tode gekommen ist."

„Und davon mal abgesehen – nachdem sie ein Jahr in die Planung gesteckt haben, soll nun alles für die Katz sein und sie wollen in kleinem Rahmen heiraten? Dann würde ich doch lieber ein halbes Jahr warten und ein prunkvolles Fest – wie ursprünglich geplant – feiern", ergänzte Nanette mit ebenso leiser Stimme.

„Ist euch eigentlich klar, dass Constanze möglicherweise in Gefahr schwebt?" Die Worte von Nick schlugen ein wie eine Bombe. Einen Moment starrten ihn alle sprachlos an.

„Kannst du das näher erläutern?", bat Konrad.

„Die Sache ist doch die. Ich denke nicht, dass Inga gefallen oder sogar freiwillig vom Turm gesprungen ist. Sie wurde gestoßen, da bin ich mir sicher. Und da sie ein Brautkleid trug und die zwei sich sehr ähnlich sahen, glaube ich, dass jemand die beiden verwechselt hat."

Nach dieser Aussage von Nick setzte aufgeregtes Gemurmel ein. Anneliese sah sich um und blickte in erschrockene Gesichter. War wirklich noch niemand von der Familie auf den Gedanken gekommen? Wo selbst Fred zuerst fälschlicherweise gedacht hatte, die Tote sei Constanze? Oder war es nur die Tatsache, dass der Satz, einmal laut ausgesprochen, im Raum hing und nicht mehr zurückgenommen werden konnte?

Nach einer Weile räusperte sich Konrad. „Du hast recht, die Möglichkeit besteht. Aber noch geht die Polizei nicht von einem Tötungsdelikt aus."

Nick warf die Hände in die Luft. „Ich bitte euch! Ihr alle kanntet Inga. Denkt irgendjemand ernsthaft, sie könnte freiwillig gesprungen sein?"

„Ich muss zu Constanze." Fred sprang auf und rannte fast aus dem Raum.

Alle sahen ihm nach. Keiner schien das Wort ergreifen zu wollen. Schließlich erhob sich Rosamund langsam von ihrem Sofa. Sie sprach mit ernster Stimme, die einen scharfen Unterton nicht verbergen konnte. „Nick, ist dir klar, was du da sagst? Wenn jemand Inga gestoßen hat, dann war es einer von uns. Willst du das andeuten?"

„Ich will gar nichts andeuten. Ich weiß nicht, wer für Ingas Tod verantwortlich ist. Ich weiß nur, dass sie nicht freiwillig gesprungen ist. Und ich weiß, dass die Möglichkeit besteht, dass auch Constanze in Gefahr schwebt. Ihr Thalheims kehrt Probleme immer gern unter den Teppich und verschließt die Augen vor der Wahrheit. Aber hier geht es um Menschenleben, verdammt noch mal!" Den letzten Satz hatte Nick fast gebrüllt. Dann stürmte er aus dem Saal.

„So, da endlich die Entscheidung gefallen ist, die Hochzeit abzusagen, kann diese lächerliche Versammlung für beendet erklärt werden, oder?" Adele erhob sich, auf ihren Stock gestützt, aus ihrem Sessel. „Ich habe sowieso nicht verstanden, wieso ich dabei sein muss. Ich heirate nicht. Und die Entscheidung, ob die Hochzeit stattfindet oder nicht, liegt allein beim Brautpaar. Meiner Meinung nach. Und nun ziehe ich mich zurück. Ich brauche meinen Mittagsschlaf." Mit diesen Worten verließ sie gemessenen Schrittes die Bibliothek.

Endlich mal jemand, der Klartext redete. Die Frau war Anneliese sympathisch.

Rosamund schien das anders zu sehen. Sie warf den Kopf in den Nacken und eilte mit den Worten „Ich werde mich ebenfalls für ein Stündchen zurückziehen" aus dem Raum.

Wäre die ganze Situation nicht so tragisch, könnte man fast lachen, dachte Anneliese. Diese Familie hat ein Faible für dramatische Abgänge. Zumindest die Frauen.

Konrad erhob sich etwas schwerfällig aus seinem Sessel und trat zu Erich. „Lust auf eine kleine Zigarre?" Erich sah fragend zu ihr und nachdem sie zustimmend genickt hatte, verließen die Freunde gemeinsam die Bibliothek.

Mit einem gemurmelten „Massagetermin" machten sich Nanette und Claudine ebenfalls auf den Weg, gefolgt von Jupp und Willi, die ihr im Hinausgehen vielsagende Blicke zuwarfen. Anneliese ignorierte die beiden und blieb nachdenklich zurück. Was für ein vertrackter Fall, bei dem sie weder wussten, ob es sich um Mord handelte, noch, ob tatsächlich das beabsichtigte Opfer ums Leben gekommen war.

Kapitel 12

Loni lag auf der Liege im Wellnessbereich des Romantikhotels und wartete auf die Masseurin, die mit ihren geschulten Händen hoffentlich dafür sorgen würde, dass sich ihr verspannter Rücken erholte. Der Raum um sie herum war gedämpft erleuchtet. Leise Musik spielte im Hintergrund und der Duft von Lavendel lag in der Luft. Tina, eine der Masseurinnen, trat ein, begrüßte sie mit leiser Stimme und trug ein warmes, wohlriechendes Öl auf ihren Rücken auf. Mit sanftem Druck begann sie, ihre rechte Körperseite zu bearbeiten. Loni schloss die Augen und ließ mit einem langen Atemzug die Luft aus ihren Lungen entweichen. Sie hatte sich auf diese Massage gefreut, die Emma ihr als Dank für ihre Assistenz bei den Fotoarbeiten spendiert hatte. Doch anstatt sich zu entspannen, drifteten ihre Gedanken immer wieder zu Inga. Bilder der jungen Frau im Brautkleid, an Nicks Brust gelehnt, vermischten sich mit der grotesk verzerrten Gestalt auf dem Boden vor dem Rosenturm. Was war bloß geschehen? War sie freiwillig gesprungen oder hatte sie jemand gestoßen?

Die Masseurin widmete sich inzwischen ihrer rechten Schulter. Jeder Handgriff schien die Spannung zu vertiefen, anstatt sie zu lösen.

Tina bemerkte ihre Unruhe und fragte leise: „Alles in Ordnung bei Ihnen?"

Loni bejahte und bemühte sich, sich ihre innere Anspannung nicht anmerken zu lassen. Was ihr mehr schlecht als recht gelang. Die Stunde zog sich unendlich in die Länge und sie war froh, als Tina die Behandlung endlich für beendet erklärte. Rasch lief Loni auf ihr Zimmer und zog sich um. Während sie den Kleiderschrank schloss, überlegte sie, wie sie den Rest des Tages nutzen wollte. Ihre Tätigkeit als Fotoassistentin war vorerst auf Eis gelegt. Emma hatte sich zum Arbeiten in den Tagungsraum des Hotels zurückgezogen. Julius hatte ein geschäftliches Gespräch mit der Hotelchefin zwecks Honiglieferung und Anneliese war mit Erich bei einem Treffen der Familie. Wenn Loni sie richtig verstanden hatte, wollte man gemeinsam darüber beraten, wie mit der Hochzeit verfahren werden sollte.

Loni entschied sich für einen Kuchen auf der Hotelterrasse. Jeden Nachmittag war im Speisesaal ein üppiges Kuchenbüfett aufgebaut, an dem sich die Gäste bedienen konnten. Bei dem milden Wetter konnte sie sich auf die Terrasse setzen und den schönen Frühlingstag genießen. Als sie die Hoteltreppe hinunterging, merkte sie, dass ihr Bauch grummelte. Sie hatte heute Morgen beim Frühstück nur eine Scheibe Toast mit Butter gegessen. Mehr hatte sie nicht heruntergebracht. Die gestrigen Ereignisse waren ihr auf den Magen geschlagen.

Auch der kleine Spaziergang mit Anneliese und Julius hatte nicht dazu beigetragen, ihre Nerven zu beruhigen. Im Gegenteil, Anneliese war bereits ganz in ihrem Element als Hobbydetektivin und Julius kamen die Umstände von Ingas Tod ebenfalls verdächtig vor.

Als Loni mit einer Kaffeetasse in der einen und einem Stück Käsekuchen in der anderen Hand auf die Terrasse trat, sah sie Fred an einem Tisch in der Ecke sitzen. Er starrte gedankenverloren vor sich hin. Mit hängenden Schultern und in sich zusammengesunken wirkte er wie ein Häufchen Elend auf seinem Platz. Nanu, was tat er hier? War das Familientreffen etwa schon beendet? Loni zögerte. Sie hatte vorgehabt, in Ruhe ihren Kaffee zu genießen, bevor Anneliese sie aufspürte und mit Sicherheit die nächsten ermittlungstechnischen Schritte einleiten wollte. Freds Kummer rührte jedoch ihr Herz und sie verspürte den Drang, ihn zu trösten. Vielleicht erfahre ich auch etwas, was für unsere Ermittlungen wichtig sein könnte, hörte sie eine leise Stimme in ihrem Kopf, die verdächtig nach ihrer besten Freundin klang. Nun gut, warum sollte sie nicht zwei Fliegen mit einer Klappe schlagen? Sie atmete tief ein und steuerte Freds Tisch an. Als sie zu ihm trat, hob er den Kopf, sagte allerdings nichts. „Darf ich mich für einen Moment zu Ihnen setzen?"

Er zuckte mit den Schultern, deutete aber mit der Hand auf den Stuhl neben sich.

Loni nahm das als Aufforderung und setzte sich. Fred hatte seine Position nicht verändert, er starrte weiter mit hängendem Kopf vor sich auf die Tischplatte. Der Kaffee, der vor ihm stand, schien unangetastet. Loni war versucht, ihm eine Hand auf die Schulter zu legen, wie sie es oft bei den Frauen getan hatte, die sie als Hebamme begleitet hatte, doch für Fred erschien ihr diese Geste zu intim. Sie beugte sich zu ihm und sagte mit sanfter Stimme: „Der Tod von Inga tut mir schrecklich leid. Ich habe sie ein wenig kennengelernt. Eine sympathische Frau. Das muss an dem Morgen ein großer Schock für Sie gewesen sein."

Fred richtete sich ruckartig auf und sah Loni mit aufgerissenen Augen an. „Ein Schock? Was meinen Sie?"

Erstaunt von der Vehemenz, mit der er die Frage stellte, entgegnete Loni: „Der Moment, als Sie Inga in einem Brautkleid vor dem Turm gesehen haben. Sie haben bestimmt geglaubt, dass Ihre Verlobte … wir alle dachten zuerst …" Sie verstummte.

„Ach so, ja." Fred sackte wieder in sich zusammen. „Das war ein Schock."

Loni hatte Mitleid mit ihm. Sie kannte ihn zwar nicht gut, aber auf sie wirkte er immer passiv, reagierend auf das, was die Frauen in seinem Umfeld entschieden. Auch jetzt schien er wieder zwischen seiner Mutter und seiner Zukünftigen zu stehen. Wenn Loni ihre Menschenkenntnis nicht täuschte, dann schrie alles in ihm danach, die Trauung zu verschieben und endlich von diesem unseligen Ort abzureisen. „Kein guter Zeitpunkt für eine Hochzeit, was?", wagte sie deshalb einen Vorstoß.

Wieder ruckte Freds Kopf nach oben. „Ich … ich weiß nicht." Er stieß einen tiefen Seufzer aus. „Manchmal frage ich mich, ob Inga nicht …" Er verstummte. „Ich meine, sie hat ja schon ein Jahr lang alles mit Constanze geplant, ob sie nicht gewollt hätte, dass wir … ich weiß nicht … die Sache hinter uns bringen."

Seltsame Ausdrucksweise, dachte Loni. Eine Hochzeit brachte man doch nicht hinter sich! Aber womöglich war die Wortwahl den Umständen und Freds momentaner Verwirrung geschuldet. Plötzlich kam ihr ein Gedanke. Bewog ihn noch etwas anderes, außer Constanze, dazu, an dieser Hochzeit festzuhalten? „Die Pläne, die Sie gemacht haben, funktionieren auch in einem halben Jahr noch", bohrte sie daher ein wenig tiefer.

„Wahrscheinlich, ja. Aber ..." Er verstummte wieder.

Loni merkte, etwas nagte an ihm. Aber sie bekam es nicht zu fassen. „Wäre es ...", setzte sie an, doch sie wurde von Fred unterbrochen, der aufsprang und rief: „Da bist du ja. Ich habe dich überall gesucht!"

Loni folgte seinem Blick und sah Constanze aus der Tür zum Speisesaal kommen.

„Ich brauchte mal ein paar Minuten für mich. Das ist ja wohl nicht zu viel verlangt!" Sie reckte ihre Nase hochmütig nach oben. „Kommst du jetzt?" Loni würdigte sie bei ihren Worten keines Blickes.

Er eilte, ohne sich zu verabschieden, auf seine Verlobte zu. „Du sollst doch nicht allein herumlaufen. Das ist gefährlich!", hörte sie ihn noch sagen, bevor die beiden im Inneren des Hotels verschwanden.

Loni ballte eine Hand in ihrem Schoß zur Faust. So ein Mist. Warum war Constanze ausgerechnet jetzt in ihr Gespräch geplatzt? Irgendetwas machte Fred zu schaffen – abgesehen von der Frage um die Hochzeit, da war sich Loni sicher. Ob es nur die Sorge um seine Verlobte war? Oder steckte mehr dahinter? Schade, dass sie keine Gelegenheit mehr bekommen hatte, tiefer zu bohren.

Wer weiß, womöglich hätte Fred sich ihr gegenüber geöffnet. Sie musste unbedingt versuchen, ihn noch einmal allein zu erwischen. Mechanisch aß sie ihren Kuchen. Mit den Gedanken war sie ganz woanders. Als sie fertig gegessen hatte, schob sie den leeren Teller von sich und nahm ihr Notizbuch aus der Tasche. Vielleicht half es, ihre Ansichten geordnet zu Papier zu bringen. Zu Beginn eines neuen Falles, wenn die Namen, Motive und Alibis nur so durcheinanderpurzelten, war es hilfreich, alles schriftlich festzuhalten. Loni blätterte in dem Buch und las sich durch, was sie bisher zu Ingas Tod notiert hatte, als eine wohlbekannte Stimme sie aufblicken ließ.

„Da bist du ja! Wir suchen dich schon überall. Dein Handy hast du wieder nicht dabei, oder?" Anneliese kam mit schnellen Schritten auf ihren Tisch zugeeilt.

Ein Griff in ihre Tasche bestätigte Loni, dass sie ihr Smartphone vermutlich auf dem Zimmer vergessen hatte.

Ihre Freundin deutete mit einer Handbewegung an, ihr zu folgen. „Komm, wir haben einiges zu besprechen." Dabei blickte sie sich verstohlen um.

„Moment, mein Kaffee ist noch nicht alle."

Anneliese warf einen Blick in ihre Tasse. „Die Pfütze? Lass stehen. Na los, Erich und Julius warten schon. Fallbesprechung auf unserem Zimmer." Sie sah erneut über die Schulter. „Beeil dich, bevor Jupp und Willi uns entdecken und sich uns anschließen wollen. Die zwei folgen mir auf Schritt und Tritt, um nur ja nichts von meinen Ermittlungen zu verpassen." Anneliese verdrehte genervt die Augen und packte Loni am Arm.

Die gab ihren Widerstand auf und ließ sich von ihrer Freundin von der Terrasse zerren.

Kapitel 13

Fünf Minuten später saß Loni neben Julius auf der Couch im Appartement von Anneliese und Erich. Dank des Drängens ihrer Freundin waren sie Jupp und Willi entwischt. Gerade als sich die Aufzugtüren schlossen, hatte sie die beiden erblickt, wie sie sich suchend im Foyer umsahen.

Nun lehnte sie sich mit einem Aufseufzen an Julius, froh, ihn an ihrer Seite zu haben. Er lächelte sie an und nahm ihre Hand. Erich hatte seine Schuhe ausgezogen und auf dem Bett Platz genommen. Emma saß im Schneidersitz auf dem Boden, mit dem Rücken an die Wand gelehnt. Anneliese lief im Zimmer auf und ab, während sie wie ein Maschinengewehr Fragen auf ihre Freunde abfeuerte.

„Ich finde, die ganze Sache ist unheimlich vertrackt. Es gibt zu viele offene Punkte. Zum einen: War es Selbstmord oder Mord? War Inga das beabsichtigte Opfer oder gab es eine Verwechslung? Wenn Inga das Ziel des Mordanschlags war, befindet sich der Mörder oder die Mörderin unter den Hochzeitsgästen? Oder hat ihr Tod überhaupt nichts mit der Hochzeitsgesellschaft zu tun und sie hat sich mit jemandem von außerhalb auf dem Turm verabredet, was ihr zum Verhängnis geworden ist?"

Loni hatte Mühe, Anneliese zu folgen.

„Ich glaube, einen fremden Täter können wir ausschließen. Falls jemand Inga nach dem Leben getrachtet hat, so hätte es leichtere Wege gegeben, sie zu ermorden, als sich aufs Hotelgelände zu schleichen", entgegnete Erich.

„Sag das nicht", mahnte Julius. „Womöglich hat der Mörder oder die Mörderin bewusst dieses Ambiente gewählt, um alle auf eine falsche Spur zu locken. Bevor wir nicht mehr über Ingas berufliches und privates Leben wissen, würde ich diese Möglichkeit nicht zu den Akten legen."

„Wie du meinst." Erich nickte bedächtig mit dem Kopf. „Du hast von uns allen die meiste Erfahrung."

„Und wie finden wir mehr über Ingas Leben heraus?", wollte Loni wissen.

„Ich werde mal wieder meine alten Kontakte bei der Polizei aktivieren." Julius grinste. „Spätestens übermorgen weiß ich hoffentlich mehr."

„Außerdem sollten wir mit Fred, Constanze und Nick reden. Sie sind doch schon jahrelang befreundet, oder?" Anneliese sah Emma fragend an.

„So wie ich das verstanden habe, sind die vier seit ihrem Studium unzertrennlich." Emma nickte.

„Mir fallen zwei weitere Fragen ein", meldete sich Erich zu Wort. „Warum trug Inga ein Brautkleid und warum war sie frühmorgens auf dem Turm?"

„Das kann ich beantworten. Zumindest zum Teil." Emma entknotete ihre Beine und zog sie mit beiden Armen zu sich heran. „Constanze wollte Fotos von sich allein im Brautkleid, ohne Fred. Inga und ich waren gestern Morgen verabredet, um die Probeaufnahmen zu machen."

„Und warum warst du dann nicht dort?", wollte Julius wissen.

„Ich war auf dem Weg. Wir hatten zehn Uhr ausgemacht. Großes Equipment brauchte ich nicht, deswegen war ich auch nicht auf deine Hilfe angewiesen, Oma." Emma warf Loni einen schnellen Blick zu. „Der Rundgang auf dem Turm ist so schmal, da kann ich kein Stativ oder Ähnliches aufbauen. Ich hätte nur mit meiner Handkamera fotografiert. Ich war zu spät dran, weil mir noch ein Telefonat dazwischenkam und als ich im Rosengarten ankam …" Emma stockte. „Da war es schon passiert. Ihr wart bei Inga und …"

Loni stand auf, kniete sich neben ihre Enkelin und nahm sie in den Arm. „Dich trifft keine Schuld", raunte sie ihr zu.

„Ich weiß. Trotzdem frage ich mich, ob ich den Sturz hätte verhindern können, wenn ich früher vor Ort gewesen wäre."

„Es ist müßig, sich darüber den Kopf zu zerbrechen", versuchte Loni, sie zu trösten. Ihr zerriss es das Herz, ihre Enkelin so niedergeschlagen zu sehen.

„Das ist aber ein guter Punkt, der gegen die Selbstmordtheorie spricht. Wenn Inga vorgehabt hätte, sich umzubringen, meint ihr nicht, sie hätte es zu einem anderen Zeitpunkt gemacht? Nicht dann, wenn sie jeden Moment damit rechnen musste, dass Emma auftaucht?"

Erich blickte in die Runde.

Loni nickte nachdenklich. „Da ist was dran. Außerdem habe ich Inga als sehr einfühlsam und rücksichtsvoll erlebt. Hätte sie sich vom Turm gestürzt, in dem Wissen, dass Emma sie findet?"

„Schon möglich." Julius hob eine Hand und wedelte durch die Luft. „Falls sie sich das Leben genommen hat, befand sie sich in einer emotionalen Ausnahmesituation. Nicht jeder ist dann in der Lage, die Konsequenzen seines Handels zu bedenken: Wer sie auffindet, was das für diese Person bedeutet und so weiter. Und falls sie doch daran gedacht hat: Womöglich war es ihr lieber, von jemandem gefunden zu werden, der ihr nicht so nahesteht. Um die Mitglieder der Hochzeitsgesellschaft zu schonen, die alle freundschaftlich mit ihr verbunden waren."

Emma seufzte. „Auch wieder wahr."

„Aber wäre sie in dem Kleid gesprungen, in dem ihre beste Freundin vor den Altar treten wollte?", gab Anneliese zu Bedenken.

„Nein, nein." Emma hob abwehrend die Hände. „Inga trug nicht Constanzes Kleid. Sie ist mit mehreren Kleidern zur Auswahl angereist, denn sie wollte an ihrem großen Tag mehrmals das Outfit wechseln. Inga musste eines der Kleider, die es nicht in die Auswahl geschafft haben, für die Aufnahmen tragen."

„Warum das? Bei den sonstigen Probeaufnahmen trug Inga doch nie ein Brautkleid." Nachdem Loni in den letzten Tagen zu Genüge mit Constanzes hohen Ansprüchen konfrontiert worden war, wunderte sie sich nicht, dass sie mehrere Outfits zur Auswahl dabeihatte.

Aber dass sie nun auf Aufnahmen im Hochzeitkleid bestanden hatte, kam ihr doch seltsam vor.

„Das hat mit den Verhältnissen auf dem Turm zu tun. Dort ist es eng und Constanzes Kleider fallen alle recht üppig aus. Sie wollte sehen, ob das Kleid nicht gequetscht ist oder ob sie für die Aufnahmen am Rapunzelturm ein schlichtes Kleid ohne Reifrock wählen sollte."

Anneliese stieß nach dieser Erklärung ein Schnauben aus. „So ein Firlefanz. Kann sie nicht einfach ein weißes Kleid anziehen, Fred das Jawort geben und gut ist?" Sie bedeutete Erich zu rutschen und setzte sich neben ihn aufs Bett. „Wie ist sie überhaupt auf den Turm gekommen? Der ist doch normalerweise abgesperrt. Eben weil die Brüstung recht niedrig ist und ein paar Steine locker sind."

Emma nickte. „Stimmt, aber wir hatten von der Hotelleitung die Erlaubnis, dort Fotos zu machen. Inga wollte den Schlüssel besorgen."

„Mit dem Hintergedanken, sich in den Tod zu stürzen?", spekulierte Erich.

„Ich glaube eher, dass jemand sie geschubst hat", beharrte Anneliese auf ihrer Mordtheorie.

„Wie kommst du zu diesem Schluss?", wollte Julius wissen.

„Weil ein Sprung vom Rapunzelturm eine blöde Selbstmordidee ist. So hoch ist der Turm nicht. Da ist nicht klar, dass man zwangsläufig stirbt. Wenn ich mich umbringen wollte, würde ich eine sicherere Methode wählen. Inga war eine intelligente Frau. Ärztin. Sie hätte doch ganz andere Möglichkeiten gehabt, ihr Leben zu beenden."

„Da stimme ich Anneliese zu." Emma setzte sich aufrecht hin. „Ich habe Inga in den letzten Tagen ein wenig kennengelernt. Zum einen machte sie auf mich keinen depressiven Eindruck und ja, ich weiß, Selbstmordgedanken sieht man einem nicht unbedingt an. Aber falls doch, so hätte sie sich eher die Pulsadern aufgeschnitten oder Tabletten genommen. Ich kann mir nicht vorstellen, dass sie das Risiko eingegangen wäre, vom Turm zu springen und dabei womöglich nicht zu sterben, sondern querschnittsgelähmt zu sein oder so."

„Das trifft dann aber auch auf den Mörder zu. Er konnte nicht sicher sein, dass Inga bei dem Sturz stirbt", gab Loni zu bedenken.

„Guter Einwand." Anneliese runzelte die Stirn. „Der Mörder konnte nicht sicher sein, dass sie bei dem Sturz ums Leben kommt. Also doch ein Unfall?"

„Du meinst, Inga war einfach zu früh da, ist gestolpert und vom Turm gefallen?" Erich wirkte nicht überzeugt.

„Nein." Anneliese schüttelte vehement den Kopf. „Jemand war mit ihr dort oben, es kam zum Streit, einem Handgemenge und dabei ist sie in den Tod gestürzt."

„Aber warum hat derjenige dann nicht den Notarzt gerufen? Vielleicht hätte man Inga noch helfen können?" Emma schauderte.

„Angst, Panik." Julius hob die Hände. „Womöglich hat er oder sie etwas zu verbergen und wollte nicht ins Visier der Ermittlungen geraten. Falls die Polizei keine eindeutigen Hinweise auf ein Fremdverschulden findet, werden wir wohl nie erfahren, was genau sich abgespielt hat."

„Mein Bauchgefühl sagt mir, dass hier etwas nicht stimmt. Da kann ich nicht hier sitzen und die Hände in den Schritt legen." Anneliese sprang auf und lief wieder im Zimmer auf und ab.

„Dein Bauchgefühl? Ich denke, du arbeitest faktenorientiert", konnte sich Loni nicht verkneifen zu sagen, milderte ihre Aussage jedoch mit einem Lächeln ab.

Anneliese blieb vor ihr stehen und sah sie herausfordernd an. „Okay. Dann sag du mir, was dein Inneres gerade sagt, als Expertin für Bauchgefühle."

Loni blickte entschuldigend in die Runde, vor allem in Richtung Julius. „Ich gebe Anneliese recht. Mir kommt Ingas Tod auch sehr spanisch vor."

Auf Annelieses Gesicht erschien ein strahlendes Lächeln und sie hielt Loni die Hand zum High Five hin. „Das heißt, wir ermitteln weiter, oder?"

„Ich befürchte, so ist es." Ein erneuter Blick zu Julius.

Der senkte ergeben den Kopf. „Gut, das habe ich geahnt. Also lasst uns die möglichen Verdächtigen einmal durchgehen. Ihr kennt die Hochzeitsgesellschaft im Gegensatz zu mir. Was ist eure Einschätzung zu der Braut? Constanze, richtig?"

„Stopp!" Anneliese hob die Hand. „Sind wir uns denn einig, dass Inga das beabsichtigte Opfer ist? Also ich nicht!"

„Ich auch nicht." Wieder ergriff Emma Annelieses Partei. „Für mich würde alles mehr Sinn machen, wenn der Täter oder die Täterin Inga mit Constanze verwechselt hat. Bedenkt doch: Sie trug ein Brautkleid, beide haben dieselbe Statur und Haarfarbe. Sogar Fred dachte im ersten Moment, dass Constanze vor dem Turm liegt."

Loni nickte. „Für einen Mord an Constanze würden mir tatsächlich auf Anhieb ein paar Motive und Verdächtige einfallen."

„Ich würde trotzdem vorschlagen, dass wir mit Inga beginnen", schlug Julius vor. „Wer hätte ein Interesse daran, dass sie stirbt oder – falls es ein Unfall war - wer könnte einen Streit mit ihr gehabt haben, der eskaliert ist?"

Betretenes Schweigen. „Niemand", meldete sich Emma schließlich zu Wort.

Julius blickte fragend in die Runde.

Loni zuckte die Schultern. „Mir fällt auch keiner ein. Höchstens Constanze. Aber da könnte ich es eher verstehen, wenn Inga Constanze vom Turm geschubst hat. Die hat sich ihr gegenüber unmöglich benommen."

„Für Constanze spricht, dass sie wusste, dass Inga sich um diese Uhrzeit auf dem Turm aufhalten würde", fügte Emma hinzu.

„Aber sie wollte nicht mitkommen?", hakte Anneliese nach.

„Nein. Ihr war das zu früh. Sie brauche ihren Schönheitsschlaf, gerade jetzt, vor der Hochzeit." Emma verdrehte die Augen.

„Trotzdem könnte sie es sich anders überlegt haben. Denk doch nur an unsere letzten Probeaufnahmen", gab Loni zu bedenken. „Da ist sie auch unangekündigt aufgekreuzt und hat alles überwacht."

„Das stimmt", gab Emma zu.

„Welches Motiv könnte sie haben?", sinnierte Julius.

„Keines. Zumindest von unserem jetzigen Kenntnisstand aus nicht. Inga war ihre beste Freundin. Sie hat ihr bei den ganzen Hochzeitsvorbereitungen zur Seite gestanden. Ohne sie hätte Constanze vermutlich schon einen Nervenzusammenbruch erlitten", erklärte Loni.

„Was sie in meinen Augen verdächtig macht, ist, wie wenig sie um ihre Freundin trauert", meldete sich Erich zu Wort. „Sie hat nur ihre Hochzeit im Kopf. Der Tod von Inga scheint sie gar nicht zu erschüttern."

„Das stimmt. Sie wirkt total gefühllos", schlug Emma in dieselbe Kerbe.

„Vielleicht der Schock?", nahm Loni die Braut in Schutz. Anneliese stieß daraufhin ein Schnauben aus, sagte aber nichts.

„Gut, kommen wir zu unserer zweiten Theorie. Es war ein geplanter Mord und jemand hat Inga und Constanze verwechselt. Wer hätte ein Motiv, sie zu ermorden?" Julius sah fragend in die Runde.

„Ihre Schwiegermutter", kam es wie aus der Pistole geschossen von Anneliese. „Die kann sie nicht ausstehen und wäre heilfroh, wenn die Hochzeit nicht zustande kommt."

„Das war's aber auch schon, oder?" Emma sah fragend in die Runde.

„Bleibt noch Fred", gab Anneliese zu bedenken. „Ein Motiv fällt mir da zwar nicht ein, er scheint Constanze unbegreiflicherweise zu vergöttern, aber ihr wisst ja: Erst einmal das nähere Umfeld in Augenschein nehmen. Hier verbergen sich bei den meisten Morden die Schuldigen."

„Der kann doch keiner Fliege was zuleide tun." Emma grunzte. „Er ist ja nicht mal in der Lage, seiner Verlobten oder seiner Mutter Paroli zu bieten."

„Was ist mit Nick? Er wurde von Constanze ja auch

ganz schön herumkommandiert, wie ihr mir erzählt habt", wollte Julius wissen.

„Das glaube ich nicht. Das ist so ein netter Kerl." Loni schüttelte den Kopf.

„Moment. Mir kommt da eine Idee." Erich richtete sich auf. „Was, wenn Constanze Nick zu dem Fotoshooting bestellt hat, weil sie es sich anders überlegt hat und doch ein Foto mit Bräutigam wollte. Nick hat Inga mit Constanze verwechselt und sie vom Turm gestoßen. Ich glaube zwar auch nicht, dass Nick Constanze umbringen würde, nur, weil sie ihn ständig herumkommandiert, aber vielleicht gibt es einen anderen Grund, den wir noch nicht kennen. Immerhin wissen wir so gut wie nichts über das Privatleben der beiden."

„Loni und Emma sind der Ansicht, er hegte Gefühle für Inga. Vielleicht ein Eifersuchtsdrama?" Anneliese blickte auffordernd in die Runde.

„Kann ich mir nicht vorstellen." Emma schüttelte den Kopf. „Er ist so ein stiller Typ."

„Gerade das macht ihn verdächtig. Wie heißt es so schön? Stille Wasser sind trüb." Anneliese riss die Augen auf und legte den Kopf schief.

„Tief, aber egal", erwiderte Loni. „Ich neige dazu, Emma zuzustimmen. Nick als Mörder klingt für mich auch unwahrscheinlich."

„Was ist mit Freds Bruder?", warf Julius ein.

„Marius! Stimmt. Den hätte ich jetzt vergessen." Anneliese schlug sich mit der Hand gegen die Stirn. „Er ist genau zum richtigen Zeitpunkt aufgetaucht. Einen Tag vor Ingas Tod. Zufall?"

„Okay, wenn wir Konrad und Adele außen vor lassen, bleiben fünf Personen. Adele ist aufgrund ihres Alters und ihrer Konstitution nicht dazu in der Lage, auf den Turm zu steigen, und Konrad mit seinem steifen Bein dürfte da auch Schwierigkeiten haben. Trotzdem ganz schön viele Verdächtige." Loni stöhnte auf.

„Vergiss die Cousinen nicht", warf Anneliese ein. „Die sind bisher zwar im Hintergrund geblieben, aber wer weiß?"

Julius seufzte. „Es hilft nichts. Wir müssen mehr über Inga und die Mitglieder der Hochzeitsgesellschaft herausfinden. Alles andere führt zu nichts. Bisher haben wir nur haarsträubende Theorien und Spekulationen. Wir brauchen Fakten, handfeste Beweise."

„Julius hat recht. Wir haben ordentlich was zu tun. Also lasst uns nicht weiter tatenlos hier herumsitzen, sondern uns in die Verhöre stürzen. Wer weiß, wie lange uns noch bleibt. Die Hochzeit ist abgesagt und ewig wird die Polizei uns nicht hier festhalten können." Anneliese klatschte in die Hände. „Ich schlage vor, wir versuchen erst einmal, so viele Informationen wie möglich zu sammeln. Redet mit den von Thalheims, versucht mehr über Inga in Erfahrung zu bringen. Julius, du nutzt wie gesagt deine Kontakte bei der Polizei. Sobald jemand etwas Wichtiges zutage fördert, treffen wir uns wieder hier, verstanden?"

„Was ist mit Jupp und Willi?", wollte Loni wissen. „Du hattest doch versprochen, sie in die Ermittlungen einzubinden."

Anneliese schnaubte. „Ich weiß. Das heißt aber nicht, dass sie bei unseren Treffen dabei sein müssen. Wenn sie mir Informationen liefern, gebe ich ihnen im Gegenzug etwas. Mehr war nicht vereinbart."

Loni war sich nicht sicher, ob Jupp und Willi die Übereinkunft ähnlich aufgefasst hatten, doch sie hütete sich, das Anneliese gegenüber zu erwähnen. Jetzt hieß es erst einmal: Informationen sammeln.

Kapitel 14

Anneliese spazierte nach der Besprechung Richtung Teich. Sie hatte eigentlich auf der Terrasse einen Kuchen essen und auf Rosamund warten wollen, die sich die nachmittägliche Kuchenrunde nie entgehen ließ. Doch als sie Jupp und Willi entdeckt hatte, war ihr der Appetit vergangen und sie hatte sich zu einem Spaziergang entschieden. Das Wetter war herrlich, das galt es auszunutzen. Nach einer gemächlichen Runde um den Teich stieß sie auf dem kleinen Spielplatz in der Nähe des Rosengartens auf Finn. Der saß auf der Schaukel und malte mit seinen Beinen Kreise in den Sand. „Hallo Finn", begrüßte sie ihn. „Ist dir langweilig?"

Er sah auf und als er sie erkannte, huschte ein Lächeln über sein Gesicht. „Schaukelst du mit mir?"

Anneliese lachte. „Ich kann es ja mal versuchen." Sie stakste mit ihren Absatzschuhen durch den Sand Richtung Spielgeräte. Hoffentlich passt mein Hinterteil auf die schmale Sitzfläche, dachte sie. Es ging gerade so. Etwas unbequem, aber für ein paar Minuten annehmbar.

„Versteckst du dich hier vor Kayla und Lola?"

Finn schüttelte den Kopf. „Neee. Die haben heute zum Glück keine Zeit. Die machen mit ihren Mamas Beautytag. Fingernägel lackieren und so." Er verzog verächtlich das Gesicht. „Ich warte auf Papa. Der muss mit Fred was besprechen. Danach gehen wir schwimmen." Er lächelte Anneliese strahlend an. „Meinst du, Fred und Constanze heiraten noch?"

„Ich denke schon. Aber wohl nicht jetzt. Vielleicht erst in einem halben Jahr oder so."

Finn nickte und sah dabei sehr zufrieden aus.

„Das freut dich wohl, was?"

„Ein bisschen schon", gab er zu. „Ich hatte sowieso keine Lust, den doofen Anzug anzuziehen und mit Kayla und Lola Blumen zu streuen." Finn drehte sich mit der Schaukel ein. „Vielleicht fällt die Hochzeit ja ganz aus", rief er, während er sich in immer schnelleren Kreisen wieder aufdrehte.

„Wie kommst du darauf?", fragte Anneliese, als Finns Schaukel zur Ruhe kam.

„Ich dachte immer, wenn man heiratet, dann liebt man sich."

„Und du meinst, Constanze und Fred lieben sich nicht?"

Finn zuckte die Schultern. „Ich weiß nicht. Streitet man viel, wenn man verliebt ist?"

„Manchmal schon."

„Ich finde, die zwei streiten ganz schön oft. Mama und Papa haben sich auch gestritten und dann ist Mama ausgezogen."

„Manchmal zankt man auch und verträgt sich dann wieder. So eine Hochzeit kann ganz schön anstrengend sein. Dann streitet man vielleicht mehr als sonst."

„Das hat Papa auch gesagt."

„Du hast mit ihm über Constanze und Fred geredet?", fragte Anneliese erstaunt.

„Nein." Finn lachte. „Ich rede doch mit Papa nicht über Liebe. Aber ich habe gehört, wie Marius zu Papa gesagt hat, früher ist Constanze nicht so fies gewesen."

„Er hat fies gesagt?"

„Nein. Ein kompliziertes Wort, das ich vergessen habe. Aber ich glaube, er hat fies gemeint."

„Du bekommst ganz schön viel mit, was?"

„Ich kann eben gut zuhören." Finn reckte stolz sein Kinn nach oben.

Anneliese lachte. „Den Eindruck habe ich auch."

„Wollen wir gucken, wer am höchsten schaukeln kann?", schlug er vor.

Sie bezweifelte, dass sie überhaupt in der Lage sein würde, die Schaukel in Schwung zu bringen, doch der kleine Kerl machte ein so begeistertes Gesicht, dass sie ihm seinen Wunsch nicht abschlagen wollte. „Na dann, los!", rief sie und drückte sich fest vom Boden ab.

Als Finn und sein Vater Richtung Schwimmbad verschwunden waren, schlenderte Anneliese in Gedanken versunken durch den Rosengarten, als laute Stimmen sie aufhorchen ließen. Das klang nach einem Streit. Die schrille, keifende Frauenstimme erkannte sie sofort. Das war Constanze, die hysterische Braut. Wer war der Mann? Fred nicht, dafür war die Stimme zu tief. Vorsichtig schlich sie näher heran und versteckte sich hinter den Rosen. Nun verstand sie das Gespräch besser, aber die männliche Stimme erkannte sie immer noch nicht.

Sie versuchte, durch die Rosenbüsche zu spähen, doch die waren zu dicht.

„Du hältst gefälligst die Klappe. Vergiss nicht, ich könnte auch so einiges über dich ausplaudern."

Ein hämisches Auflachen. „Wie sagt man so schön? Ist der Ruf erst ruiniert, lebt sich's völlig ungeniert. Mir kannst du nicht drohen."

„Ach ja. Und was ist mit deiner Affäre mit …"

Mist, Anneliese hatte den Namen nicht verstanden.

„Das wagst du nicht!" Die männliche Stimme klang auf einmal nicht mehr herablassend, sondern zornig.

„Eine Hand wäscht die andere. Schweigst du, schweige ich auch."

„Was bist du doch für ein Miststück! Mein armer Bruder."

Nun war es Constanze, die ein abfälliges Lachen hören ließ.

In diesem Moment beging Anneliese einen schweren Fehler. Sie richtete sich auf, nicht mehr an den Hut denkend, den sie trug. Die Feder, die ihn zierte, wurde ihr zum Verhängnis. Erst, als ihr plötzlich der Hut vom Kopf gerissen wurde, sah sie auf, geradewegs in die Augen von Constanze.

„Sie schon wieder, Sie alte Schnüfflerin!" Constanzes Augen waren zu schmalen Schlitzen verengt, ihr Mund verkniffen.

Anneliese straffte sich und versuchte, einen Rest ihrer Würde zurückzugewinnen. „Ja, ich! Ich wohne auch hier im Hotel und darf den Rosengarten genauso wie Sie zum Flanieren nutzen."

„Im Moment sind Sie aber nicht am Flanieren, sondern am Lauschen, wenn mich nicht alles täuscht."

Anneliese stemmte ihre Hände in die Hüften. „Ich lausche nicht! Was unterstellen Sie mir denn? Mein Schnürsenkel war offen." Zu spät fiel ihr ein, dass sie Absatzschuhe zum Reinschlüpfen trug.

Constanze warf nur einen demonstrativen Blick auf ihre Schuhe, hob verächtlich die Augenbrauen und schmiss ihr den Hut vor die Füße. Dann drehte sie sich um und verschwand Richtung Hotel. Nach ein paar Metern wandte sie sich um und rief über die Schulter: „Und glauben Sie bloß nicht, dass ich Sie noch einmal in die Nähe meiner Familie lasse. Egal, wie eng Erich mit Konrad befreundet ist."

Anneliese wollte ihr ein „Strenggenommen ist es noch gar nicht ihre Familie" hinterherrufen, biss sich aber im letzten Moment auf die Zunge. Damit würde sie nur unnötig Öl ins Feuer gießen.

Marius, Constanzes Gesprächspartner stand noch hinter der Rosenhecke. Er sah eher amüsiert als verärgert aus. „Constanze hat Sie gefressen. Vor der würde ich mich in Zukunft in Acht nehmen."

Anneliese zuckte die Schultern und versuchte, ein gleichgültiges Gesicht zu machen. „Und wennschon. Ich werde den Fall auch ohne ihre Hilfe lösen."

„Welchen Fall?"

„Na, Ingas Tod."

„Aha. Sie glauben nicht an einen Unfall oder Selbstmord."

Anneliese reckte ihr Kinn in die Luft. „Nein. Ich habe einige Erfahrung mit Mordfällen und Ingas Tod stinkt zum Himmel, das können Sie mir glauben."

„Sie haben Erfahrung mit Mordfällen?" Zu ihrem Erstaunen klang Marius' Frage nicht sarkastisch oder spöttisch, sondern ehrlich interessiert.

Nicht ohne Stolz berichtete sie ihm von den beiden Mordfällen, die sie und Loni in der Vergangenheit gelöst hatten. Marius schien beeindruckt.

„Und nun ermitteln Sie auch hier?"

Anneliese nickte.

„Deswegen haben Sie Constanze und mich belauscht?"

Sie machte ein zerknirschtes Gesicht. „Ich kam zufällig vorbei, als ich Ihre lauten Stimmen gehört habe. Constanzes nerviges Organ habe ich sofort erkannt. Natürlich bin ich stehengeblieben, um zu hören, worum sich der Streit dreht. Als Privatermittler ist man ab und zu gezwungen, zu solch eher unschönen Maßnahmen zu greifen. Wir haben weniger Möglichkeiten als die Polizei, um an Informationen zu kommen."

Marius lachte laut auf. „Auf den Mund gefallen sind Sie schon mal nicht. Das gefällt mir." Er kratzte sich am Kopf. „Ich befürchte nur, dass es für Sie in Zukunft unmöglich sein wird, an Informationen zu kommen, nun, da Constanze Sie bei einer Ihrer sogenannten unschönen Maßnahmen ertappt hat. Sie wird schon dafür sorgen, dass so gut wie keiner mehr mit Ihnen redet."

„Ich weiß." Annelieses Schultern sackten nach unten und sie ließ den Kopf hängen.

„Ich sagte, so gut wie keiner. Einer wäre womöglich bereit zu reden."

Erstaunt sah sie ihm ins Gesicht. „Sie meinen, Sie …"

„Genau, ich." Seine Lippen verzogen sich zu einem breiten Grinsen.

„Warum wollen Sie das tun?"

„Sagen wir so: Constanze geht mir schon lange auf die Nerven. Von ihr lasse ich mir nicht den Mund verbieten. Also, was möchten Sie wissen?"

Anneliese war baff, fing sich jedoch recht schnell wieder. Die Gelegenheit galt es zu nutzen. „Als Erstes interessiert mich, worüber Sie gestritten haben."

Marius lachte. „Ich weiß etwas über Constanze, das Fred nicht weiß. Sie möchte unter allen Umständen verhindern, dass er davon erfährt."

„Und welches Geheimnis verbirgt sie vor ihm?"

„Sagen wir so, Constanze war in der Vergangenheit nicht die treue Gefährtin, die Fred in ihr sieht."

„Sie meinen, sie hat Fred betrogen?"

Marius zuckte die Schultern. „Die Interpretation meiner Aussage überlasse ich Ihnen."

Anneliese knuffte ihn in die Seite. „Nun kommen Sie schon. Constanze hatte eine Affäre, richtig? Mit wem?"

Marius zögerte. „Wer, tut nichts zur Sache. Die Angelegenheit ist außerdem beendet. Schnee von gestern."

„Und warum haben Sie dann gedroht, Fred alles zu erzählen?"

„Habe ich ja gar nicht. Was geht mich die Beziehung meines Bruders an?"

„Warum denkt Constanze dann, Sie würden sie verraten?"

„Was weiß ich? Die ist doch paranoid und hysterisch."

„Und was hat Sie gegen Sie in der Hand?"

„Gegen mich? Gar nichts."

Marius setzte eine unschuldige Miene auf, doch Anneliese kaufte ihm die Nummer nicht ab. „Ich habe laut und deutlich gehört, wie Constanze damit drohte, Ihre

Affäre auffliegen zu lassen."

Marius schwieg für einen Moment. „Ach das. Ich hatte mal was mit einer unserer Angestellten. Mein Vater sieht das nicht gern, wenn wir uns mit den Leuten aus der Firma verbandeln."

Obgleich die Argumentation stimmig war, überzeugte sie Anneliese nicht. Sie hatte den Verdacht, dass Marius nur genau das preisgab, was ihm diente. Und er hatte mit seinen Informationen Constanze in ein schlechtes Licht gerückt. Weil er sie nicht ausstehen konnte und ihr eins auswischen wollte? Oder steckte mehr dahinter? Versuchte er damit womöglich, von sich selbst abzulenken?

Kapitel 15

„Kannst du mir noch mal erklären, warum um alles in der Welt wir unsere Besprechung genau hier abhalten müssen?" Loni fächelte sich mit einer Hand Luft zu. Puh, war das heiß. Sie schwitzte zwar nicht, fühlte sich trotzdem alles andere als wohl. Dabei saßen sie schon in der Sauna mit der niedrigsten Temperatur. Doch selbst das war ihr zu warm. Ihre Wohlfühltemperatur lag bei genau 24 Grad. Kein Grad mehr. Während Anneliese der Schweiß perlenartig übers Dekolleté lief, hatte sie das Gefühl, ihre Haut werfe gleich Blasen.

„Jupp und Willi haben ihre Augen und Ohren überall. Ständig nerven sie mich und wollen von mir auf den neuesten Stand der Ermittlungen gebracht werden." Anneliese verzog ihr Gesicht zu einer Grimasse. „Hier sind wir vor ihnen sicher. Sie haben zwar gesehen, dass wir zwei im Wellnessbereich verschwunden sind, aber sie werden es nicht wagen, uns zu folgen." Ihr rechter Zeigefinger schnellte in die Höhe. „Nicht am Tag der Damensauna." Sie stützte sich mit den Armen auf der Liegefläche hinter ihr ab und machte ein zufriedenes Gesicht. „Hier können wir in aller Ruhe die neuesten Entwicklungen besprechen. Zum Glück ist nichts los."

„Kein Wunder, wo draußen das schönste Frühlingswetter herrscht." Loni warf einen sehnsüchtigen Blick durch die Glasscheibe der Panoramasauna in den lichtdurchfluteten Garten des Wellnessbereichs. „Wir hätten auch eine Runde im Soonwald wandern und dabei alles besprechen können."

Anneliese wischte ihren Einwand mit einer Handbewegung beiseite. „Jetzt sind wir mal in einem Luxushotel, da müssen wir das Angebot nutzen. Schönes Wetter hin oder her. Wenn wir uns beeilen und unsere Erkenntnisse schnell zusammentragen, bist du ja bald erlöst. Dann kannst du immer noch eine kleine Wanderung machen."

„Nun, das wird schnell gehen. Neue Erkenntnisse gibt es so gut wie keine. Wir treten auf der Stelle." Loni zog sich ihr Handtuch fester um die Brust. Auch wenn sie mit Anneliese allein in der Sauna war, fühlte sie sich halb nackt etwas unwohl.

„So würde ich das nicht sagen." Anneliese schlug ein Bein über das andere und drehte sich ein wenig zu Loni. „Ich habe vorhin einen Streit zwischen Constanze und Marius beobachtet und danach ein aufschlussreiches Gespräch mit ihm gehabt." Sie berichtete knapp von ihrer Begegnung im Rosengarten. „Dummerweise hat Constanze mich erwischt. Sie ist sowieso schon nicht gut auf mich zu sprechen, vermutlich wird sie mich jetzt gar nicht mehr in ihrer Nähe dulden." Anneliese schnaufte. „Das wird die Ermittlungen ganz schön erschweren."

„Vielleicht musst du ja doch noch auf Jupp und Willi als deine Helfershelfer zurückgreifen", unkte Loni.

Noch bevor sie ihren Satz beendet hatte, stieß Anneliese einen spitzen Schrei aus, sprang von der Bank und zeigte mit ausgestrecktem Arm zur Eingangstür. „Raus hier! Heute ist Damensauna!"

Lonis Blick folgte ihrem Arm und was sie sah, ließ sie für einen Moment an ihrem Verstand zweifeln. Standen da wirklich Jupp und Willi in der Tür der Sauna? Willi in einem weißen Bademantel des Hotels. Jupp in einem Modell, das wohl schon einige Jahre auf dem Buckel hatte und das ein grelles Muster aus Blumen in verschiedenen Braun- und Orangetönen zierte. Anders als üblich hatte er keinen Rollator dabei, sondern stützte sich auf einen Gehstock.

„Raus hier", wiederholte Anneliese mit sich überschlagender Stimme und fuchtelte wild mit den Händen in der Luft herum. Dabei kam ihr Handtuch ins Rutschen. Bevor sie es greifen konnte, fiel es zu Boden und sie stand nackt, wie Gott sie schuf, vor Jupp und Willi. Die rissen entsetzt die Augen auf und starrten sie an. Sie waren scheinbar so geschockt, dass sie nicht auf die Idee kamen, den Blick abzuwenden. Anneliese bückte sich mit einem Aufschrei, griff nach ihrem Handtuch und wickelte sich hektisch darin ein.

Loni biss sich auf die Innenseite der Wangen, um nicht laut loszulachen. Was für eine absurde Situation!

Jupp, der sich als Erster wieder gefangen hatte, entgegnete: „Wir sind, genauso wie ihr, Gäste des Hotels und dürfen auch die Sauna benutzen." Er machte einen

Schritt hinein.

„Heute ist Damensauna. Könnt ihr nicht lesen? Steht groß und breit auf der Tafel am Eingang zum Wellnessbereich. Macht, dass ihr wegkommt." Annelieses Gesicht war mittlerweile hochrot, wahrscheinlich eine Mischung aus hitziger Saunaluft, Ärger über die zwei Tratschonkel und dem kleinen Fauxpas mit dem Handtuch. Wäre nicht ihr spärlich bekleideter Zustand gewesen, hätte sie die beiden bereits eigenhändig aus der Sauna katapultiert, da war sich Loni sicher.

Jupp und Willi wandten bei Annelieses Worten in einer synchronen Bewegung ihre Köpfe Loni zu, sogar ihre Augenbrauen wanderten zeitgleich nach oben.

„Sie hat recht. Heute ist die Sauna für männliche Besucher geschlossen", beantwortete sie ihre stumme Frage.

Die zwei sahen sich an, zuckten die Schultern und traten den Rückzug an.

„Eine Entschuldigung wäre vielleicht mal angebracht", rief Anneliese ihnen hinterher, doch das schienen sie nicht mehr zu hören. Sie wickelte sich ihr Handtuch wieder ordentlich um den Körper und nahm dann neben Loni Platz. „Unglaublich! Das haben die zwei mit Absicht gemacht. Die spionieren uns aus!"

„Quatsch. Das glaube ich nicht", versuchte sie, ihre Freundin zu beruhigen. „Selbst die beiden würden das nicht wagen. Du wolltest mir doch von deiner Unterredung mit Marius erzählen. Also, was hast du herausgefunden?"

„Stimmt, der war recht gesprächig." Rasch berichtete sie von Marius Offenbarungen.

„Du glaubst ihm?" Loni runzelte die Stirn.

„Ich weiß es nicht. Entweder er sagt die Wahrheit oder er hat alles erfunden, um von sich abzulenken und Constanze in ein schlechtes Licht zu rücken."

„Dass er eine Affäre mit einer der Angestellten hat, glaube ich nicht. Oder sagen wir so, zutrauen würde ich es ihm durchaus, aber dass er sich einen Kopf darüber macht, dass sein Vater davon erfährt, kann ich mir nicht vorstellen. Er ist doch schon das schwarze Schaf der Familie."

„Sehe ich ähnlich. Mir kam der Gedanke, dass er eine Affäre mit Inga hatte."

Loni wiegte ihren Kopf nachdenklich von rechts nach links. „Hmmm. Möglich. Obwohl ich Inga einen weitaus besseren Männergeschmack zugetraut hätte."

„So gut kanntest du sie auch nicht. Und du weißt doch: Viele Frauen stehen auf böse Buben."

Loni lachte. „Das hast du jetzt aber schön gesagt. Angenommen, Inga und Marius hatten eine Affäre. Warum sollten sie die geheim halten?"

„Keine Ahnung."

„Meinst du, Marius könnte die Person sein, mit der Inga morgens auf dem Turm verabredet war?"

„Möglich. Wir müssen mehr über diese angebliche Affäre erfahren."

„Die Person, die uns am ehesten weiterhelfen könnte, ist aber leider auch die, die auf keinen Fall mehr mit uns reden möchte: Constanze."

„Die nicht mit MIR reden möchte", korrigierte Anneliese. „Vielleicht kannst du ihr ein wenig auf die Zunge fühlen."

„Ich kann es versuchen. Obwohl sie weiß, dass wir befreundet sind." Loni stand auf. „Jetzt muss ich aber hier raus. Ich ertrage diese Hitze keine Sekunde länger. Lass uns gleich in Ruhe über alles reden. Bei angenehmeren Temperaturen." Sie wickelte sich ihr Saunatuch fest um den Körper. „Ich warte im Ruheraum auf dich."

„Ja, ja, geh schon. Ich bleibe noch ein paar Minuten und komme dann nach."

Loni war froh, der brütenden Hitze der Sauna zu entkommen. Als sie durch den Außenbereich der Wellnessanlage lief, sog sie die frische Luft in ihre Lungen ein. Vor dem kleinen Springbrunnen in der Mitte der Anlage blieb sie einen Moment stehen und lauschte dem Plätschern. Außer ihr waren nur zwei weitere Damen im Garten. Sie dösten in einer Ecke auf ihren Liegen vor sich hin. Loni entschied, auf die Abkühlung nach dem Saunagang zu verzichten und im Ruhebereich auf Anneliese zu warten.

Das Ruhehaus war ein flaches Gebäude mit Glasfronten und einem herrlichen Blick in den Saunagarten. Er bestand aus zwei Räumen, die rechts und links von einem kleinen Vorraum abgingen, in dem Regale und ein Handtuchständer standen. Loni warf einen Blick durch die Glastüren in die jeweiligen Räume. Beide waren leer, doch links lagen auf zwei Liegen Handtücher und Taschen, wohingegen der Bereich rechts jungfräulich aussah. Sie stieß mit Schwung die Tür zu diesem auf und trat ein. Er war terrassenförmig angelegt, mit Ruheplätzen auf jeder Ebene. Sie nahm auf einer Liege in einer der hinteren Reihen Platz. Vorn an der Glasfront und in Türnähe kam sie sich vor, wie auf dem Präsentierteller. Der Saunagang hatte sie erschöpft und sie merkte, wie ihre Augenlider schwer wurden. Ein kleines Nickerchen konnte nicht schaden.

Sie wusste nicht, wie lange sie geschlummert hatte, als sie von einer lauten Stimme geweckt wurde. Es konnten nur ein paar Minuten gewesen sein, denn Anneliese war noch nicht zu ihr gestoßen. Loni sah sich im Raum um, doch der war nach wie vor leer. Wo kam die Stimme her? Aus dem Nebenraum?

„Das ist lächerlich! Was soll mir denn hier passieren? Ich werde bestimmt nicht auf meinen Wellnesstag verzichten, nur weil du einen übertriebenen Beschützerinstinkt entwickelt hast!"

Das war doch die Stimme von Constanze, wenn Loni sich nicht täuschte. Leise stand sie auf und schlich die Stufen nach oben zur Empore. Tatsächlich, auf der oberen Ebene waren die beiden Räume mit einem schmalen Durchgang verbunden, daher konnte sie hören, was im Nachbarraum gesprochen wurde. Sollte sie sich zu erkennen geben? Bevor sie eine Entscheidung treffen konnte, sprach Constanze weiter.

„Ich will aber nicht morgen in die Sauna, sondern heute. Übrigens bin ich hier ganz allein."

Mit wem redete Constanze da? Loni lauschte angestrengt, doch sie konnte keine weitere Stimme ausmachen. Ob sie telefonierte?

„Na gut, wenn es dich beruhigt, dann treffen wir uns in zwei Stunden vor dem Eingang zum Wellnessbereich. Aber ich werde nicht ..."

„Hier bist du! Ich habe dich schon überall gesucht." Anneliese hatte die Tür zum Ruheraum mit Schwung aufgerissen. Loni zeigte energisch auf ihren Mund, um ihr zu bedeuten, die Klappe zu halten, doch sie wurde ignoriert. Rasch eilte sie zu ihrem Liegeplatz zurück, bevor Constanze sie auf ihrer Lauschposition entdeckte.

„Ach, ich muss wohl eingeschlafen sein", sagte sie mit lauter Stimme und hielt sich wieder den Zeigefinger an die Lippen.

„Wieso denn eingeschlafen, du hast doch …", setzte Anneliese an, doch Loni sprang hastig auf und presste ihr eine Hand auf den Mund.

Mit einem übertrieben lauten Gähnlaut versuchte sie, die Proteste ihrer Freundin zu übertönen. Dann raunte sie ihr ein „Halt jetzt einfach mal die Klappe", ins Ohr. Endlich gab sie Ruhe. Ob Anneliese sie verstanden hatte oder nur überrumpelt war, die Hauptsache war, sie schwieg. Loni ließ sich wieder auf ihrer Liege nieder und zog ihre Freundin mit sich. In dem Moment steckte Constanze ihren Kopf durch die Tür.

„Ach, Sie sind das. Ich habe Stimmen gehört." Ihre säuerliche Miene sprach Bände. „Ich dachte, die Räume wären getrennt voneinander."

„Sind sie doch auch, oder?" Loni lächelte sie mit Unschuldsmiene an.

„Nein, im hinteren Bereich gibt es eine Verbindung. Das habe ich eben erst festgestellt."

„Ist mir nicht aufgefallen. Ich habe geschlafen wie ein Baby." Lonis Lächeln wurde noch breiter. „Saunieren macht mich immer schrecklich müde." Sie hoffte, dass Constanze die Röte, die ihr bei diesen Worten mit Sicherheit in die Wangen stieg, mit dem Saunagang und nicht mit ihrer Lüge in Verbindung brachte.

Kapitel 16

Nachdem Constanze verschwunden war und sie Anneliese von dem belauschten Telefongespräch erzählt hatte, beschloss Loni, dem Wellnessbereich den Rücken zu kehren. Ihre Hoffnung, Julius auf dem Zimmer anzutreffen, und mit ihm eine kleine Wanderung zu unternehmen, erfüllte sich nicht. Sie entschied, es sich mit einem Buch und einem Kaffee auf der Hotelterrasse gemütlich zu machen und dort auf ihn zu warten. Als sie aus dem Dunkel des Speisesaals auf die sonnengetränkte Terrasse trat, blieb sie einen Moment stehen, bis ihre Augen sich an die Helligkeit gewöhnt hatten. Ihr Blick suchte die gut besetzten Tische nach einem geeigneten Plätzchen ab. Dabei entdeckte sie Rosamund von Thalheim, die allein im Schatten saß. Loni dachte kurz an den historischen Roman, der unter ihrem Arm klemmte, aber dann fiel ihr wieder ihr Gespräch mit Anneliese vor ein paar Minuten ein. Wenn sie den Fall um Ingas Tod lösen wollten, brauchten sie Informationen. Zielstrebig steuerte sie Rosamunds Tisch an. „Darf ich mich für einen Moment zu Ihnen gesellen?" Loni setzte eine unschuldige Miene auf.

Rosamund machte eine einladende Geste zu dem noch freien Stuhl an ihrem Tisch. „Bitte sehr, nehmen Sie Platz."

Loni dankte im Stillen der Reisegruppe, die vor wenigen Minuten im Hotel eingefallen war und sich laut schnatternd über die Tische auf der Hotelterrasse ergossen hatte. Wer weiß, ob ihre Bitte nicht abgelehnt worden wäre, wenn noch etwas frei gewesen wäre.

Rosamund sah entspannt aus. Sie schenkte ihr sogar ein kleines Lächeln und schien sich über etwas Gesellschaft zu freuen. Scheinbar hatte Loni Glück und einen guten Tag erwischt. „Der Kuchen sieht köstlich aus." Sie beugte sich ein wenig nach vorn. „Was ist das? Ich glaube, davon nehme ich auch ein Stück."

„Heidelbeer-Sahne. Köstlich. Sollten Sie probieren." Rosamund schob sich eine Gabel in den Mund und kaute genüsslich.

Loni bestellte ebenfalls ein Stück und überlegte, wie sie das Gespräch eröffnen konnte, ohne gleich mit der Tür ins Haus zu fallen. Von Erich wusste sie, dass die Gräfin sich ehrenamtlich für die Frühchen-Station im Kemperhof in Koblenz einsetzte. Da sie selbst als ehemalige Hebamme auf dem Gebiet bewandert war, beschloss sie, ihre Unterhaltung auf ihre Tätigkeit im Krankenhaus zu lenken, in der Hoffnung, damit das Eis zu brechen. Ihre Vermutung erwies sich als richtig. Als die Rede auf Frühchen und ihren schweren Weg ins Leben kam, taute Rosamund auf. Man merkte, dass ihr das Thema am Herzen lag, denn sofort berichtete sie von ihrer Arbeit.

Nachdem die Kellnerin den Kuchen gebracht und sie sich ein wenig ausgetauscht hatten, entschied Loni, zu ihrem eigentlichen Anliegen zu kommen. „Das mit Inga tut mir übrigens schrecklich leid. So wie ich sie kennengelernt habe, war sie ein wunderbarer Mensch."

Rosamunds Gesicht verschloss sich sofort wie eine Auster. „In der Tat, ein fürchterlicher Unfall."

„Das muss ein schwerer Schock für Constanze und Fred gewesen sein."

„Natürlich. Wir sind alle geschockt. Fred hat Inga aber nicht so gut gekannt. Sie war ja eher Constanzes Freundin."

„Ach, ich dachte, die drei und Nick sind seit Studienzeiten befreundet", hakte Loni nach.

„Das ja. Aber wie das eben so ist, waren die Männer dann doch enger und die Frauen ebenso." Rosamund ließ ein gekünsteltes Lachen hören.

„Ah ja, verstehe. Für Nick ist es besonders schwer, nicht wahr?"

„Wie meinen Sie das?"

Loni tat verlegen. „Na ja, ich dachte, dass er eine tiefe Zuneigung für Inga hegte." Rosamund sagte nichts dazu. Loni hatte jedoch den Eindruck, ihre Augenbrauen wären ganz kurz nach oben gezuckt. Doch schon im nächsten Moment war ihrem Gesicht nichts mehr anzumerken.

„Ich muss dann jetzt mal." Mit diesen Worten rückte sie ihren Stuhl vom Tisch zurück, wodurch ihre Handtasche, die über der Rückenlehne hing, zu Boden fiel und aufging. Taschentücher, ein Tablettenblister, zwei Lippenstifte und ein paar Münzen ergossen sich unter den Tisch. Loni bückte sich, um Rosamund zu helfen, ihre Habseligkeiten aufzusammeln, wurde von ihr jedoch unwirsch abgewimmelt. „Lassen Sie, das kann ich allein."

Loni griff dennoch nach dem Lippenstift, der an ihr Stuhlbein gerollt war, und legte ihn auf den Tisch.

Als Rosamund mit rotem Kopf wieder auftauchte, steckte sie ihn ohne ein Wort des Dankes ein. Mit einem stummen Nicken verabschiedete sie sich von Loni.

Die sah ihr nachdenklich hinterher. Seltsam, dieser Stimmungsumschwung, als sie auf Ingas Tod zu sprechen kam. Beim Gespräch über die Frühchenstation war sie ein wenig aufgetaut und hatte ihre gefühlvolle Seite gezeigt. Der Tod von Inga schien sie dagegen auffallend kaltzulassen. Die Lust auf ihr Buch war Loni nach der Begegnung vergangen. Womöglich konnte ein Spaziergang ihren Kopf ein wenig durchpusten.

Als sie auf dem Weg nach draußen an der Hotelbar vorbeikam, entdeckte sie Emma im Gespräch mit Marius an der Theke. Freds Bruder stand dicht vor ihrer Enkelin und legte eine Hand auf ihren Oberarm. Die verzog gequält das Gesicht. Loni sah ihr an, dass sie gern einen Schritt nach hinten getreten wäre, doch der Barhocker in ihrem Rücken verhinderte das Ausweichmanöver. Als sie Loni über Marius' Schulter hinweg erblickte, hellte sich ihr Gesicht auf, sie wand sich zwischen ihrem Gegenüber und dem Sitzmöbel hindurch und kam auf sie zugelaufen.

„Hallo Oma. Da bist du ja endlich", rief sie so laut, als sei Loni schwerhörig. „Dann können wir jetzt auf mein Zimmer gehen und ein paar geschäftliche Dinge besprechen." Sie wandte sich Marius zu. „Du entschuldigst mich? Oma ist meine Assistentin und wir müssen dringend den nächsten Fotoauftrag planen." Sie lächelte gekünstelt, packte Loni am Arm und zerrte sie aus der Bar.

Diese warf einen Blick über ihre Schulter und bemerkte, dass Marius ihnen hinterher sah und wenn sie nicht alles täuschte, ruhten seine Augen auf Emmas Hintern.

„Unangenehmer Kerl!", entfuhr es ihrer Enkelin, als sie in der Lobby standen und sie endlich Lonis Arm losließ. „Tut mir leid Oma, aber du kamst gerade richtig und hast mir so zur Flucht verholfen. Der Kerl lauert mir schon die ganze Zeit auf. Ständig möchte er mich auf einen Drink einladen, will meine Telefonnummer haben oder", Emma verzog das Gesicht zu einer angewiderten Grimasse, „mit mir in die Sauna gehen."

„Hast du ihm gesagt, dass du vergeben bist?"

„Natürlich. Aber das scheint ihn nur noch mehr anzustacheln. Der Kerl hält sich für unwiderstehlich."

„Den Eindruck habe ich auch. Sag, musst du wirklich was mit mir besprechen?"

„Nein. Das war nur eine Ausrede. Aber wenn du Lust hast, können wir uns Kaffee und Kuchen auf mein Zimmer bestellen und ein wenig plaudern."

„Einen Kuchen hatte ich schon. Ich wollte eine Runde um den Teich drehen. Komm doch mit", schlug Loni ihrer Enkelin vor.

„Auch gut. Hauptsache weg von diesem schmierigen Kerl." Emma hakte sich bei ihrer Oma unter. „Erzähl mal, wie ist der aktuelle Stand eurer Ermittlungen?"

„Bist du nun auch vom Ermittlerfieber gepackt?"

„Nicht direkt. Aber ich habe in den letzten Tagen viel mit Inga zu tun gehabt und mochte sie. Ich fände es nur …", Emma zögerte und suchte nach den richtigen Worten, „… angemessen und in ihrem Sinne, wenn ihr Tod aufgeklärt wird."

„Das verstehe ich." Loni nickte. „Was ich mich die ganze Zeit frage und was, glaube ich, der Schlüssel zu dem Fall ist: Warum ist Inga früher als mit dir verabredet zu dem Turm? Wollte sie nur ein paar Minuten allein sein oder hat sie sich mit jemandem getroffen? Komischerweise scheint sich keiner in der Familie diese Frage zu stellen. Entweder, weil sie wissen, warum Inga so früh auf dem Turm war oder …" Loni verstummte.

„Oder, weil sie arrogante Ignoranten sind, die nur um sich selbst kreisen", entfuhr es Emma.

Loni blickte sie erstaunt an.

„Ist doch wahr. Constanze und Fred haben sich trotz Ingas Tod nur um die Frage gekümmert, ob die Hochzeit stattfinden soll oder nicht. Rosamund ist stets darauf aus, ihrer zukünftigen Schwiegertochter eins auszuwischen, und Konrad hält sich aus allem fein heraus. Von Marius erst gar nicht zu reden. Du hast ja gesehen, wie wenig Ingas Tod ihm nahegeht. Der Einzige, der trauert, scheint Nick zu sein."

„Den Eindruck habe ich auch. Ich glaube, seine Gefühle für Inga gingen weit über das freundschaftliche Maß hinaus."

„Ich weiß." Emma ließ den Kopf hängen. „Er tut mir furchtbar leid. Und der kleine Finn auch."

„Denkst du, dass Inga Gefühle für Nick hatte?"

„Ich glaube nicht." Emma runzelte die Stirn. „An unserem ersten Tag habe ich ein Telefonat von ihr mitangehört. Das klang in meinen Ohren sehr vertraut. Ich bin damals davon ausgegangen, dass sie mit ihrem Partner spricht."

„Warum ist er dann nicht hier?"

„Vielleicht war die Beziehung noch frisch und Constanze hat niemandem davon erzählt?"

„Nicht mal ihrer besten Freundin?"

Emma zuckte die Schultern. „Ich weiß es nicht, vielleicht habe ich in das Telefongespräch auch etwas hineininterpretiert, was gar nicht da war."

Loni zögerte. Sie wusste nicht, wie sie ihre Gedanken in Worte fassen sollte, ohne Nick, den sie sehr mochte, bei ihrer Enkelin in Misskredit zu bringen. „Glaubst du, Nick könnte Inga aus Eifersucht umgebracht haben?"

Emma, die an einem Hautfetzen an ihrem Fingernagel geknibbelt hatte, riss ihren Kopf ruckartig nach oben. „Das denkst du nicht im Ernst, oder? So etwas traue ich Nick nicht zu. Auf keinen Fall."

Loni seufzte. „Ich ja auch nicht. Aber das ist für mich im Moment eine der möglichen Erklärungen, warum sie früher auf dem Turm war. Weil sie und Nick ein … na ja … romantisches Treffen dort hatten. Vielleicht hat sie ihm gestanden, dass sie keine Gefühle mehr für ihn hat, und er hat sie vor Wut oder Eifersucht vom Turm gestoßen."

Emma schüttelte den Kopf. „Nick kommt mir nicht sonderlich impulsiv vor. Guck doch nur, wie geduldig er mit seinem Sohn umgeht."

„Mir kommt es auch unwahrscheinlich vor. Aber wie sagt Anneliese immer so schön? Einem Mörder sieht man seine Taten nicht an der Nasenspitze an. Und vielleicht war es ja gar keine böse Absicht."

„Sondern?"

„Ein Unfall. Die beiden haben gestritten, Nick hat sie gestoßen, Inga ist gestolpert und über die niedrige Brüstung gefallen."

„Aber hätte Nick dann nicht so schnell wie möglich Hilfe geholt?"

„Vielleicht hatte er Panik. Angst, wegen Totschlags ins Gefängnis zu müssen. Er hat einen kleinen Sohn, für den er verantwortlich ist, vergiss das nicht."

„Ich weiß nicht." Emma wiegte den Kopf langsam von einer Seite zur anderen und verzog den Mund. „Wäre eine Möglichkeit, für mich aber sehr unwahrscheinlich."

„Was denkst du denn, was passiert ist?" Loni ließ ihren Blick auf dem Wasser ruhen. Ein paar Enten drehten gemächlich ihre Runden.

„Wenn bei ihrem Tod jemand seine Finger im Spiel hatte, dann mit Sicherheit einer der von Thalheims."

„Und das Motiv?"

„Inga wusste etwas. Irgendein dunkles Geheimnis oder so."

Loni lachte auf. „Das klingt jetzt aber sehr nach Seifenoper."

„Ja, das hört sich kitschig an, aber die Familie hat doch Dreck am Stecken."

„Wie kommst du darauf?"

„Guck sie dir doch an. Bleiben hier immer unter sich. Selbst Constanze ist nicht wirklich willkommen."

„So würde ich das nicht sagen. Gut, Rosamund kann

sie nicht ausstehen, aber Konrad ist ihr gegenüber immer höflich und zuvorkommend."

„Das ist halt seine Art. Zu allen nett und respektvoll, das gebietet schließlich der Anstand, aber hinter die Fassade lässt er sich nicht blicken."

„Emma, so negativ kenne ich dich gar nicht. Woher kommt das?"

„Keine Ahnung. Vielleicht war in den vergangenen Tagen alles zu viel. Constanzes ständige Befehle – mit nichts war sie zufrieden. Dann Ingas Tod. Sie war neben Nick die einzige, normale Person in dieser verrückten Hochzeitsgesellschaft. Ich weiß auch nicht, ich fühle mich in Gegenwart der von Thalheims einfach unwohl."

„Eine alltägliche Familie ist es nicht, da gebe ich dir recht." Loni kickte mit dem Fuß einen Stein zur Seite. „Ich gestehe, wenn es sich bei dem Todesopfer um Constanze handeln würde, wäre alles einfacher. Da würden mir sofort etliche Motive und Täter einfallen."

Emma lachte mit einem bitteren Unterton auf. „Das stimmt. Rosamund kann sie nicht ausstehen. Dem Hotelpersonal gegenüber benimmt sie sich unmöglich. Ganz zu schweigen von Fred. Der Arme hat ordentlich unter ihr zu leiden." Plötzlich blieb sie stehen. „Und wenn doch Constanze das Opfer sein sollte? Wenn jemand Inga mit ihr verwechselt hat? Dann könnt ihr lange nach einem Motiv für Ingas Tod suchen. Ihr werdet keins finden!"

Das war auch der Gedanke, der Loni umtrieb. Suchten sie womöglich an der falschen Stelle?

Kapitel 17

Anneliese wiegte sich im Walzerschritt im Arm von Erich. Eins, zwei, drei, eins, zwei, drei. Walzertanzen konnte er wie ein junger Gott. Tanzen - von Zumba einmal abgesehen – war normalerweise nicht so ihre Sache, aber mit ihm machte es Spaß. Dieser Mann war fast zu gut, um wahr zu sein. Hätte ihr vor einem Jahr jemand gesagt, dass sie sich auf das Abenteuer Partnerschaft einlassen würde, sie hätte denjenigen für verrückt erklärt. Und heute genoss sie es in vollen Zügen. Sie wusste selbst nicht so recht, wie ihre Überzeugung sich so schnell hatte ändern können. Nachdem sie ihn bei ihrem letzten Fall beim Speed-Dating kennengelernt hatte, war Erich hartnäckig geblieben. Sie hatte es ihm wahrlich nicht leicht gemacht und war alles andere als entgegenkommend, manchmal sogar recht kratzbürstig gewesen. Aber Erich hatte immer wieder ihre Nähe gesucht, ohne aufdringlich zu werden. Das hatte ihr imponiert. Außerdem hatte sie sich von Anfang an in seiner Gegenwart unglaublich wohlgefühlt. Sie hatte nie darüber nachgedacht, was ein Mann haben musste, um sie zu überzeugen, aber Erich hatte viele Eigenschaften, die ihr gefielen. Er konnte zuhören, sie zum Lachen bringen und bot ihr dennoch Paroli, wenn nötig. Sie brauchte keinen Waschlappen, der ihr nach dem Mund redete. Während sie mit Erich durch die Bar schwebte, die an diesem Abend zum Tanzsaal umfunktioniert worden war, ließ Anneliese ihren Blick durch den Raum schweifen. Nicht weit von ihnen tanzten Loni und Julius. Gottlob hatten die beiden endlich zueinandergefunden. Womöglich hatte ihr Vorbild sie ermuntert. Sie schmunzelte und ließ ihren Blick weiter durch den Raum wandern. Die meisten anderen Paare waren Mitglieder der Reisegruppe, die heute Nachmittag mit dem Bus angekommen war. Von der Hochzeitsgesellschaft war nur Freds Großmutter Adele anwesend. Sie saß am Rand der Tanzfläche auf einem Stuhl, flankiert von Jupp und Willi. Wenn sie nicht alles täuschte, dann ließ sie sich von den beiden ganz schön hofieren. Anneliese grinste.

„Meine Teuerste, was amüsiert dich so?"

Sie deutete mit dem Kopf Richtung Jupp und Willi. „Wie die beiden um die Gunst von Adele kämpfen."

Erich schmunzelte. „Die zwei sind echte Originale. Geradeheraus, nehmen nie ein Blatt vor den Mund. Ich mag sie."

„Ich ja auch." Anneliese zog eine Grimasse. „Ohne sie würde in Mühlbach echt was fehlen. Auch wenn sie mir hier mit ihren Detektivspielchen ein wenig auf die Nerven gehen."

Erichs Grinsen wurde breiter.

„Was ist?", fuhr sie auf.

„Hast du nicht erzählt, dass dich bei eurem ersten Fall um die tote Joggerin viele Mühlbacher auch nicht ernst genommen haben? Da solltest du doch ein wenig Verständnis für Jupp und Willi haben, meinst du nicht?" Er sah sie mit einem schiefen Lächeln an.

Anneliese erwiderte nichts, ließ sich seine Worte aber durch den Kopf gehen.

Nach ein paar Minuten des Schweigens ergänzte Erich: „Vielleicht können die zwei uns tatsächlich behilflich sein. Sie sind neugierig, haben keine Angst, anderen mit ihren Fragen auf die Füße zu treten … wer weiß, was sie auf diese Weise alles in Erfahrung bringen?"

„Du hast ja recht. Ich werde versuchen, ein wenig freundlicher zu sein. Aber wehe, Willi zieht mich wieder auf. Dann kann ich auch anders!" Sie hob ihre Hand von Erichs Schulter und ballte sie vor seinem Gesicht zur Faust.

Er warf den Kopf in den Nacken und lachte laut auf. „Meine Anneliese, wie sie leibt und lebt."

Sie fiel in sein Lachen ein. „Mal ein anderes Thema. Der Rest der Familie von Thalheim wird sich wohl heute Abend nicht blicken lassen, was?"

Erich schüttelte den Kopf. „Nein. Das wäre unangemessen. Das Hotel hat angeboten, den Tanzabend abzusagen, aber das wollte die Familie nicht. Was vermutlich gut ist, angesichts der Reisegruppe, die diesen Abend mitgebucht hat."

„Hat Constanze sich damit abgefunden, dass die Trauung vorerst abgesagt ist?"

„Wohl oder übel. Die Traurednerin hat in dieselbe Kerbe geschlagen wie die Familie und ihr geraten, die

Hochzeit zu verschieben. Was mich erstaunt hat, ist, dass Fred verärgert darüber war. Ich hatte immer angenommen, er sei nur Constanze zuliebe dafür, die Hochzeit durchzuziehen, aber scheinbar liegt ihm selbst auch viel daran."

Anneliese runzelte die Stirn. „Seltsam. Bei der Familienzusammenkunft war er noch dafür, alles abzublasen."

„Vielleicht möchte er mit seinem Ärger seine Loyalität gegenüber Constanze demonstrieren?"

„Wäre ihm zuzutrauen. Ich kann nicht verstehen, was er an dieser schrecklichen Frau findet. Wobei …", Anneliese pustete sich eine Haarsträhne aus dem Gesicht, „… so einen Waschlappen wie Fred möchte ich nicht mal geschenkt."

„Wie gut, dass du mich hast, was?" Er zwinkerte und sie hauchte ihm einen Luftkuss zu.

Sie tanzten einige Umdrehungen schweigend, bis Erich Anneliese mit gespielt strenger Miene musterte. „Du siehst etwas enttäuscht aus. Genügt dir meine Gesellschaft etwa nicht?"

„Doch, doch, natürlich", beeilte sie sich, zu versichern. „Aber ich befürchte, wir werden diesen Fall nie lösen, wenn sich die Familie von Thalheim ständig abschottet und zurückzieht. Wie soll ich denn so an Informationen kommen?"

„Dafür hast du doch mich. Ich kann dein Türöffner sein."

„Und wie genau?"

„Ich könnte dich mit Konrad zusammenbringen."

Anneliese dachte kurz nach und nickte dann. „Das wäre ein Anfang. Wobei ich schon den Eindruck habe, dass in dieser Familie Rosamund das Sagen hat. Zumindest, was ihre privaten Angelegenheiten angeht."

„Da hast du recht. Konrad sollte man aber nicht unterschätzen. Er ist zwar still und zurückhaltend, aber ein guter Beobachter."

„Wenn du meinst. Könntest du ein Treffen morgen arrangieren? Uns läuft die Zeit davon. Die Polizei kann uns nicht ewig hier festhalten. Morgen wäre eigentlich die Hochzeit gewesen, am Tag danach der Brunch und übermorgen reisen alle ab – wenn Kommissarin Göktan uns lässt."

„Du hast recht, die Zeit sitzt uns im Nacken. Ich werde sehen, ob ich Konrad zu einem Treffen morgen bewegen kann." Erich wirbelte Anneliese schwungvoll herum, bevor das Lied endete. „Ein weiteres Tänzchen oder eine kleine Pause?"

„Lieber eine Pause. Ich bin schließlich nicht mehr die Jüngste."

Sie schlenderten zur Bar und fanden zwei Stühle am Rand der Theke. Während sie auf ihren Wein warteten, griff Erich das Gespräch wieder auf. „Du bist also davon überzeugt, dass die Familie von Thalheim in den Tod von Inga verstrickt ist?"

„Du etwa nicht?"

Er überlegte eine Weile. „Ich weiß ehrlich gesagt nicht, was ich denken soll. Auf der einen Seite ist da Ingas Tod, der definitiv verdächtig ist. Ich kann mir auch nicht vorstellen, dass sie gestolpert und gestürzt oder – Gott bewahre – selbst gesprungen ist. Aber die Familie von Thalheim kenne ich seit Jahren. Keinem von ihnen traue ich einen Mord zu."

Anneliese legte Erich mitfühlend eine Hand auf den

Arm. „Man kann in niemanden hineinschauen. Wer weiß, was hinter den Kulissen passiert. Wie verzweifelt jemand ist."

Erich nickte und griff in das Schälchen mit Erdnüssen. Beide schwiegen für einen Moment. „Die Unfallvariante wäre mir noch am liebsten: ein Streit, ein Schubser, der Sturz."

„Das erscheint mir auch am wahrscheinlichsten. Aber warum hat derjenige nicht den Notarzt gerufen? Und noch eine Frage treibt mich um: Warum war Inga vor der ausgemachten Uhrzeit auf dem Turm? Das macht doch keinen Sinn. Es sei denn, sie war mit jemandem verabredet." Anneliese knibbelte an dem Papierchen ihres Untersetzers herum. „Ich glaube, wenn wir diese Frage beantworten, wissen wir, ob ihr Tod ein Unfall oder Mord war. Und wer dafür verantwortlich ist."

„Na ihr beiden, schon keine Kraft mehr, das Tanzbein zu schwingen?" Julius war mit Loni am Arm zu ihnen getreten.

„Du bist auch ganz schön außer Atem", konterte Anneliese.

„Das stimmt, deswegen gönnen wir uns jetzt eine Pause." Julius zog den freigewordenen Barhocker neben Anneliese heran und bedeutete Loni mit einer Handbewegung, Platz zu nehmen. Er selbst blieb stehen.

„Habt ihr Jupp und Willi gesehen?" Julius nickte in ihre Richtung. „Ich bin gespannt, wer von beiden das Rennen bei der auserwählten Dame macht. Ist sie Teil der Hochzeitsgesellschaft?"

„Das ist Adele, die Großmutter des Bräutigams. Und wenn du meine Einschätzung hören willst: Gar keiner wird das Rennen machen.", entgegnete Anneliese vehement. „Wer begibt sich schon freiwillig in die Gesellschaft der zwei Tratschonkel?"

Erich lachte. „Da wäre ich mir nicht so sicher. Adele ist kein Kind von Traurigkeit. Seit sie Witwe ist, hatte sie schon den einen oder anderen Partner. Und sie scheinen sich blendend zu verstehen." Er zeigte zu der Dreiergruppe, von der in dem Moment lautes Lachen herüberschallte.

„Vielleicht geht es Jupp und Willi gar nicht um Adele." Loni zog ihre Augenbrauen hoch.

„Wie meinst du das?" Anneliese wurde hellhörig.

„Na ja, die beiden wollen ermitteln. Ich denke, wir erleben sie gerade in Aktion." Ihre Freundin schmunzelte.

Anneliese richtete sich kerzengerade auf ihrem Barhocker auf. „Nein! Wie gerissen!" Sie wäre am liebsten sofort aufgesprungen und hätte Mäuschen bei den drei Senioren gespielt.

Loni, Julius und Erich lachten.

„Was ist?", fragte Anneliese.

„Wenn du jetzt dein Gesicht sehen könntest", prustete Loni.

„Du siehst aus wie eine Katze, die die Beute vor der Nase hat, aber nicht rankommt", ergänzte Erich.

„Pah! Eins ist klar. Morgen werde ich mir die zwei vorknöpfen. Dann werden wir wissen, ob sie in amouröser oder detektivischer Mission unterwegs waren."

„Bis dahin lass uns noch ein wenig das Tanzbein schwingen." Erich glitt vom Barhocker und reichte ihr seinen Arm.

„Loni, bist du auch bereit für eine zweite Runde?"

„Immer doch." Sie griff Julius' Hand und zu viert stürmten – nun gut – schritten sie zur Tanzfläche.

Kapitel 18

Schon vor der Tür zum Fitnessbereich dröhnten die Salsa-Rhythmen an Annelieses Ohr. Sie war doch nicht etwa zu spät? Hektisch beschleunigte sie ihre Schritte und warf einen Blick auf die Uhr über der Tür, die zum Fitness- und Wellnessbereich des Hotels führte. Nein, die Zumbastunde fing erst in zehn Minuten an. Als sie durch die Tür trat, wurde die Musik lauter. Kurz bereute sie, dass sie sich von Loni hatte überreden lassen, heute zum Zumba zu gehen. Gestern beim Tanzabend war es spät geworden und sie fühlte sich nach dem Weinkonsum alles andere als fit. Na ja, jetzt hatte sie sich aus dem Bett gequält, nun konnte sie sich auch durch die Zumbastunde quälen. Außerdem hegte sie die heimliche Hoffnung, vielleicht Constanze oder eine der Cousinen im Kurs anzutreffen und unauffällig mit ihnen ins Gespräch zu kommen.

Sie blieb einen Moment stehen, um sich zu orientieren. Rechts ging es zum Sauna- und Wellnessbereich, das wusste sie. Ein Schild mit der Aufschrift Fitness verwies sie nach links. Sie brauchte nur der Musik zu folgen, die sie zum richtigen Kursraum führte. Loni war schon da und unterhielt sich mit der Zumba Trainerin. Außer ihnen waren zwei Männer mittleren Alters anwesend, und Claudine und Nanette. Bingo! Natürlich, die beiden ließen sich hier nichts entgehen. Vermutlich alles auf Kosten der Familie von Thalheim, schoss es Anneliese durch den Kopf. Für eine Sekunde schämte sie sich für diesen hämischen Gedanken. Die Scham verschwand sofort, als sie bemerkte, mit welch abfälligem Blick Claudine sie musterte. Ihr entging auch nicht, dass sie Nanette ein „Was will die denn hier?", zuraunte. Anneliese erwiderte ihren Blick ungerührt und ließ ihre Augen betont langsam und auffällig über die Sportoutfits der beiden schweifen. Hauteng und im angesagten Leolook. Nanette in Grautönen, Claudine in Brauntönen. Dazu trugen sie die Haare zu einem hohen Pferdeschwanz gebunden und ein Stirnband, ebenfalls mit Leomuster. „Die achtziger Jahre lassen grüßen", murmelte sie. Dennoch setzte sie ein künstliches Lächeln auf und bewegte sich auf die beiden zu. Vielleicht konnte sie noch ein paar Worte mit ihnen wechseln, bevor es losging. Ihre Pläne wurden jedoch durchkreuzt, als die Trainerin alle bat, sich in zwei Reihen aufzustellen. Sie verschob ihre Mission auf später und suchte sich einen Platz in der ersten Reihe. Sie würde den jungen Hüpfern schon zeigen, wie der Hase hoppelte. Immerhin verfügte sie über fast zwei Jahre Zumbaerfahrung und musste sich vor niemandem verstecken. Demonstrativ absolvierte sie verschiedene Dehnübungen und machte die ersten provisorischen Tanzschritte. Als Loni sich zu ihr gesellte, warf sie ihr zwar einen fragenden Blick zu, kommentierte ihre Aufwärmübungen aber nicht.

Kurz darauf postierte sich die Trainerin vor der Gruppe. Sie trug ein Headset und sprach mit fröhlicher Stimme ins Mikrofon. „Guten Morgen, ich bin Svetlana. Schön, dass ihr heute zum Zumba gekommen seid. Wir werden uns fünfundvierzig Minuten zu heißen Rhythmen so richtig auspowern. Auf geht`s!" Sie klatschte in die Hände und begann sofort mit der ersten Schrittfolge.

Ahhh, die kannte Anneliese von Isa, der Mühlbacher Zumba Trainerin und konnte mühelos folgen. Da sie sich nicht auf die Schritte konzentrieren musste, hatte sie umso mehr Zeit, mit ihren Hüften zu wackeln und den Po kreisen zu lassen. Sollten Nanette und Claudine ruhig sehen, wie viel Feuer und Leidenschaft in ihr steckten. Sie war voll in ihrem Element und hätte am liebsten über die Schulter gespickt, um zu überprüfen, ob die zwei Grazien ihren perfekten Hüftschwung bemerkten. Wer ihn auf jeden Fall registrierte, war Loni. Sie warf ihr wieder einen konsternierten Blick zu. Davon ließ Anneliese sich nicht beirren. Das nächste Lied kannte sie ebenfalls und die Schrittfolge, die Svetlana ansagte, unterschied sich nicht wesentlich von der, die sie in Mühlbach tanzten. Sie legte eine Schippe drauf. So leidenschaftlich hatte sie noch nie getanzt. Ihr Hintern flog nach rechts und links, die Hüfte war gefühlt in Dauerrotation.

Als sie bei einer Schrittfolge dicht an Loni herankam, raunte diese ihr zu: „Was zum Teufel tust du hier?"

„Na was wohl? Ich tanze", erwiderte Anneliese und bewegte sich in einer schwungvollen Drehung von Loni weg. Dabei übertrieb sie ein wenig und prallte mit dem

Herrn zu ihrer Linken zusammen. Der Aufprall brachte den Mann zu Fall, der mit einem Aufschrei zu Boden ging. Svetlana stoppte sofort die Musik und eilte zu ihm. Mit schmerzverzerrtem Gesicht hielt er seinen Fuß.

„Können Sie auftreten?" Die Trainerin beugte sich mit besorgter Miene über den Mann.

„Ich weiß nicht." Er bewegte seinen Fuß vorsichtig und versuchte dann, mit Svetlanas Hilfe, sich aufzurichten. Mit einem Aufschrei riss er den Fuß wieder hoch. „Nein, ich glaube, der Knöchel ist verstaucht." Er warf Anneliese einen zornigen Blick zu. „Das hier ist ein Zumbakurs, keine Derwisch-Tanzstunde. Ich muss das von einem Arzt untersuchen lassen." Mit diesen Worten humpelte er auf Svetlanas Arm gestützt, aus dem Kursraum.

„Sie haben sich doch in die falsche Richtung gedreht", rief Anneliese ihm hinterher. „Na so schlecht kann es ihm nicht gehen, wenn er noch schimpfen kann wie ein Ohrspatz", fügte sie an Loni gewandt hinzu.

„Rohrspatz, Anneliese", raunte Loni ihr geistesabwesend zu.

„Sie haben sich nicht verletzt?" Nanette und Claudine waren zu den beiden Freundinnen getreten.

Anneliese schüttelte den Kopf. „Iwo, der Hänfling hat mir nichts entgegenzusetzen. Wobei die Verletzungsgefahr bei einem solchen Knochengerippe durchaus gegeben ist. Auf mich fällt man wenigstens weich."

Nanette stieß ein hohes Kichern aus. „Na, sie haben aber auch Feuer im Hintern."

Anneliese reckte ihr Kinn nach oben. „Natürlich. Auch in meinem Alter kann man leidenschaftlich sein."

Svetlana kam zurück. „Der Kurs ist für heute beendet. Ich begleite Henning auf sein Zimmer, er kann leider nicht auftreten." Sie warf einen Blick auf die Uhr an der Stirnseite des Kursraums. „Es sind sowieso nur noch zehn Minuten. Wer auf den Geschmack gekommen ist: Zumba findet jeden Sonntag und Mittwoch um zehn Uhr statt."

„Und was machen wir jetzt mit dem angebrochenen Vormittag?" Das war doch die perfekte Gelegenheit, um mit den Cousinen unauffällig ins Gespräch zu kommen. „Wie wäre es mit einem Holländischen Kaffee in der Hotelbar? Ich gebe einen aus. Schließlich bin ich nicht ganz unschuldig daran, dass die Zumbastunde kürzer ausgefallen ist, als geplant", schlug Anneliese vor.

„Was ist denn ein Holländischer Kaffee?", wollte Claudine wissen.

„Ein Kaffee mit Eierlikör." Anneliese leckte sich die Lippen.

Claudine verzog angewidert das Gesicht. „Eierlikör ist nicht so meins."

„Probieren Sie das mal. Ihn Kombination mit Kaffee schmeckt es köstlich", entgegnete Loni.

„Sie dürfen natürlich auch etwas anderes wählen", warf Anneliese schnell ein.

Nanette sah Claudine fragend an. „Warum nicht? Kayla und Lola sind noch bis 13 Uhr in der Kinderbetreuung."

„Aber vorher springe ich schnell unter die Dusche." Claudine griff nach ihrem Handtuch.

„Ich auch!" Loni fuhr sich mit dem Handrücken über die Stirn.

„Selbstverständlich." Anneliese lächelte. „In einer

halben Stunde an der Bar?"

Als sie frisch geduscht und mit noch feuchten Haaren die Bar betrat, saß Loni schon an einem Tisch in der Ecke.

„Gute Platzwahl", lobte sie ihre Freundin. „Hier sind wir relativ ungestört."

Loni grinste. „Ich weiß. Dachte mir schon, dass du die beiden nicht ohne Hintergedanken eingeladen hast."

Anneliese erwiderte das Grinsen. „Ich habe den Eindruck, die zwei sind ein bisschen Klatsch und Tratsch nicht abgeneigt."

„Psst, da kommen sie." Loni deutete mit dem Kopf zum Eingang der Bar und setzte ein freundliches Lächeln auf.

Anneliese winkte sie an ihren Tisch. „Also, wer traut sich an einen Holländischen Kaffee heran? Viermal?", fragte sie, als die beiden Platz genommen hatten und der Kellner hinzugetreten war, um ihre Bestellung aufzunehmen.

„Für mich gern, ich möchte ihn mal probieren." Nanette lehnte sich in dem gemütlichen Plüschsessel zurück und schlug die Beine übereinander.

Claudine verzog den Mund und schüttelte den Kopf. „Für mich nicht. Ich nehme einen entkoffeinierten Milchkaffee mit Sojamilch."

„Sind Sie zum ersten Mal hier im ‚Räuberherz'?", eröffnete Loni das Gespräch, als der Kellner gegangen war.

Gut so, schoss es Anneliese durch den Kopf. Erst ein wenig Smalltalk, um das Eis zu brechen. Hier würde sie ihrer Freundin das Feld überlassen, die konnte so etwas.

„Ja, ich bin zum ersten Mal hier. Du auch, oder?", entgegnete Nanette und wandte sich fragend an Claudine.

„Für mich ist es auch das erste Mal."

„Ich dachte, es sei das Stammhotel der von Thalheims?", hakte Anneliese nach und warf ihren soeben gefassten Vorsatz, Loni erst einmal ein wenig Konversation betreiben zu lassen über Bord.

„Na ja, wir zählen nicht zum engsten Kreis der Familie." Claudine lachte ein etwas gekünsteltes Lachen. „Fred und seine Eltern sind seit Jahren regelmäßig hier."

Der Kellner brachte die Getränke und für einen Moment verstummten die Gespräche.

„Ich verstehe, dass es dieses Hotel der Familie angetan hat. Es ist wunderschön", schwärmte Loni, als alle eine Tasse dampfend heißen Kaffee vor sich stehen hatten.

„Oh ja." Nanette warf einen Blick durch die Bar. „Normalerweise kann ich mir als Alleinerziehende so etwas nicht leisten."

„Umso großzügiger, dass die von Thalheims alle hierher eingeladen haben, nicht wahr?" Loni lächelte.

„Na, an Geld mangelt es ihnen ja nicht", rutschte es Anneliese heraus. Dabei entging ihr nicht, dass sich Nanette und Claudine einen verstohlenen Blick zuwarfen. Aha, da war etwas im Busch. Da hieß es tiefer bohren. „Die Brauerei wirft sicherlich einiges ab."

Die Cousinen quittierten ihre Bemerkung mit Schweigen.

Anneliese beschloss, direkter zu werden. „Wobei? Bei der aktuellen wirtschaftlichen Lage haben viele Familienbetriebe zu kämpfen."

Wieder nur Schweigen. Da steckte etwas dahinter. Endlich ein Punkt, an dem sie ansetzen konnte. Aus den beiden würde sie nichts herausbekommen, das war ihr klar, aber sie würde später mit Erich darüber reden. Vielleicht wusste er mehr.

„Verständlich, dass die Familie die Trauung angesichts der Umstände abgesagt hat", lenkte sie das Gespräch in eine andere Richtung. „Wobei ich natürlich auch ein wenig traurig bin. Ich war schon seit Jahren nicht mehr auf einer Hochzeit. Das wäre ein bombastisches Fest geworden." Anneliese übertrieb ein wenig. Sie machte sich nichts aus Hochzeiten und auf die überkandidelte Feier, die Constanze und Fred geplant hatten, hatte sie schon gar keine Lust gehabt. Sie hatte sich nur auf das Essen gefreut.

„Oh ja, Constanze hat genaue Vorstellungen von ihrer Traumhochzeit." Das Thema schien Nanette zu gefallen, denn sie beugte sich nach vorn und ihre Augen leuchteten. „Sie hat ein richtiges Konzept entworfen, mit allem Drum und Dran. Wir haben ihr im Vorfeld bei der Planung geholfen."

„Und Fred?", wollte Loni wissen. „Hat der auch von dieser Art von Hochzeit geträumt?"

„Ach, der macht doch alles, was Constanze möchte. Er liebt sie abgöttisch. Da setzt er sich sogar gegen seine Mutter zur Wehr." Claudine lachte ein etwas boshaftes Lachen.

„Rosamund war nicht mit der Verbindung einverstanden?", gab sich Anneliese ahnungslos. Das sah zwar ein Blinder mit Sonnenbrille, aber es schadete nicht, hier die Sicht der Familienmitglieder zu erfahren.

Claudine lachte. „Ich glaube, es ist kein Geheimnis,

dass Constanze und Rosamund die ein oder andere Differenz bezüglich der Hochzeit hatten. Rosamund schwebte eine traditionelle Feier auf dem Familienanwesen und der dortigen Kapelle vor. In kleinem Rahmen."

„Verstehe." Anneliese nickte. „Die pompöse Feier, die Constanze plante, war nicht nach ihrem Geschmack?"

„Nein, ganz und gar nicht." Claudine nahm ihre Kaffeetasse vom Tisch und löffelte den Schaum.

„Und wie steht sie – von der Feier abgesehen – zu ihrer zukünftigen Schwiegermutter?" Anneliese hoffte, dass diese Frage nicht zu direkt war, doch Claudine schien ins Plaudern gekommen zu sein und sich nicht darum zu scheren, ob sie indiskret wurde.

„Die sind sich nicht grün. Auch das ist kein Geheimnis."

„Obwohl sich die zwei ähnlich sind, nicht wahr?", entgegnete Loni.

„Vielleicht zu ähnlich." Claudine lachte. „Beide sind gern die Chefin im Haus. Außerdem hat Rosamund wohl gehofft, dass Fred eine Frau mit Geld heiratet."

Anneliese bemerkte, dass Nanette ihre Cousine unter dem Tisch gegen den Oberschenkel stupste. Die machte ein betretenes Gesicht.

„Na, wie schmeckt denn der Holländische Kaffee?", versuchte sie von ihrer Indiskretion abzulenken.

„Lecker. Solltest du auch mal probieren." Nanette hob ihre Tasse und nahm einen Schluck.

Im weiteren Verlauf der Unterhaltung wollte Anneliese tiefer in sie dringen, um intime Familiendetails zu erfahren. Doch die zwei lenkten das Gespräch geschickt immer wieder in eine andere Richtung. Vermutlich bereute Claudine, so viel preisgegeben zu haben.

Egal, eine wichtige Sache hatte sie herausgefunden, bei der es sich lohnte, weiter nachzubohren: die finanzielle Situation der von Thalheims.

Kapitel 19

„Du hättest nicht kommen müssen, Laurens. Hier ist alles in Ordnung." Loni sah ihren Enkel mit strengem Blick an. „Ihr habt doch mit der Renovierung des Bauernhauses alle Hände voll zu tun."

„Arbeit habe ich genug, das stimmt, aber du gehst vor, Oma. Ich mache mir lieber selbst ein Bild von der Lage hier. Deine letzten zwei Einsätze als Detektivin habe ich nicht vergessen. Das hätte auch anders ausgehen können."

Loni erwiderte nichts darauf, sie wusste, dass Laurens recht hatte. Bei ihrem und Annelieses letztem Fall hatten sie Glück gehabt, dass sie wohlbehalten daraus hervorgegangen waren. Nun war ihr Enkel extra gekommen, um sich von ihrem Wohlergehen zu überzeugen. Sie war gerührt und hatte ihn zum Nachmittagskaffee auf der Hotelterrasse eingeladen, bevor er sich auf den Rückweg nach Mühlbach machte.

„Ich bin ja auch noch da, kleiner Bruder", mischte sich Emma in das Gespräch.

„Stimmt, deine Schwester ist an meiner Seite. Mach dir also keine Sorgen. Mich interessiert viel mehr, wie die Lage in Mühlbach ist. Kümmerst du dich gut um die Hühner?"

„Keine Sorge, Oma. Ich lasse sie morgens aus dem Stall und bringe sie abends rechtzeitig wieder hinein."

Loni öffnete den Mund für eine Nachfrage, doch Laurens kam ihr zuvor. „Das Gießen übernimmt Jack regelmäßig, so wie du es ihm aufgetragen hast." Er grinste. „Wir schuften in Mühlbach, während ihr es euch gutgehen lasst. Wenn ich mich hier umschaue", er ließ den Blick über die Terrasse, den angrenzenden Rosengarten und die Wälder im Hintergrund schweifen, „dann würde mir so eine kleine Auszeit auch gefallen. Vielleicht rufe ich Jack an und wir buchen uns ebenfalls hier ein." Laurens lehnte sich zurück und ließ seine Arme über der Rückenlehne des Stuhls baumeln.

„Und wer kümmert sich dann um meine Hühner? Julius ist mittlerweile auch hier", wandte Loni mit besorgter Miene ein.

„Der auch? Na, dann ist ja halb Mühlbach vor Ort." Laurens lachte. „Kein Wunder, dass im Dorf aktuell der Hund begraben ist. Vielleicht sollte ich auch hierbleiben und euch bei den Ermittlungen unterstützen? Ich könnte ein wenig Internetrecherche betreiben?"

Loni riss bei seiner letzten Bemerkung die Augen auf und setzte zu einer Erwiderung an, doch Laurens legte ihr beruhigend die Hand auf den Arm.

„Keine Angst, ich werde gleich zurückfahren. Ich muss leider noch ein wenig schuften, damit ich mir das hier leisten kann. Aber das Hotel merke ich mir für eine kleine romantische Auszeit mit Jack."

Loni atmete erleichtert auf. „Mach das. Es ist wirklich sehr schön hier – wenn nicht gerade jemand ums Leben kommt." Sie schnitt eine Grimasse.

Laurens machte ein ernstes Gesicht. „Pass bitte auf dich auf, Omilein." Er beugte sich vor und griff nach ihrer Hand. „Hat die Polizei schon gesagt, wann ihr abreisen dürft?"

Loni schüttelte den Kopf. „Bis jetzt nicht, nein. Wir sollen uns weiterhin zur Verfügung halten."

„Ich hoffe, die Sache ist bald überstanden." Laurens wandte sich an Emma. „Schwesterherz, du hast ein Auge auf sie, versprich mir das."

Emma nickte. „Ich werde mein Bestes geben, aber du kennst sie ja." Sie zuckte mit den Schultern.

„Jetzt macht nicht so ein Brimborium. Erstens kann ich gut auf mich allein aufpassen und zweitens steht doch gar nicht fest, ob es bei Ingas Tod überhaupt ein Fremdverschulden gibt. Kein Grund zur Besorgnis."

Ihre Enkel sagten nichts, doch Loni entging nicht, dass sie einen tiefen Blick miteinander wechselten.

In dem Moment trat Anneliese an ihren Tisch. „Na, ihr drei. Was besprecht ihr wieder Geheimes?"

„Du musst nicht hinter jeder Ecke ein Geheimnis oder ein Verbrechen vermuten", entgegnete Laurens. „Wir haben uns nur darüber unterhalten, wie schön idyllisch es hier ist und dass Jack und ich mal ein Pärchenwochenende hier verbringen könnten."

„Das kann ich euch nur empfehlen. Erich und ich genießen die Zeit hier sehr."

„Jetzt vermutlich noch mehr, wo ein vermeintlicher Mord geschehen ist", feixte Laurens.

Anneliese knuffte ihn in die Seite. Gleich darauf

wurde ihre Aufmerksamkeit abgelenkt, denn Jupp und Willi betraten die Terrasse. Sie winkte die beiden freundlich herbei. „Hallo ihr zwei. Setzt euch doch zu uns", flötete sie. „Ich will wissen, ob sie etwas aus Adele herausquetschen konnten", raunte sie Loni zu.

Die beiden kamen näher und Laurens nutzte die Gelegenheit, sich zu verabschieden. Jupp und Willi nahmen am Tisch Platz.

„Na, wie hat euch der Tanzabend gestern gefallen? Oder sollte ich besser fragen, wie euch Adele gefallen hat?", Anneliese grinste.

„Gib dir keine Mühe", entgegnete Willi. „Ich weiß genau, auf was du hinauswillst. Du möchtest wissen, ob wir von ihr etwas erfahren haben, was für deine Ermittlungen hilfreich ist."

„Aber das kannst du dir sparen!" Jupp verschränkte die Arme vor der Brust. „DIR verraten wir gar nichts mehr. Wer nicht mit uns zusammenarbeiten will, hat Pech gehabt."

„He! Ich dachte, wir hätten ein Abkommen", fuhr Anneliese auf.

„Das dachten wir auch. Wer aber trifft sich zu geheimen Besprechungen auf seinem Zimmer und schließt andere aus? Wir nicht!" Jupp reckte das Kinn gen Himmel.

„Wir haben ausgemacht, dass wir Informationen austauschen, nicht, dass wir rund um die Uhr Zeit miteinander verbringen", verteidigte sich Anneliese.

„Du spielst nicht mit offenen Karten, so sieht's aus! Da brauchst du dich gar nicht rausreden." Willi war merklich wütend. „Von uns erfährst du nichts mehr!"

„Pfff, dann eben nicht." Anneliese drehte Willi den

Rücken zu.

Loni, die das Wortgefecht stumm verfolgt hatte, warf Emma einen genervten Blick zu. Sie fühlte sich mal wieder verpflichtet, zu vermitteln. „Jetzt habt euch nicht so. Lasst uns unsere Erkenntnisse zusammenwerfen, schließlich geht es darum, eventuell einen Mörder zu überführen. Da sind Eitelkeiten und Konkurrenzkämpfe fehl am Platz."

„Genau." Anneliese drehte sich wieder zur Gruppe zurück.

„Wer hat denn angefangen?", brauste Jupp auf. „Du wolltest uns doch nicht dabeihaben!"

„Mordermittlungen sind nicht jedermanns Sache. Das kann gefährlich werden", hielt Anneliese dagegen.

„Ja, ja, du hältst dich immer für besonders clever. Dabei gibt es in Mühlbach noch andere schlaue Köpfe", sagte Willi und Jupp nickte bekräftigend.

„Pfff! Euer dummes Gerede muss ich mir nicht anhören." Anneliese schob ihren Stuhl mit Schwung zurück und sprang auf. „Dann ermittelt mal schön weiter, ihr zwei Jungdetektive. Wobei … ach egal." Sie drehte sich um und rauschte von der Terrasse.

Loni sah Jupp und Willi mit einem strengen Blick an. „War das wirklich nötig?"

„Aber so was von! Anneliese hat einen Dämpfer verdient, so überheblich wie sie sich uns gegenüber verhält."

„Die Stimmung ist wegen Ingas Tod schon nicht gut, dann lasst uns doch als Mühlbacher wenigstens zusammenhalten", mahnte Loni.

Jupp beugte sich nach vorn und Willi tat es seinem

Kumpel gleich. „Wir wollen ja mit euch zusammenarbeiten. Dir verraten wir auch, was Adele erzählt hat."

Loni wollte darauf etwas erwidern, doch Willi brachte sie mit einer Handbewegung zum Verstummen. „Du wirst alles, was du von uns erfährst, brühwarm mit Anneliese besprechen. Das ist klar. Für uns kein Problem. Je mehr Augen und Hirne, desto schneller werden wir den Fall lösen."

„Das ist zumindest unsere Meinung", ergänzte Jupp. „Auch wenn Anneliese das anders sieht." Ihre Zurückweisung schien ihn mehr zu stören als seinen Freund.

„Das sehe ich genauso." Loni nickte.

„Wir wollten ihr nur eine kleine Abreibung verpassen. Sie ist schlau und hat was auf dem Kasten, aber in Sachen Bescheidenheit kann sie noch viel von uns lernen." Willi machte ein hochmütiges Gesicht.

Loni sah aus den Augenwinkeln, wie Emma rasch ihre Serviette zum Mund führte, und einen Hustenanfall vortäuschte, um ihr Lachen zu verbergen.

„Wir erwarten selbstverständlich eine Gegenleistung für unsere Informationen. Eine Hand wäscht die andere, wie man so schön sagt", forderte Jupp mit strenger Miene.

„Natürlich. Ich werde mein Wissen mit euch teilen."

„Schlag ein!". Willi reckte Loni die Hand hin. Sie schüttelte sie und er begann zu erzählen. „Also, ich gebe dir ungefiltert alles weiter, was wir von Adele erfahren haben. Inwieweit die Informationen mit dem Tod von Fräulein Krüger zusammenhängen, wird sich zeigen."

Loni nickte. „Schieß los."

„Konrad ist mit seinem Sohn als Nachfolger nicht

sehr zufrieden. Die Brauerei schreibt im Moment rote Zahlen. Er ist wohl froh, dass Nick nun auch in der Firma arbeitet. Von ihm hat Konrad eine hohe Meinung", erklärte Willi.

In Lonis Kopf verknüpfte sich dieser Hinweis mit den schon vorhandenen zu einem neuen Bild. Claudine und Nanette hatten auf die Nachfragen zu den finanziellen Schwierigkeiten der Brauerei seltsam reagiert. Spielten Geldprobleme eine Rolle bei Ingas Tod?

„Seid ihr eigentlich nur wegen der Informationen über die Familie von Thalheim um Adele herumgeschwänzelt?"

„Nein, nein. Wo denkst du hin?", wehrte Jupp ab. „Ich bin Adele durchaus zugetan. Wenn mein Gefühl mich nicht trügt, sie mir auch." Er reckte die Brust nach vorn.

„Wenn dein Gefühl dich da mal nicht täuscht." Willi setzte sich aufrecht hin. „Ich bin fest davon überzeugt, dass ich sie mit meinem Charme überzeugen konnte. Mit mir hat sie immerhin getanzt."

„Aber nur, weil ich mit meinem Rollator dazu nicht in der Lage bin. Als du auf Toilette warst, haben wir uns angeregt unterhalten und sie hat mir tief in die Augen geschaut."

„Das denkst auch nur du. Konntest du das mit deiner Kurzsichtigkeit überhaupt erkennen? Bestimmt hat sie nur über deine Schulter geguckt, um zu sehen, wann ich endlich wieder von der Toilette zurückkomme, um sie von deiner alleinigen Gesellschaft zu erlösen!"

Loni unterdrückte ein Stöhnen. Das durfte doch nicht wahr sein. Stritten die beiden jetzt ernsthaft um die Gunst von Adele? „He ihr zwei, bitte nicht streiten. Ich glaube, wir haben im Moment Wichtigeres zu tun. Was fangen wir mit den ganzen Informationen an? Ihr habt etwas Bedeutendes in Erfahrung gebracht." Bei ihren Worten wurden die beiden gleich um einige Zentimeter größer. „Die Frage ist: Ist es relevant für unseren Fall?"

„Gute Frage. Irgendwie hat das alles wenig mit Inga zu tun. Sie ist weder in der Firma angestellt, noch enger mit der Familie befreundet", gab Jupp zu bedenken.

„Das stimmt so nicht. Bevor sie sich mit Constanze angefreundet hat, waren Fred, Nick und Inga ein unzertrennliches Trio", mischte sich Emma ein, die bis dahin still am Tisch gesessen und ihr Eis gelöffelt hatte.

Alle Köpfe wandten sich ihr ruckartig zu.

„Woher weißt du das?", kam es einstimmig von Jupp und Willi.

„Das haben Inga und Nick bei den Probeaufnahmen erzählt." Emma sah Loni an. „Am ersten Tag, als du ins Hotel zurück bist, um das Stativ zu holen."

„Das ist ja interessant." In Lonis Kopf ratterte es.

Emma zuckte die Schultern. „Wenn ich es richtig verstanden habe, hat Inga nach dem Abitur ein Praktikum in der Marketingabteilung der Brauerei gemacht und dabei Nick und Fred kennengelernt. Die jobbten zu der Zeit wohl dort. Sie haben sich angefreundet und sind zu Studienbeginn zusammen in eine WG gezogen. Inga hat Constanze erst kennengelernt, als die mit Fred zusammenkam."

„Ahhh", Loni nickte bedächtig. „Aber Moment. Inga war Ärztin. Wieso hat sie dann ein Praktikum in der Marketingabteilung gemacht?"

„Dasselbe habe ich sie auch gefragt. Inga hat zwei Semester Betriebswirtschaftslehre studiert, bevor sie auf

Medizin umgesattelt hat."

„Hmmm", Lonis Blick wanderte in die Ferne. Sie musste ihre Gedanken unbedingt zu Papier bringen und ordnen.

„Und wieso ist das für unsere Ermittlungen interessant?", wollte Jupp wissen.

„Das weiß ich noch nicht." Loni wandte ihre Aufmerksamkeit wieder ihren Tischgenossen zu. „Aber es zeigt, dass die Verbindung, die Inga mit der Familie von Thalheim hatte, nicht über Constanze zustande kam."

Kapitel 20

Anneliese hatte sich zum Malen auf den kleinen Balkon im ersten Stock zurückgezogen. Eine kreative Auszeit war jetzt genau das Richtige, um ihren Ärger über Jupp und Willi loszuwerden. Sie wusste selbst nicht, warum die beiden sie immer so auf die Palme brachten. Es war an der Zeit zu lernen, sich in ihrer Gegenwart zu beherrschen und nicht auf jede Stichelei anzuspringen. Dumm nur, dass sie nun nicht erfahren würde, was die beiden von Adele aufgeschnappt hatten. Anneliese atmete einmal tief ein. Sie würde die kurze Maleinheit nutzen, um sich zu beruhigen und danach erneut das Gespräch mit den Tratschonkeln suchen. Genau. So würde sie es machen.

Sie konzentrierte sich auf die fantastische Aussicht über den Soonwald, die sie von hier oben hatte. Außerdem war es ruhig. Selten verirrte sich ein Gast hierher. Die meisten nutzten die ebenerdige Terrasse zum Lesen oder Sonnenbaden. Dort konnte man etwas trinken und ein Stück Kuchen essen. Auch jetzt war Anneliese die

Einzige, die sich auf dem Balkon aufhielt. Allerdings drückte sie ein wenig das schlechte Gewissen. Auf dem Weg hierher war ihr Finn in die Arme gelaufen und hatte sie angebettelt, eine Runde Mau-Mau mit ihm zu spielen. Doch so gern sie den kleinen Kerl mochte, sie hatte abgelehnt. Sie brauchte Zeit für sich. Beim Malen vergaß sie alles um sich herum. Wenn sie nach einer Weile aus der Welt der Farben und Formen wieder auftauchte, waren die Gedanken in ihrem Kopf auf wundersame Weise an ihren richtigen Platz gerückt. Nach ihrer kurzen Mal-Auszeit würde sie sich gleich auf die Suche nach dem kleinen Kerl machen und so viele Runden Mau-Mau mit ihm spielen, bis es Zeit zum Abendessen war. Das nahm sie sich fest vor. Sie versuchte, sich auf ihre Malerei zu konzentrieren, doch Finns Gesicht schob sich immer wieder dazwischen. Er hatte anders gewirkt als sonst. Aufgewühlt. Anneliese schüttelte den Kopf. Schluss jetzt, ermahnte sie sich. Dieses Kind hat einen Vater und du hast Wichtigeres zu tun. Du musst einen Mordfall lösen. Zum Glück hatte sie für den Kurzurlaub ihren Skizzenblock und ein paar Stifte eingepackt. Alles lag ausgebreitet vor ihr auf dem kleinen Tisch. Einen Kaffee hatte sie sich von der Bar mit nach oben genommen. Sie nahm den Block zur Hand und überlegte, ob sie die Aussicht vor ihren Augen abbilden oder das Chaos in ihrem Inneren abstrakt zu Papier bringen sollte. Sie beschloss, ihre Intuition den Stift führen zu lassen. Für ein paar Minuten versank sie in ihrer Malerei. Konzentriert bannte sie die vor ihr liegende Landschaft aufs Papier. Mit jedem Bleistiftstrich merkte sie, wie sie sich entspannte. Das Chaos in ihrem Kopf lichtete sich. Doch der Friede währte nicht lange.

Ein lautes Rufen riss Anneliese aus ihrer Konzentration. Für einen Moment schloss sie genervt die Augen. Wahrscheinlich veranstalteten die Gören von Freds Cousinen mal wieder diesen Radau. Nicht mal hier oben hatte man seine Ruhe. Schon ertönte erneut ein lauter Schrei.

„Fiiiiin?"

Das war keine Kinderstimme. Es klang nicht spielerisch. Eine gewisse Unruhe lag in dem Ruf. Rasch stand Anneliese auf, trat zur Brüstung und blickte nach unten. Doch sie sah niemanden. Wieder hörte man das Rufen. Das kam von vor dem Haus. Sollte sie nachsehen? Unschlüssig irrte ihr Blick zwischen dem Skizzenblock in ihrer Hand und der Hausecke hin und her. In dem Moment kam ein Mann um die Ecke gelaufen und rief erneut Finns Namen. Anneliese kniff die Augen zusammen. War das Nick? Ein paar Meter von ihrem Balkon entfernt blieb er stehen und drehte sich hektisch im Kreis. Sie beugte sich nach vorn und rief: „Nick, alles in Ordnung bei Ihnen? Suchen Sie Finn?"

Nick zuckte bei ihrer Ansprache zusammen und hob das Gesicht. Sie erschrak. Ihm stand die Angst deutlich in die Augen geschrieben.

„Er ist verschwunden. Ich musste nach dem Frühstück etwas arbeiten und habe ihn zum Spielen zu Kayla und Lola ins Spielzimmer geschickt. Dort war er aber nur kurz. Wir wollten schwimmen gehen. Die beiden wissen nicht, wo er ist." Bei seinen letzten Worten hatte er sich wieder von Anneliese ab- und dem Wald zugewandt.

„Machen Sie sich keine Sorgen. Ich habe ihn vor etwa

zwanzig Minuten gesehen. Warten Sie, ich komme runter, dann helfe ich suchen."

Sie raffte ihre Malutensilien zusammen, hastete zu ihrem Zimmer, wo sie alles unachtsam aufs Bett warf und machte sich auf den Weg zu Nick. Er stand noch unter dem Balkon und tippelte nervös auf und ab. Als er ihre Schritte hörte, drehte er sich hastig zu ihr um.

„Vielleicht reagiere ich über, aber nach allem, was passiert ist …" Er verstummte. „Er ist nicht im Spielbereich und nicht auf unserem Zimmer. Dort habe ich nachgesehen."

„Waren Sie schon in der Bibliothek?"

Nick stutzte. „Finn kann nicht lesen. Was sollte er dort?"

„Ich habe einmal beobachtet, wie er sich dort vor Kayla und Lola versteckt hat."

„Los, sehen wir nach." Er hatte noch nicht zu Ende gesprochen, als er schon auf den Hoteleingang zulief.

Anneliese folgte ihm rasch. Er flog förmlich die Treppen hinauf und als sie endlich schnaufend an der Bibliothek ankam, wusste sie, dass sie mit ihrer Vermutung nicht richtig gelegen hatte. Nick stand mit hängenden Schultern in der Tür. Sie trat zu ihm und legte eine Hand auf seinen Arm. „Wir werden ihn finden. Es ist sicher alles in Ordnung." Doch sie fühlte sich nicht so beruhigt, wie sie klang. Vielleicht trieb ein Mörder im Hotel sein Unwesen. Finn war ein aufgeweckter Junge, der mehr mitbekam, als gut für ihn war. Was, wenn er etwas beobachtet hatte, was dem Mörder gefährlich werden konnte? Anneliese schüttelte sich, als könnte sie auf diese Weise die dunklen Gedanken aus ihrem Kopf vertreiben.

„Wen sucht ihr denn?", hörte sie eine vertraute Stimme hinter sich. Erich trat die letzte Treppenstufe hinunter.

„Du kommst gerade rechtzeitig. Wir könnten Hilfe gebrauchen." Anneliese schob sich an Nick vorbei und ging auf Erich zu. „Finn ist verschwunden." Sie deutete auf den Vater, der zusammengesunken im Türrahmen lehnte.

„Wann wurde er zuletzt gesehen?"

Da Nick stumm blieb, beantwortete sie die Fragen.

„Wir müssen systematisch nach ihm suchen", erklärte Erich. „Lasst uns ein paar Helfer alarmieren und einen Plan machen."

„Gute Idee." Anneliese nickte. „Als Erstes informieren wir das Hotel. Kommt mit zur Rezeption. Ich versuche, Loni und Julius zu erreichen."

Erich nahm Nick sanft am Arm und dirigierte ihn Richtung Foyer.

Während sie hinter den beiden herging versuchte sie ihre Freundin ans Telefon zu bekommen. Leider vergeblich.

An der Rezeption informierte Erich die Hotelmanagerin. Anneliese bugsierte Nick in einen Sessel und zwang ihm ein Glas Wasser auf. „Sie sollten hierbleiben, falls Finn auftaucht. Wir anderen suchen ihn und bleiben über Handy in Kontakt", schlug sie vor.

„Auf keinen Fall!" Nick sprang auf. „Ich kann nicht untätig herumsitzen, während Finn …" Er brach ab. „Ich muss etwas tun, sonst werde ich verrückt." Er vergrub sein Gesicht in den Händen.

Anneliese legte ihm ungelenk einen Arm um die Schultern. Hoffentlich fing er nicht an zu weinen. Sie war furchtbar schlecht im Trösten. Wo steckte Loni nur?

In dem Moment ertönte im Foyer ein lauter Schrei. „Nick! O mein Gott." Sowohl der Angesprochene als auch Anneliese fuhren herum. Constanze kam mit schnellen Schritten auf sie zu und schloss Nick in die Arme – Anneliese wohlweislich ignorierend. „Wir werden ihn finden, keine Sorge."

Woher wusste die denn schon von Finns Verschwinden, überlegte Anneliese.

Nick befreite sich aus ihren Armen. „Ich werde jetzt den Wald durchkämmen, wer möchte, kann sich mir anschließen."

„Ich komme natürlich mit!" Constanze ergriff seine Hand und zog ihn Richtung Ausgang.

„Bitte, wartet einen Moment." Erich hielt die beiden auf. „Julius ist auf dem Weg hierher, er kennt sich mit so etwas aus und wird alles koordinieren."

Zehn Minuten später waren etwa dreißig Personen mit der Suche nach Finn beschäftigt. Nicht nur die Hochzeitsgesellschaft, auch andere Gäste und ein paar Angestellte hatten sich dem Suchtrupp angeschlossen. Julius hatte das Hotel und die Umgebung in verschiedene Bereiche aufgeteilt und die einzelnen Gruppen durchkämmten Gebäude und Außengelände. Es hatte einen kurzen Eklat gegeben, weil Fred darauf bestanden hatte, dass Constanze im Hotel blieb. Immerhin könnte es ein Mörder auf sie abgesehen haben. Nur unter der Voraussetzung, dass Julius als ehemaliger Polizeibeamter, er selbst und seine Verlobte in einer Gruppe waren, hatte er eingewilligt, dass Constanze sich an der Suche beteiligte. Man hatte vereinbart, sich in einer Stunde wieder zu treffen und die Polizei zu verständigen, sollte Finn bis dahin nicht gefunden sein. Konrad von Thalheim bot sich an, im Hotel die Stellung zu halten, falls der Junge dort auftauchte.

Anneliese war mit Loni und Erich für den Rosengarten eingeteilt. Sie gab es ungern zu, aber ihr war mulmig zumute. Was erwartete sie dort? Das Bild der toten Inga stand ihr lebhaft vor Augen. Erich schien ihr Unbehagen zu bemerken, denn er ergriff ihre Hand und drückte sie fest. Sie erwiderte den Druck. Als sie um die letzte Rosenhecke bogen, die den Blick auf den Turm verbarg, schloss sie für einen Moment die Augen. Erst, als von Loni ein erleichtertes Aufatmen kam, traute sie sich, hinzusehen. Nichts. Am Fuß des Rapunzelturms lag keine kleine Gestalt. Sie stieß einen Seufzer aus.

„Ich gehe hoch und sehe nach", sagte Erich. Er hob den Schlüssel, den er sich von der Hotelleitung besorgt hatte, in die Höhe und lief die Stufen hinauf.

„Pass auf. An der Brüstung sind einige Steine locker", rief Anneliese ihm hinterher. Loni trat zu ihr und ergriff ihre Hand. Sie warteten stillschweigend, bis Erich wieder herunterkam.

Er schüttelte den Kopf. „Hier ist er nicht. Lasst uns bei den Gewächshäusern nachschauen. Wenn er dort nicht ist, kehren wir ins Hotel zurück und warten auf die anderen."

Mit raschen Schritten durchquerten sie den Rosengarten. Doch auch diese Durchsuchung zeigte ihnen keine Spur von Finn. Anneliese betete, dass die anderen mehr Glück hatten.

Kapitel 21

Nach und nach trudelten die Suchtrupps im Hotel ein und mit jeder Gruppe, die unverrichteter Dinge zurückkam und in der Tür der Bar nur stumm den Kopf schüttelte, wurde die Stimmung düsterer. Lonis Herz wurde schwer. Dem kleinen Finn durfte nichts passiert sein. Wo steckte er nur? Ihre Gruppe war vor zwanzig Minuten als eine der Ersten zurückgekehrt. Sie saßen schweigend in der Bar und warteten auf den Rest der Suchtrupps. Ein paar der Hotelangestellten hatten systematisch alle Räume des Hotels durchkämmt, vergeblich. Am Teich war er ebenfalls nicht, den hatte Julius mit seiner Gruppe gründlich abgesucht. Es sei denn … Loni wagte nicht, den Gedanken weiter zu verfolgen. Nick, der mit Claudine und Nanette das Wäldchen durchsucht hatte, kehrte als Letzter zurück.

Julius telefonierte mit seinen ehemaligen Kollegen in Koblenz, um sie über das Verschwinden des Jungen zu informieren. Loni warf einen Blick auf die Uhr an der Bar: Drei Stunden waren vergangen, seit Nick seinen

Sohn zuletzt gesehen hatte. Kayla und Lola, die neben ihren Müttern saßen und für ihre Verhältnisse auffallend still waren, hatten berichtet, dass Finn kurz im Spielzimmer gewesen war, aber dann gegangen sei. Auf dem Flur hatte der Junge Anneliese getroffen. Erst vor ein paar Minuten waren die Mädchen damit herausgerückt, dass es Streit gegeben hatte. Kayla hatte ein Pflaster auf der Stirn. Die Verletzung rührte von der Auseinandersetzung. Das ließ Loni Hoffnung schöpfen: Vielleicht war Finn ausgebüxt, hatte sich verlaufen und fand den Weg zurück zum Hotel nicht mehr.

„Ich werde das örtliche Busunternehmen anrufen." Erich, der neben Loni gesessen hatte, stand auf und zückte sein Smartphone. „Vielleicht hat er sich mit dem Bus davongemacht und ist irgendwo im Hunsrück in einem Dorf gestrandet." Er entfernte sich ein paar Meter.

Gespannt beobachtete Loni, wie er mit großen Schritten vor der Theke auf und ablief. „Und?", fragte sie aufgeregt, als er zu ihr zurückkam.

„Das Unternehmen versucht den Busfahrer zu erreichen, der heute auf der Route, die am Hotel vorbeiführt, Dienst hat. Sie melden sich, sobald sie etwas hören."

Enttäuscht lehnte Loni sich in ihrem Sessel zurück. Sie warf einen Blick zu Anneliese hinüber, die zu Nick gegangen war und leise auf ihn einredete. Nach außen wirkte sie gefasst, doch Loni kannte sie gut genug, um zu erkennen, dass sie sich Sorgen und Vorwürfe machte, weil sie Finn nicht aufgehalten hatte.

Loni trommelte ungeduldig mit den Fingern auf die Sessellehne. Die Warterei machte sie wahnsinnig. Das untätige Herumsitzen war nichts für sie. Die Sache ging ihr näher, als sie nach außen hin zeigen wollte. Julius schien zu merken, dass es mit ihrer Ruhe nicht so weit her war. Immer wieder blickte er fragend in ihre Richtung. Sie versuchte, ihn mit einem kurzen Lächeln zu beruhigen. Er wurde jetzt gebraucht und sollte sich nicht durch ihre Gefühlslage ablenken lassen. Ingas Tod war schon schlimm, wenn jetzt ein Kind betroffen wäre ...

Ihr Herzschlag beschleunigte sich. Sie musste zur Ruhe kommen, einmal durchatmen. Das gelang ihr aber nicht inmitten des Trubels, der in Lobby und Bar herrschte. Unter dem Vorwand, einen Pulli aus ihrem Zimmer zu holen, verließ sie die Bar, lief die Treppen hinauf und schlüpfte in die Bibliothek. Mit einem raschen Blick vergewisserte sie sich, dass sie allein war, schloss die Tür und lehnte sich mit einem Aufseufzen dagegen.

Finn geht es gut, Finn geht es gut, ratterte ihr Gehirn unaufhörlich. Sie zwang sich, das Gedankenkarussell zu stoppen, in dem sie sich auf ihren Atem konzentrierte. Auf vier ein, kurze Pause, auf vier aus. Sie wiederholte das Ganze, bis sie merkte, dass sich ihr Herzschlag beruhigte und ihre Gedanken nicht mehr rasten. Mit langsamen Schritten ging sie zu einem Sessel und sank hinein. Sie würde alles noch einmal systematisch durchdenken. Falls Finn aus Angst vor den Konsequenzen des Streits davongelaufen war, wo könnte er sich verstecken? In seinem Zimmer war er nicht. Wo würde sie Zuflucht suchen? Alle Orte, die ihr einfielen, hatten die Suchtrupps inspiziert. Wütend schlug sie mit der Hand auf die Armlehne. Er war hier im Hotel, sie hatten ihn nur noch nicht gefunden. So musste es einfach sein! Loni schloss die Augen, um sich besser konzentrieren zu können. Wo bist du Finn, wo?

Ein lautes Seufzen ließ sie aufschrecken. War sie doch nicht allein? Hastig sprang sie auf und durchmaß mit schnellen Schritten die Bibliothek. Nein, hier war niemand, auch in den anderen großen Ohrensesseln - verborgen durch die hohe Rückenlehne – saß keiner. Loni, deine Nerven sind überreizt, du hast dir das Geräusch eingebildet, schalt sie sich innerlich. Als sie sich wieder in ihren Sessel fallen lassen wollte, hörte sie ein Rumpeln. Sie drehte sich um die eigene Achse und inspizierte alle Ecken der Bibliothek. Nichts. Ein leises Quietschen drang an ihr Ohr. Das kam aus Richtung der Bücherregale. Hastig lief Loni darauf zu, stoppte jedoch kurz davor abrupt. Sollte sie sich bewaffnen? Ach was, wahrscheinlich kamen die Geräusche von dem Holz, das arbeitete. Als sie vor den Regalen stand, die im unteren Bereich aus geschlossenen Schränken bestanden, sah sie, wie sich eine der Schranktüren langsam öffnete. Lonis Herzschlag beschleunigte sich und sie trat unwillkürlich einen Schritt zurück. Plötzlich schob sich ein verwuschelter Blondschopf durch die schmale Öffnung und ein Junge blinzelte Loni aus schlaftrunkenen Augen an. Finn!

Kapitel 22

„Finn!" Anneliese sprang auf und warf dabei die, zum Glück, leere Teetasse um, die vor ihrem Sessel auf einem kleinen Beistelltisch stand. Rasch lief sie auf die Treppe zu, die der Junge mit Loni an der Hand herunterkam. Durch ihren Schrei alarmiert, sprang Nick auf und eilte auf die Gruppe zu. Am Fuß der Treppe schloss er seinen Sohn in die Arme. Bei beiden flossen die Tränen. Anneliese wischte sich mit einem Taschentuch hastig über die Augen. Sie wartete, bis die zwei voneinander abließen, beugte sich zu Finn hinunter und drückte ihn fest an sich. Wäre dem Jungen etwas zugestoßen, hätte sie sich das nie verziehen. Wenn sie, anstatt zu malen, mit ihm Mau-Mau gespielt hätte, wäre das alles womöglich nicht passiert.

Als Finn sich nach ein paar Sekunden aus ihrer Umarmung wand, führte Nick ihn zu einem Sessel in der Bar. Eine Kellnerin kam und stellte eine Tasse heißen Kakao vor ihn. Neugierig umringten die Mitglieder des Suchtrupps den kleinen Kerl und bestürmten ihn mit

Fragen, bis Julius dem Stimmenwirrwarr Einhalt gebot.

„Ich schlage vor, wir beruhigen uns und lassen Finn in aller Ruhe erzählen, was passiert ist und wo er gesteckt hat."

Der Junge sah mit ängstlichem Blick in die Runde und kletterte zu seinem Vater auf den Schoß.

„Ich glaube, wir lassen ihn erst einmal zur Ruhe kommen", meldete sich Loni zu Wort. „Er soll mit seinem Vater aufs Zimmer gehen. Erzählen kann er später immer noch."

Nick erhob sich, seinen Sohn in den Armen. „Sie haben recht. Finn braucht Ruhe. Vielen, vielen Dank für eure Hilfe." Er lächelte dankbar und erleichtert in die Runde.

Die beiden waren schon auf dem Weg Richtung Aufzug, als Finn seine Hand ausstreckte und rief: „Anneliese, kommst du mit?"

Ihr wurde warm ums Herz. Sie warf seinem Vater einen fragenden Blick zu und als der nickte, folgte sie den beiden. Vor dem Aufzug ergriff der Junge ihre Hand.

„Ich werde ab jetzt jeden Tag mit dir Mau-Mau spielen. So viel du willst", versprach sie. Finn grinste nur.

Im Zimmer angekommen, zog Nick seinem Sohn einen Schlafanzug an und legte ihn ins Bett. Doch Finn schien nicht müde zu sein.

Kaum, dass sein Vater ihn zugedeckt hatte, setzte er sich wieder auf und stopfte sich ein Kissen in den Rücken. „Ich habe Hunger. Können wir auch jetzt Mau-Mau spielen? Und darf ich im Bett essen?"

Sein Vater lachte und wuschelte ihm durch die Haare. „Alles, was du willst, Kumpel. Ich bestelle etwas beim Zimmerservice. Was möchtest du?"

„Pommes. Und Eis. Und Limo?"

„Wird sofort erledigt."

Während Nick per Telefon die Bestellung aufgab, setzte Anneliese sich zu Finn auf die Bettkante. „Magst du verraten, wo du die ganze Zeit gesteckt hast?"

Der Junge schlug die Augen nieder.

Nick, der wieder ans Bett getreten war, streichelte seinem Sohn die Hand, die auf der Bettdecke ruhte. „Keine Angst. Du bekommst keinen Ärger. Aber weißt du, ich, wir alle haben uns wahnsinnige Sorgen gemacht. Wir möchten nur wissen, wo du warst und warum du verschwunden bist."

„Also." Finn holte einmal tief Luft. „Ich war ja bei Kayla und Lola im Spielzimmer. Da haben die zwei mich wieder geärgert. Irgendwann hat Kayla mich festgehalten, damit Lola mich küssen kann. Ich habe mich losgerissen und Kayla weggeschubst. Sie ist hingefallen und mit dem Kopf an das Regal gestoßen. Da hat sie ganz laut geschrien, dass ich versucht habe, sie umzubringen, und dass ich jetzt ins Gefängnis muss." Finn schluchzte auf. „Ich bin weggelaufen und habe mich in der Bibliothek im Schrank versteckt, damit die Polizei mich nicht findet."

„Und da hast du es so lange drin ausgehalten?" Nick sah seinen Sohn mit großen Augen an.

„Erst war es unbequem und ich hatte auch Hunger, aber dann bin ich eingeschlafen. Ich bin erst aufgewacht, kurz bevor die Frau mich gefunden hat."

Nick wuschelte seinem Sohn durch die Haare. „Zum Glück bist du jetzt wieder da."

Doch Finn sah immer noch beunruhigt aus.

„Magst du uns noch was erzählen?", hakte Anneliese

behutsam nach.

Finn sah nach unten und knotete die Bettdecke zwischen seinen Händen. Nick legte sich neben ihn ins Bett und nahm ihn in den Arm. „Du weißt doch, mir kannst du alles sagen."

Finn holte tief Luft und stieß dann hervor: „Na gut. Weil Kayla mich so geärgert hat, habe ich ihr Taschenmesser geklaut, mit dem sie immer so angibt." Er senkte den Kopf.

„Hattest du deswegen Angst vor der Polizei?" Anneliese strich ihm über den Handrücken.

Finn nickte. „Ich wusste ja, dass ich sie nicht umgebracht habe und deswegen nicht ins Gefängnis muss. Aber vielleicht, weil ich was geklaut habe?" Er sah die beiden fragend an.

„Nein, Kinder kommen nicht ins Gefängnis", beeilte sich Anneliese, zu versichern.

„Ich gebe Kayla das Taschenmesser gleich morgen zurück, okay?" Finn sah seinen Vater fragend an.

„So machen wir es. Jetzt wird aber erst mal gegessen und dann darfst du dir noch einen Film aussuchen."

Bei Nicks letzten Worten strahlte Finn über das ganze Gesicht. „Auch Harry Potter?"

„Auch Harry Potter, wenn du magst."

Der Zimmerservice brachte das Essen und Anneliese verabschiedete sich von den beiden.

Als sie leise die Tür hinter sich zuzog und zu ihrem Zimmer ging, wirbelte es in ihrem Kopf wild durcheinander. Dass Finn Kayla gestoßen und sie sich verletzt hatte, war ein Unfall. Trotzdem war Finn aus Angst vor den Konsequenzen geflohen. Weil er ihr Taschenmesser stibitzt hatte. Was, wenn Ingas Tod ebenfalls ein Unfall gewesen war und der Täter die Polizei nicht gerufen hatte, aus Angst, dass dadurch etwas anderes ans Licht kam? Sie mussten unbedingt tiefer in den persönlichen Geschichten der Beteiligten graben. Eine oder einer von ihnen hatte ein Geheimnis, das er oder sie unter allen Umständen wahren wollte. Da war sich Anneliese sicher.

Kapitel 23

Am nächsten Morgen stand Anneliese in ihrem Hotelzimmer am Fenster und blickte auf die herrliche Landschaft des Soonwalds. Die Sonne strahlte von einem blauen Himmel und Vogelzwitschern war zu hören. Doch die Schönheit der Natur drang nicht bis zu ihr durch. Der Schreck über Finns Verschwinden steckte ihr noch in den Knochen. Nicht auszudenken, wenn dem Jungen etwas passiert wäre! Sie wusste, dass ihre Faszination für Morde und Verbrechen manch einen irritierte. Vielleicht unterstellte ihr der ein oder andere auch Sensationsgier, aber das war es nicht, worum es ihr ging. Sie wollte die menschlichen Abgründe verstehen, die eine Person zu solchen Taten trieben. Selbstverständlich empfand sie Trauer und Mitleid für die Toten. Bisher war es ihr aber immer gelungen, eine emotionale Distanz zu wahren. Selbst bei Herbert, den sie gut gekannt hatte.

Das war mit einmal anders. Sie hatte für ein paar schreckliche Stunden gefürchtet, der Mörder oder die

Mörderin könnte Finn auf dem Gewissen haben. Den Tod eines Kindes würde sie nicht beiseiteschieben können. Doch nach der Nacht hatte sich neue Entschlossenheit zu dem Schreck gesellt. Sie würde noch härter arbeiten, um den Täter oder die Täterin zur Strecke zu bringen. Und zwar schnellstmöglich, bevor eine weitere Person zu Schaden kam.

„Wir müssen los, oder?" Erich trat aus dem Badezimmer und warf einen Blick auf die Uhr. „Konrad erwartet uns in der Bibliothek." Er kam zu ihr und legte seine Arme um sie.

Für eine Minute lehnte Anneliese sich an seine Brust und schloss die Augen. Ein Moment der Ruhe, bevor wieder ihre volle Konzentration gefordert war. Nach einer Weile drehte sie sich mit einem Aufseufzen zu Erich um und gab ihm einen Kuss auf die Wange. „Danke, dass du das Treffen arrangiert hast."

Er lächelte sie warm an. „Das ist doch das Mindeste. Ich möchte auch, dass der Täter gefunden wird. Konrad weiß übrigens, dass ihr schon zweimal in einem Mordfall erfolgreich ermittelt habt und dass euch Ingas Tod verdächtig vorkommt."

„Trotzdem ist er bereit, mit mir zu reden?"

„Ihm liegt daran, dass der Fall so schnell wie möglich gelöst wird. Bleibt ihr Tod unaufgeklärt, wird immer ein Schatten an der Familie von Thalheim hängen bleiben."

Anneliese nickte. „Mmmhh, das stimmt. Wenn die Polizei zu keinem eindeutigen Ergebnis kommt, wird die Gerüchteküche nie vollends verstummen."

„So ist es." Erich streckte seinen angewinkelten Arm aus und sie hakte sich bei ihm unter. Kurz vor der Zimmertür blieb er stehen. „Eine Sache noch. Über die ganze Aufregung mit Finns Verschwinden habe ich total vergessen, dir zu erzählen, was Jupp und Willi in Erfahrung gebracht haben. Das solltest du wissen, bevor du mit Konrad sprichst."

„Jupp und Willi?" Sie runzelte die Stirn. „Woher weißt du davon?"

„Loni hat es mir erzählt, als du bei Finn auf dem Zimmer warst." Er berichtete ihr von den finanziellen Schwierigkeiten der Brauerei.

„Hast du davon gewusst?"

Erich schüttelte den Kopf. „Von einem finanziellen Engpass höre ich zum ersten Mal."

Anneliese nickte bedächtig mit dem Kopf. Die Information war interessant, auch wenn sie noch nicht absehen konnte, wie das mit Ingas Tod zusammenhing. „Ich gebe zu, diese Info ist hilfreich. Wir sollten die Möchtegern-Detektiv-Arbeit von Jupp und Willi aber nicht überbewerten. Auch ein blindes Huhn findet mal einen Wurm." Sie ärgerte sich, dass die zwei etwas herausgefunden hatten, was ihr bisher verborgen geblieben war. „Soll ich Konrad auf die finanzielle Lage der Brauerei ansprechen?"

„Wenn du es nicht tust, dann mache ich es. Wir haben normalerweise keine Geheimnisse voreinander. Noch eine Sache. Emma hat erzählt, dass Fred und Inga sich schon länger kennen. Auf jeden Fall, bevor Constanze dazu gestoßen ist."

„Ach ja? Wir dachten bisher doch immer, Inga sei in erster Linie Constanzes Freundin."

Rasch klärte Erich sie über Ingas Praktikum in der Brauerei auf.

„Wenn sie Fred schon länger kannte, hat hier möglicherweise ein Konflikt geschwelt, der mit ihrem Tod zusammenhängt?" Anneliese grübelte. „Vielleicht war sie heimlich in ihn verliebt?"

„Das ist ein weiterer Punkt, bei dem du bei Konrad nachhaken kannst. Jetzt sollten wir aber los. Wir wollen ihn nicht warten lassen."

Konrad war schon in der Bibliothek und saß in einem Sessel vor dem Kamin, in dem an diesem warmen Tag kein Feuer brannte.

Anneliese reichte ihm die Hand und bedeutete ihm, sitzen zu bleiben. „Sehr liebenswürdig, dass du dich mit mir triffst. Wie ich von Erich gehört habe, bist du mit meinen Absichten vertraut?"

Konrad nickte. „Ich glaube nicht an einen Unfall oder gar an einen Selbstmord von Inga. Daher möchte ich nichts lieber, als den wahren Täter zu fassen, um die Unschuldigen von jedem Verdacht zu befreien." Er deutete mit der Hand auf die Sessel ihm gegenüber. „Setzt euch." Als sie Platz genommen hatten, kam Konrad gleich zur Sache. „Was möchtest du wissen?"

Na, das ist mal direkt. Anneliese stand ohnehin nicht der Sinn nach Smalltalk. „In erster Linie interessiert mich alles, was du über Inga weißt. Die Ursache für einen gewaltsamen Tod hängt meist mit der Persönlichkeit oder der individuellen Geschichte des Opfers zusammen."

„Viel kann ich dir nicht sagen." Konrad rieb sich mit der flachen Hand über die Wange. „Inga war mit Constanze und Fred befreundet. Sie haben sich, soweit ich weiß, im Studium kennengelernt. Zu dem Zeitpunkt hat unser Sohn schon nicht mehr zu Hause gewohnt. Wir haben Frau Krüger nur ab und an bei Freds Geburtstagen gesehen. Von Beruf war sie Medizinerin. Sie arbeitete in der Praxis, in der auch Rosamund Patientin ist. Allerdings war sie nicht ihre Ärztin. Sie war, glaube ich, nur einmal in Vertretung bei ihr. Wir haben sie immer als höflich und zuvorkommend wahrgenommen."

„Hat sie nicht mal ein Praktikum bei euch in der Brauerei gemacht?"

Konrad legte einen Finger nachdenklich an die Wange und schwieg für einen Moment. „Jetzt, wo du es sagst. Das stimmt. Sie hat im Sommer nach dem Abitur ein Praktikum bei uns absolviert. Das war mir entfallen. Ich hatte damals nichts mit ihr zu tun. Sie hat in der Marketingabteilung gearbeitet."

„Aber Fred lernte sie damals schon kennen?"

Wieder antwortete Konrad nicht sofort. „Könnte sein", entgegnete er nach einer Weile vage.

War ihm wirklich entfallen, dass Inga mal in der Firma gearbeitet hatte? Oder hatte er bewusst versucht, diese Tatsache vor ihr zu verschweigen? Anneliese beschloss, nicht weiter nachzubohren. Sie würde es im Hinterkopf behalten. „Ist dir hier im Hotel etwas aufgefallen?", lenkte sie das Gespräch in eine andere Richtung. „Gab es einen Konflikt, in den Inga verwickelt war?"

Konrad überlegte einen Moment. „Nein. Natürlich hatte sie den einen oder anderen Disput mit Constanze. Du hast meine zukünftige Schwiegertochter ja kennengelernt. Sie hat ihren eigenen Kopf und genaue Vorstellungen, was die Hochzeit betrifft. Aber das waren Kleinigkeiten. Nichts, was …" Er stockte. „Du weißt schon."

„Ist dir bekannt, ob es bei Inga berufliche Probleme gab?"

Konrad schüttelte den Kopf. „Wie gesagt, so gut habe ich sie nicht gekannt, da müsstest du Constanze fragen."

„Und privat? War sie liiert?"

„Soweit ich weiß, nicht." Konrad zuckte die Schultern. „Fred und Constanze haben die Tischplanung mit Rosamund und mir besprochen und dabei habe ich bemerkt, dass sie Inga am Tisch der Alleinstehenden platziert haben."

„Wie sieht es mit Nick aus?"

„Was meinst du?" Er sah fragend zwischen ihr und Erich hin und her.

„Weißt du, ob zwischen den beiden eine über die Freundschaft hinausgehende Beziehung bestand?", wurde sie konkreter.

„Falls ja, habe ich nichts davon mitbekommen. Ich halte mich meistens aus den Angelegenheiten der jungen Leute heraus. Sie sollen ihr eigenes Leben leben."

Anneliese nickte. Vernünftige Einstellung. Sie überlegte, wie sie das Thema Finanzen ansprechen sollte und entschied sich für den direkten Weg. Konrad schien ein Freund klarer Worte zu sein. „Dein Sohn Fred ist Geschäftsführer der Brauerei, richtig?"

„Ja, er hat meine Nachfolge vor ziemlich genau einem Jahr angetreten."

„Bist du zufrieden mit seiner Arbeit?"

Konrad antwortete nicht direkt, sondern sah ihr lange in die Augen. „Ich kann nicht klagen", erklärte er schließlich.

„Mir ist zu Ohren gekommen, dass die Brauerei rote Zahlen schreibt." Nun war es heraus. Anneliese hielt den Atem an. War die Frage zu forsch?

Scheinbar nicht, denn Konrad antwortete sofort und unverblümt. „Die Brauerei floriert nicht mehr so, wie noch vor ein paar Jahren, das ist korrekt. Die Zeiten sind für alle schwieriger geworden. Die Rohstoffpreise sind enorm gestiegen." Er verzog den Mund. „In den Jahren vor Freds Übernahme hätte man – oder besser gesagt ich - vermutlich schon gegensteuern müssen. Mein Sohn hat frischen Wind in die Firma gebracht. Er hat viele Ideen. Neue Werbestrategien, Pläne für innovative Produkte. Ich bin guter Dinge, dass er die Brauerei wieder auf den richtigen Kurs bringt."

„Du hast dich komplett aus dem Geschäft zurückgezogen?"

Konrad nickte. „Ich halte nichts davon, wenn der Seniorchef alles dem Juniorchef übergibt und trotzdem weiter mitmischt. Die Brauerei ist jetzt allein Freds Aufgabe."

„Und Marius, dein anderer Sohn?"

„Der arbeitet ebenfalls in der Firma, im Marketing, aber mit der Geschäftsführung hat er nichts zu tun."

Freiwillig oder unfreiwillig, überlegte Anneliese. Konrad kam ihrer Frage zuvor.

„Marius hat kein Interesse an einem Managementposten. Er ist eher … wie soll ich sagen … ein Freigeist. Er ist gern unabhängig und scheut in gewisser Weise die Verantwortung."

Er schien keine überaus gute Meinung von seinem Zweitgeborenen zu haben. Aber seine Beschreibung passte zu dem Mann, den Anneliese vor ein paar Tagen kennengelernt hatte. Sie überlegte. Sollte Sie noch mehr aus ihm herauskitzeln? Über Inga schien er tatsächlich nicht viel zu wissen. Oder nicht mehr preisgeben zu wollen. Sie entschied sich für eine letzte Frage. „Was glaubst du, was passiert ist?"

Konrad sah für ein paar Sekunden aus dem Fenster. „Ich glaube nicht, dass sie gesprungen ist", sagte er schließlich, das Gesicht noch abgewandt.

„Du gehst also davon aus, dass sie gestoßen wurde?"

Wieder schwieg Konrad für eine Weile. Endlich wandte er sich vom Fenster ab und nickte stumm. In die Augen sah er Anneliese dabei nicht.

„Von wem?", schaltete sich Erich zum ersten Mal in das Gespräch ein. Nach seiner Frage war die Spannung mit Händen zu greifen.

Konrad stieß einen tiefen Seufzer aus. „Wenn ich das nur wüsste!"

Kapitel 24

Loni saß auf der Bank am Teich. Sie war froh, für ein paar Minuten allein zu sein, und genoss die Natur und die Ruhe. Zu hören war nur das Zwitschern von Vögeln und das Plätschern des Wassers. Für einen Moment schloss sie die Augen und ging in Gedanken die Fragen durch, die sie Fred von Thalheim stellen würde. In den vergangenen Tagen war ihr aufgefallen, dass er stets nach dem Mittagessen einen kleinen Spaziergang unternahm. Allein. Das wollte sie nutzen, um sich ihm anzuschließen und unauffällig mit ihm ins Gespräch zu kommen. Nachdem, was Anneliese von ihrer Unterredung mit Konrad berichtet hatte, wurde es Zeit, ihm ein wenig auf den Zahn zu fühlen. Vor allem seine Freundschaft mit Inga warf Fragen auf. Loni blickte auf die Uhr an ihrem Handgelenk. Wenn sie mit ihren Beobachtungen richtig lag, müsste Fred innerhalb der nächsten zehn Minuten hier vorbeikommen.

Bis dahin konnte sie ein wenig die Sonne genießen. Sie schloss erneut die Augen und reckte ihr Gesicht gen

Himmel. Wie entspannend dieses Wochenende hätte sein können, wenn nicht der schreckliche Todesfall geschehen wäre. Vielleicht sollte sie sich ein Beispiel an Laurens nehmen und mit Julius noch einmal hierherkommen, nachdem der Fall gelöst war. Im Winter war es hier bestimmt sehr friedlich. Wenn alles schneebedeckt war und ein Feuer im offenen Kamin brannte. In Gedanken sah sie sich und Julius bei ausgedehnten Spaziergängen, gemeinsamen Lesestunden und köstlichen Drei-Gänge-Menüs. Sie lächelte. Ja, das klang durchaus verlockend.

Schritte auf dem Kies rissen sie aus ihren Träumereien und sie öffnete die Augen. Das musste Fred sein. Um ein zufälliges Zusammentreffen zu arrangieren, stand sie auf. Doch hinter dem Schilf tauchte nicht Fred auf, sondern eine unbekannte, ältere Frau, die sich auf einen Gehstock stützte. Enttäuscht sank Loni auf die Bank zurück. Ob er seinen Spaziergang heute ausfallen ließ? Sie warf einen erneuten Blick auf die Uhr. Zehn Minuten würde sie ihm noch geben. Wenn er dann nicht auftauchte, würde sie versuchen, ihn im Hotel abzufangen. Sie lehnte sich wieder auf der Bank zurück und wollte erneut die Augen schließen. In dem Moment strauchelte die Spaziergängerin und wäre fast gestürzt, wenn sie sich nicht im letzten Augenblick mit ihrem Stock abgefangen hätte. Sie stieß einen leisen Schrei aus. Hastig sprang Loni von der Bank und eilte zu ihr. Die Unbekannte verzog schmerzverzerrt das Gesicht. „Kann ich Ihnen helfen? Haben Sie sich verletzt?" Sie griff der Frau unter die Arme. Die stöhnte leise auf.

„Ich bin umgeknickt." Sie versuchte, aufzutreten und verzog erneut das Gesicht. „Und ich befürchte, ich habe mir den Knöchel verknackst."

„Setzen Sie sich einen Moment, dann schaue ich mir das mal an." Loni deutete zur Bank. Als die andere nickte, half sie ihr, zur Sitzgelegenheit zu humpeln. Mit einem Seufzer ließ sie sich darauf nieder und hievte mit Lonis Hilfe ihr Bein auf die Sitzfläche. Vorsichtig befühlte Loni den Knöchel. Behutsam bewegte sie den Fuß in alle Richtungen. „Geht das?" Die Frau nickte. „Das sieht nicht so aus, als wäre etwas gebrochen. Ruhen Sie sich eine Weile aus. Ich begleite Sie gern zum Hotel zurück."

„Das ist nett, vielen Dank." Die Unbekannte stellte ihren Fuß vorsichtig wieder auf den Boden. „Das hat mir gerade noch gefehlt. Ich wollte meine Tochter für ein paar Stündchen besuchen. Aber …", sie stockte, „… nun klappt es doch nicht. Ich bin umsonst angereist. Jetzt kehre ich auch noch mit einem lädierten Fuß zurück." Sie ließ den Kopf hängen.

Loni hatte Mitleid mit der Frau, die zusammengesunken neben ihr saß. Auf den ersten Blick passte sie nicht in das elegante Romantikhotel. Ihre Kleidung war sauber, aber abgetragen. Funktionell, nicht modisch. Tiefe Falten zeichneten ihr Gesicht. Ob sie eine der Angestellten hatte besuchen wollen? „Wenn Ihre Tochter keine Zeit hat, machen Sie sich doch allein einen schönen Tag. Genießen Sie die Sonne, essen Sie ein leckeres Stück Kuchen auf der Terrasse", schlug Loni vor. Im selben Moment bereute sie ihre Worte. Ihr Gegenüber sah nicht so aus, als ob sie sich Torte und Kaffee in dem exklusiven Hotel leisten konnte. „Ich lade Sie ein", schob sie rasch hinterher. „Die Eierlikörtorte ist fantastisch. Es gibt auch leckeren Streuselkuchen, falls Sie keine Torte mögen."

„Nein, nein, das kann ich nicht annehmen. Außerdem ..." Sie zögerte. „Conny wäre es sicher nicht recht, wenn ich mich im Hotel aufhalte. Ich werde mich noch ein wenig ausruhen, dann trete ich den Heimweg an." Sie zog umständlich ein Smartphone aus ihrer Tasche, entsperrte den Bildschirm und tippte darauf herum. „In einer halben Stunde geht ein Bus. Den werde ich nehmen."

„Wie Sie möchten. Ich begleite Sie auf jeden Fall noch zur Bushaltestelle", bot Loni an.

„Das ist nicht nötig. Machen Sie sich keine Umstände." Die Unbekannte winkte ab.

Loni lächelte sie freundlich an. „Das sind keine Umstände. Ich habe Zeit. Ob ich eine Runde um den Teich spaziere oder in die entgegengesetzte Richtung zur Landstraße, das macht keinen Unterschied." Kaum hatte sie die Worte gesprochen, tauchte Fred hinter dem Schilf auf. Er nickte den beiden höflich zu, ohne seine Schritte zu verlangsamen, und war nach ein paar Metern wieder aus ihrem Sichtfeld verschwunden. Chance verpasst, dachte Loni. Egal, sie würde noch eine Gelegenheit finden, mit ihm ins Gespräch zu kommen. Sie wandte sich ihrer Sitznachbarin zu und erschrak. Sie war blass und ihr Gesicht schmerzverzerrt. „Alles in Ordnung bei Ihnen? Soll ich Sie doch lieber zu einem Arzt bringen?"

Die Frau winkte ab. „Nicht nötig. Aber Ihr Angebot, mich zur Bushaltestelle zu begleiten, nehme ich gern an."

Schweigend saßen die beiden ein paar Minuten am

Teich, bis es Zeit war, zur Haltestelle aufzubrechen. Da Loni nicht wusste, wie schnell die Frau mit ihrem lädierten Fuß war, wollte sie lieber rechtzeitig losgehen.

Als der Bus kam, bedankte sich die Unbekannte überschwänglich bei ihr und stieg ein. Sie winkte ihr am Fenster noch einmal zu, bevor der Bus um die Kurve verschwand. Erst da bemerkte Loni, dass sie ihr gar nicht ihren Namen genannt hatte.

Zurück auf der Hotelterrasse sah Loni Fred allein an einem Tisch sitzen. „Jetzt oder nie", sagte sie sich und schritt energisch auf ihn zu. „Entschuldigen Sie?" Sie lächelte ihn freundlich an. „Ich bin auf der Suche nach Gesellschaft. Darf ich mich zu Ihnen setzen?"

Fred sah sie mit düsterer Miene an, verzog sein Gesicht jedoch wider Erwarten zu einer Grimasse, die wohl ein Lächeln darstellen sollte, und deutete auf den freien Stuhl neben sich. „Bitte."

Loni nahm dankend Platz. Sie griff nach der Speisekarte, doch bevor sie sie aufschlagen konnte, trat Cornelia, die Kellnerin, an ihren Tisch. Fred bestellte einen zweiten Kaffee und sie schloss sich seiner Bestellung an.

„Sie sind die Assistentin der Fotografin, richtig?", fragte er, als die Bedienung sich dem Nachbartisch zuwandte.

Loni lächelte. „Assistentin ist zu viel gesagt. Emma ist meine Enkelin und bei größeren Aufträgen gehe ich ihr ein wenig zur Hand. Equipment tragen, aufbauen … solche Sachen."

„Wir werden Frau van Winther selbstverständlich für die bisher geleistete Arbeit entlohnen", beeilte er sich zu sagen.

„Das heißt, die Hochzeit ist endgültig abgesagt?", fragte Loni.

Fred nickte und rührte in seiner Kaffeetasse. „Falls die Hochzeit nachgeholt wird, werden wir ihre Enkelin erneut engagieren."

Sie wunderte sich über die Wortwahl. Falls die Hochzeit nachgeholt wird? Nicht wenn? „Das ist sicher eine schwere Zeit für die ganze Familie und besonders für Constanze, die ihre beste Freundin verloren hat." Sie fegte ein paar Krümel von der Tischdecke. „Sie standen ihr ebenfalls nahe, wie ich gehört habe?"

„Nun ja, wir waren beide … also, natürlich waren Constanze und Inga sehr eng … aber wir kennen uns alle schon lange … also, ja, es ist traurig."

„Ich habe gehört, Inga hat bei Ihnen in der Brauerei ein Praktikum gemacht, nicht wahr?"

Fred runzelte die Stirn. „Wo haben Sie das denn her? Das ist schon Ewigkeiten her." Er rührte mit dem Löffel in seiner leeren Kaffeetasse. „Aber es stimmt. So haben Nick und ich sie kennengelernt. Im Studium sind wir dann zu dritt in eine WG gezogen."

„Nick hat damals ebenfalls in der Firma gearbeitet?"

„Ja, wir haben beide im Lager geholfen, um Geld für den Studienstart zu verdienen. Sie wundern sich vielleicht, dass ich in der Firma für ein Taschengeld gearbeitet habe, wo sie mir doch praktisch gehört, nicht wahr? Das liegt daran, dass unser Vater immer darauf bestanden hat, dass wir selbst Geld verdienen. Ihm war es wichtig, dass wir selbstständig und unabhängig werden und auf eigenen Beinen stehen können."

Loni nickte. Vernünftige Einstellung. „Constanze haben Sie während des Studiums kennengelernt?"

Er nickte. „Ja. Sie und Inga waren Kommilitoninnen. Inga hat vor ihrem Medizinstudium ein paar Semester BWL studiert. Wie Constanze."

„Sind sie seitdem beste Freundinnen?"

Bevor Fred antworten konnte, brachte die Kellnerin den Kaffee. Fred häufte sich zwei Löffel Zucker in sein Getränk und nahm einen großen Schluck. „Sie waren seitdem unzertrennlich. Daher steht Constanze auch so neben sich. Sie hat einen Schock, weiß gar nicht, was sie tut."

Als Loni zu einer Antwort ansetzte, schob Fred plötzlich seine Kaffeetasse mit einem energischen Ruck von sich. Das Getränk schwappte über den Rand und bildete einen kleinen See auf der Untertasse. „Müssen wir die ganze Zeit über Inga reden? Mir geht das furchtbar nahe. Können wir es nicht einfach gut sein lassen?" Er sprang auf, murmelte eine Entschuldigung und verschwand.

Als Loni ihm hinterher sah, bemerkte sie Constanze, die ihn an der Tür zur Bar in Empfang nahm und ihr einen langen, nicht besonders freundlichen Blick zuwarf.

Kapitel 25

Als Anneliese den Frühstücksraum betrat, merkte sie sofort, dass etwas anders war als sonst. Auf den Tischen stand benutztes Geschirr und das Büfett war nicht wieder aufgefüllt worden. Auf der Käseplatte lag eine einsame Scheibe Gouda, dessen Rand sich leicht wellte. In dem Warmhaltebehälter mit Rührei fand sie nur ein paar klägliche Reste, die in Wasser schwammen. Der Brötchenkorb war nur spärlich gefüllt. Anneliese hatte auf ein Croissant oder wenigstens ein normales Brötchen gehofft. Doch Fehlanzeige. Nur das gesunde Zeug war übrig: Vollkornbrötchen und dieser ganze Körnerkram.

Mit einem Schüsselchen Vanillepudding, in dem traurig ein paar Trauben schwammen, und einem halbvollen Glas Orangensaft steuerte sie ihren Stammtisch in der Ecke an, an dem schon Loni saß. Erich war mit Konrad verabredet und Julius hatte sich für ein Telefonat mit Dr. Schnitthagen, dem Rechtsmediziner, zurückgezogen. Loni hatte einen gemeinsamen Spaziergang vorgeschlagen, doch Anneliese hatte es ihr mehr oder weniger verboten. Sie mussten einen Fall lösen. Die Polizei hatte ihnen gestern am späten Abend mitgeteilt, dass sie abreisen durften. Wie sie von Erich erfahren hatte, planten die von Thalheims das Hotel im Laufe des Tages zu verlassen – daher auch sein letztes Treffen mit Konrad. Wenn sie erst einmal abgereist waren, würden sie vermutlich nie herausfinden, was mit Inga geschehen war. Dass ihre Freundin in solch einer Situation überhaupt auf die Idee kam, spazieren zu gehen! Pfff. Sie schüttelte den Kopf. Zum Glück hatte sie sie recht schnell überzeugen können, dass ihre Anwesenheit im Hotel unabdingbar war. Sie fand, es war an der Zeit, Nick mal genauer auf den Zahn zu fühlen. Wenn er Gefühle für Inga gehabt hatte, verbarg sich dort eventuell ein Motiv. „Was ist denn heute hier los?", fragte sie, als sie sich neben Loni am Tisch niederließ.

„Keine Ahnung. Ich glaube, sie haben einen unerwarteten Personalausfall. Cornelia, die Kellnerin, die uns sonst immer bedient, ist nicht da. Aus der Küche springt jemand ein, aber du siehst ja, sie fehlt an allen Ecken und Enden."

„Das kannst du laut sagen." Anneliese hob ihre Schüssel. „Ich muss mich heute mit den kläglichen Resten begnügen. Satt werde ich davon nicht. Ich kann von hier gleich zur Terrasse wechseln und mir dort eine Eierlikörtorte bestellen. Ich brauche doch Energie für mein Hirn, wenn ich heute anständige Fragen stellen will."

Loni grinste. „Mach dir keine Sorgen, verhungern wirst du schon nicht. Ich nehme mir noch einen Kaffee. Soll ich dir einen mitbringen?"

Anneliese nickte nur – Loni wusste, wie sie ihren

Kaffee trank, – und ließ ihren Blick durch den Raum Richtung Foyer schweifen. Durch die geöffnete Tür des Frühstücksraums hatte sie den Bereich gut im Auge. Dabei sah sie zwei vertraute Gestalten an die Rezeption treten: Göktan und Meierle.

Hastig sprang sie auf, wobei sie fast ihren Orangensaft vergossen hätte. Im letzten Moment fing sie das Glas. Ein bisschen Saft schwappte trotzdem auf den Tisch. Schnell legte sie ihre Serviette darauf, bevor sie zur Rezeption eilte. Vielleicht erfuhr sie von den beiden Kommissaren etwas Neues. Als sie das Foyer betrat, waren Göktan und Meierle schon im Angestelltentrakt verschwunden. Was hatten sie denn dort zu suchen? Ob sie jemanden verhaften wollten? Vom Personal? Das hatten sie bei ihren Ermittlungen noch gar nicht ins Auge gefasst. Anneliese trat an den Tresen und begrüßte die Rezeptionistin mit strahlendem Lächeln. Heute hatte die junge Auszubildende Dienst, von ihr würde sie bestimmt etwas erfahren. Das Mädchen hatte geschwollene Augen. Hatte sie geweint? Irgendetwas stimmte hier nicht, das spürte Anneliese in jedem ihrer Knochen.

„Das waren doch eben die beiden Kommissare, oder?"

„Ja ... äh ... genau", stotterte die junge Frau und wurde ein bisschen rot.

„Was machen die denn schon wieder hier? Ist etwas passiert?"

„Ähhh ... das ... tut mir leid, das darf ich Ihnen nicht sagen."

„Also ist etwas vorgefallen?"

Die junge Frau starrte sie nur mit großen Augen an, die sich mit Tränen füllten. „Tut mir leid", schluchzte sie. „Ich darf Ihnen wirklich keine Auskunft geben. Sie entschuldigen mich?" Mit diesen Worten flüchtete sie in das Räumchen hinter der Rezeption.

Bei Anneliese schrillten alle Alarmglocken. Rasch lief sie zurück in den Frühstücksraum, wo Loni mit zwei gefüllten Kaffeetassen an ihrem Tisch stand und sich suchend nach ihr umblickte. Sie nahm ihr die Tassen ab, stellte sie auf den Tisch, packte ihre Freundin am Arm und zog sie aus dem Speisesaal.

„He, was soll das?" Loni befreite sich aus dem Klammergriff und blieb stehen. „Ich dachte, wir trinken in Ruhe eine Tasse Kaffee."

„Vergiss den Kaffee! Dafür haben wir jetzt keine Zeit. Göktan und Meierle sind hier."

„Na und?" Loni, die ihr ein paar Schritte nachgelaufen war, blieb erneut stehen.

Anneliese griff wieder nach ihrem Arm. „Hier stimmt was nicht. Die Rezeptionistin wollte mir nichts verraten, also müssen wir selbst nachschauen."

Endlich löste Loni sich aus ihrer Starre und folgte ihr ins Foyer. Dort angekommen stellte Anneliese mit Erleichterung fest, dass die Rezeption weiterhin unbesetzt war. Mit einem schnellen Blick vergewisserte sie sich, dass sie unbeobachtet waren. Hastig lief sie zur Tür des Personaltrakts. Bevor sie unbemerkt hindurchschlüpfen konnte, wurde sie von Loni unsanft am Arm zurückgerissen. „Was machst du denn?", herrschte sie ihre Freundin unwirsch an.

„Das frage ich dich." Loni deutete auf die Tür, auf der in goldenen Buchstaben das Wort ‚Privat' prangte.

„Ist mir egal, ob das privat ist oder nicht. Göktan und Meierle sind hinter dieser Tür verschwunden, also heißt es für uns: nichts wie hinterher." Ohne ihre Freundin weiter zu beachten, schritt Anneliese durch die Tür und wie vermutet, folgte ihr Loni. Wenn auch kopfschüttelnd.

Dahinter verbarg sich ein langer, schmaler Gang, von dem mehrere Türen abzweigten. Ganz am Ende drang aus einer geöffneten Tür Licht in den düsteren Flur. Anneliese drehte sich zu Loni um und hielt warnend einen Zeigefinger an die Lippen. Dann schlich sie näher. Aus dem Zimmer war leises Stimmengewirr zu hören. Sie drückte sich neben der Türöffnung flach an die Wand und bedeutete Loni, es ihr gleichzutun. Ihre Freundin gehorchte, auch wenn ihr Gesicht deutliches Missfallen ausdrückte.

„… zum Abtransport bereit machen", hörte Anneliese Göktan sagen. Jemand schluchzte auf. Eine männliche Stimme – Meierle? – murmelte etwas, das sie nicht verstand. Eine weibliche Stimme: „… ist unterwegs." War das die Hoteldirektorin?

Langsam wagte sich Anneliese vor und schob ihren Kopf um die Ecke. Dabei wäre sie fast mit Kommissarin Göktan zusammengeprallt, die in diesem Moment aus dem Zimmer trat.

„Frau Müller! Was haben Sie hier zu suchen?" Göktans Miene war finster. Rasch machte sie einen Schritt nach vorn und wollte die Tür hinter sich zuziehen, doch Meierle, der ihr gefolgt war und im Türrahmen stand, verhinderte das.

Anneliese warf einen Blick in den Raum. Was sie sah, ließ sie frösteln: Auf dem Bett lag Cornelia, die Kellnerin. Und so wie es aussah, war sie tot.

Kapitel 26

„Der Tod der Kellnerin hängt mit Ingas Tod zusammen, darauf verwette ich meine Hutsammlung!" Anneliese thronte mit verschränkten Armen auf dem großen Doppelbett in ihrem und Erichs Zimmer. Ihre Beine baumelten in der Luft.

Loni saß wie beim letzten Mal mit Julius auf der Couch. Ihr ging der Tod der Kellnerin unglaublich nahe. Sie hatte die aufgeweckte junge Frau gemocht, die immer ein nettes Wort für die Gäste übriggehabt hatte.

Erich stand oder vielmehr lief im Zimmer auf und ab. Emma saß im Schneidersitz, mit dem Rücken an den Kleiderschrank gelehnt, auf dem Boden.

Sie hatten sich nach dem Auffinden der Leiche und einer ersten Befragung durch die Polizei in Annelieses und Erichs Zimmer zurückgezogen. Im Hotel war verständlicherweise die Hölle los. Die Bus-Reisegesellschaft hatte sich in der Bar versammelt und diskutierte lautstark den Tod der armen Kellnerin. Jupp und Willi hatten im Foyer auf sie gelauert, vermutlich, um mit ihnen die neuesten Entwicklungen durchzusprechen. Anneliese hatte die beiden rechtzeitig erspäht und Loni rasch zurück in den Personaltrakt gezerrt. Von den beiden Tratschonkeln unbemerkt, waren sie aufs Zimmer gelangt. Über die Feuertreppe! Loni konnte immer noch nicht glauben, dass es ihrer Freundin gelungen war, sie zu dieser Aktion zu überreden. Die Männer und Emma hatten sie telefonisch herbeordert.

„Es ist uns doch nun allen klar, dass Ingas Tod kein Unfall oder Selbstmord war", fuhr Anneliese fort. „Zwei plötzliche Todesfälle innerhalb weniger Tage? Da ist hundertprozentig etwas faul."

„Wir sollten dennoch keine voreiligen Schlüsse ziehen", meldete sich Julius zu Wort. „Zumindest nicht, solange wir nicht wissen, wie Cornelia gestorben ist."

„Kannst du wieder bei deinem Freund Dr. Schnitthagen nachhören?", bat Anneliese.

Julius grinste. „Schon passiert. Ich habe eben erneut mit ihm telefoniert und ihn gebeten, mich zu informieren, sobald die Todesursache feststeht. Im Todesfall von Inga Krüger gibt es allerdings keine Neuigkeiten."

Anneliese reckt ihren Daumen nach oben. „Gut gemacht, Herr Kriminalhauptkommissar a.D.."

Julius grinste nur, doch Loni merkte ihrem Freund an, wie sehr er sich über das Lob freute.

Erich wandte sich vom Fenster ab und setzte sich neben Anneliese aufs Bett. „Aber wie könnten der Tod von Inga und der der Kellnerin zusammenhängen?" Er zwirbelte nachdenklich seinen Schnauzbart. „Die beiden kennen sich doch erst seit ein paar Tagen, oder?"

„Das scheint so, wissen können wir es nicht", entgegnete Loni. „Vielleicht sind sich die beiden schon früher über den Weg gelaufen?"

„Gut möglich. Das Räuberherz ist doch quasi das Stammhotel der von Thalheims", warf Anneliese ein. „Vielleicht war Inga schon mal hier."

„Stimmt, könnte sein", gab Erich zu. „Ich werde Konrad mal fragen. Vielleicht weiß er etwas."

„Tu das", ermutigte Anneliese ihren Freund.

„Oder Cornelia hat etwas gesehen oder gehört, das mit Ingas Tod zu tun hat und das sie nun das Leben gekostet hat", gab Julius zu bedenken.

„Das kann ich mir auch vorstellen", sagte Loni. „Sie war aufmerksam, hatte eine scharfe Beobachtungsgabe. Möglich, dass sie etwas gesehen hat, was ihr zum Verhängnis wurde."

„Aber warum ist sie damit nicht direkt nach Ingas Tod zur Polizei?" Erich stand wieder auf und trat ans Fenster.

„Vielleicht war ihr nicht bewusst, über welches Wissen sie verfügt?", spekulierte Emma.

„Oder", Anneliese setzte sich aufrecht hin, „sie hat ihr Wissen genutzt, um jemanden zu erpressen."

„Du meinst, sie hat den Mörder erpresst und musste deshalb sterben?" Emma riss die Augen auf.

„Warum nicht?" Anneliese zuckte mit den Schultern. „Das wäre doch eine schlüssige Erklärung."

„Könnte sein." Julius seufzte. „Das ist ja alles schön und gut, aber es sind nur Mutmaßungen. Wir brauchen Fakten."

„Wir könnten den Beikoch befragen. Ich habe ihn und Cornelia mehrmals zusammen hinter der Küche rauchen sehen. Vielleicht weiß er etwas", schlug Loni vor.

„Deine Beobachtungsgabe ist aber auch nicht von schlechten Elstern", lobte Anneliese sie.

Loni verzog das Gesicht zu einem schiefen Grinsen und lüpfte einen imaginären Hut. „Danke für die Blumen. Soll ich mal mit ihm reden?"

„Das kann ich machen", bot sich Erich an. „Da ich Raucher bin, habe ich direkt einen Anknüpfungspunkt."

„Gute Idee." Julius legte einen Arm auf die Rückenlehne des Sofas und streichelte gedankenverloren Lonis Nacken. „Ich werde ein wenig Hintergrundrecherchen bei meinem Freund Schnitthagen anstellen. Vielleicht hat ihm sein Patenkind Meierle etwas verraten. Und eventuell verrät er mir was."

„Ich könnte noch mal eine Partie Mau-Mau mit dem kleinen Finn spielen. Er ist clever und ein guter Beobachter." Anneliese grinste. Loni verzog das Gesicht und wollte etwas erwidern, als ihre Freundin ihr zuvorkam. „Keine Angst, ich werde behutsam vorgehen und ihn nicht verhören."

„Das halte ich für keine gute Idee." Loni schüttelte den Kopf. „Der Junge hat viel durchgemacht, die letzten Tage."

„Na gut", brummte Anneliese. „Dann eben nicht. Ich werde nicht mit ihm über die Todesfälle sprechen, aber dass ich mit ihm Karten spiele, kannst du mir nicht verbieten."

„Anneliese, ich entdecke ja ganz neue Seiten an dir", neckte Erich sie.

„Ich mag den Kleinen. Es macht Spaß, sich mit ihm zu unterhalten. Er ist ganz anders als Lola und Kayla, die zwei Gören. Die sind vorlaut und frech. Die kann ich nicht ausstehen."

Loni, Erich und Julius lachten und auch Anneliese verzog ihren Mund zu einem schiefen Grinsen. „Stimmt doch. Die beiden sind schlecht erzogen und haben ihre Mütter voll und ganz im Griff."

Im Stillen gab Loni ihr recht. Annelieses Ansprache über Mütter und ihre Kinder brachte aber etwas anderes in ihr zum Klingen. „Moment mal, mir fällt was ein. Gestern habe ich eine Frau am Teich getroffen, die ihre Tochter besuchen wollte. Die Tochter heißt Conny."

„Du meinst, damit könnte Cornelia gemeint sein?", fragte Anneliese.

„Warum nicht? Conny ist doch eine übliche Abkürzung für Cornelia."

„Denkst du, der Besuch ihrer Mutter hängt mit Cornelias Tod zusammen?"

„Ich weiß nicht. Aber irgendetwas war komisch. Sie hat ihre Tochter nämlich gar nicht gesehen, sondern ist vorher wieder abgereist."

„Warum das?"

„Scheinbar hatte sie keine Zeit."

„Dann hätte sie doch warten können, bis Cornelia mit ihrer Schicht fertig ist."

„Das habe ich vorgeschlagen, aber sie wollte nicht. Sie tat mir leid, weil sie so bedrückt wirkte. Ich hatte den Eindruck, ihre Tochter wollte sich überhaupt nicht mit ihr treffen und das Zeit-Argument war nur vorgeschoben."

„Wie könnte ihr Besuch mit Cornelias Tod zu tun haben?"

Loni zuckte nur die Schultern. „Ob und wie, weiß ich nicht. Aber ich wollte es auf jeden Fall nicht unerwähnt lassen."

„Ich versuche mal, mehr über Cornelias Privatleben herauszufinden. Wenn es wirklich ihre Mutter war, sollten wir uns mit ihr unterhalten", schlug Julius vor. „Ich glaube, am besten fahre ich nach Koblenz aufs Revier. Vor Ort kann ich mehr in Erfahrung bringen."

„Laurens hat mich bei seinem Besuch auf eine Idee gebracht. Ich werde ein wenig im Internet recherchieren. Bestimmt hatte Cornelia einen Social-Media-Account", erklärte sich Emma bereit.

„Sehr gut. Such ruhig auch mal nach Inga, Constanze und den anderen. Die sind doch bestimmt auch in den sozialen Medien aktiv. Wir greifen von allen Seiten an." Anneliese nickte. „Ich würde sagen, dann treffen wir uns heute Abend wieder hier und besprechen die Neuigkeiten."

„Was wirst du tun?" Loni sah ihre Freundin fragend an.

„Ach, mir fällt schon was ein", erwiderte diese beiläufig, während sie vom Bett aufstand, zum Schreibtisch in der Ecke ging und die Bibel sowie den dort liegenden Stift geraderückte.

Loni kannte sie gut genug, um zu wissen, dass Anneliese etwas im Schilde führte. Wenn sie nicht darüber reden wollte, sollte sie sie im Auge behalten. Nicht, dass sie irgendeine Dummheit beging.

Kapitel 27

Vorsichtig sah Anneliese sich um. Der Hotelflur zu beiden Seiten der Suite lag verlassen da. Sie war unbeobachtet. Rasch nahm sie die Schlüsselkarte aus ihrer Rocktasche und führte sie über das Lesegerät. Mit einem weiteren schnellen Blick nach links und rechts zog sie die Tür einen Spalt auf und quetschte sich hindurch. Sie lehnte sich mit dem Rücken gegen die Tür und atmete auf. Schritt eins hatte geklappt. Sie war unbemerkt in die Suite gelangt.

Loni, Erich, Julius und Emma hatte sie bei der Besprechung heute Vormittag nichts von ihrem Vorhaben erzählt. Sie wusste, die vier würden es nicht gutheißen. In gewisser Weise war es eine Verzweiflungstat, aber sie traten auf der Stelle. Mit dieser Aktion versprach sie sich Informationen, die ihren Ermittlungen endlich eine Richtung geben würden.

An die Schlüsselkarte zu gelangen, war leichter gewesen als gedacht. Sie hatte sich im Foyer an einem der kleinen Tische platziert und in den dort ausliegenden

Zeitschriften geblättert, um den idealen Moment abzupassen. Leider waren ihr Jupp und Willi in die Quere gekommen. Die beiden hatten es sich in den Loungesesseln des Foyers gemütlich gemacht. Sie schienen auf jemanden zu warten. Als Rosamund auftauchte, heftete sich das Duo an ihre Fersen. Als sie an Anneliese vorbeigingen, sah sie nur, wie Willi ihr einen triumphierenden Blick zuwarf, und Jupp sagte: „Rosamund, nur kurz, wir haben wichtige Fragen." Sie verfluchte die beiden im Stillen. Mit ihrer aufdringlichen Art würden sie noch die ganze Ermittlung gefährden. Zehn Minuten, nachdem die zwei Tratschonkel verschwunden waren, wurde Annelieses Warterei endlich belohnt. Die Rezeptionistin begab sich ins Hinterzimmer, die Lobby lag verlassen da. Sie zögerte keine Sekunde, lief hinter den Tresen, griff sich einen der Generalschlüssel und war weg, bevor die Angestellte an ihren Platz zurückkehrte.

Loni loszuwerden, war deutlich schwieriger gewesen als die Beschaffung des Schlüssels. Ihre Freundin hatte geahnt, dass Anneliese etwas plante. Seit der Lagebesprechung hatte sie an ihr geklebt wie eines dieser Weingummis, die sie zwar liebend gern aß, deren Rückstände sie aber gefühlt noch Tage nach dem Genuss in den Zähnen kleben hatte. Egal, auf welche Weise sie versucht hatte, sie abzuschütteln, ihre Freundin war ihr nicht von der Seite gewichen. Zum Glück verschwand Loni nach dem Essen stets auf der Toilette. Auch heute. Anneliese hatte bemerkt, dass sie sich den Toilettengang so lange wie möglich verkniffen hatte, doch irgendwann war er unausweichlich geworden. Diese Chance hatte sie genutzt und sich aus dem Staub gemacht.

Nun trat Schritt zwei ihrer Operation in Kraft: Die

Räumlichkeiten so effizient und schnell zu durchsuchen, wie es ging, und dabei keine Spuren zu hinterlassen. Anneliese ließ ihren Blick durch die geräumige Suite schweifen. Rechts von ihr befand sich eine Tür, die durch einen sachten Tritt aufschwang. Ein großzügiges, mit Marmor ausgekleidetes Bad wurde sichtbar. Das würde sie sich am Schluss ansehen. Zuerst das Schlafzimmer. Sie trat einen Schritt nach vorn, zog die Einweghandschuhe, die sie im Wellnessbereich gemopst hatte, aus ihrer Rocktasche und streifte sie über. Verglichen mit dem, was Erich und sie bewohnten, war der Raum riesig. Ein imposantes hölzernes Bettgestell nahm die rechte Seite ein. Zwei große, doppelflügelige Fenster ließen viel Licht herein. Vor ihnen hingen schwere, dunkelblaue Vorhänge. Vorsichtig schlich Anneliese näher heran und spähte hinaus, um zu prüfen, ob man von draußen ins Zimmer sehen konnte. Zum Glück nicht. Die Suite ging nach hinten und bot eine spektakuläre Aussicht über den Soonwald. Hastig drehte sie sich wieder um. Keine Zeit zu verlieren. Auf der linken Seite des Raumes stand ein ausladender Sekretär mit einem gepolsterten Stuhl davor. Ihn steuerte sie an. Auf der Schreibtischplatte lagen die üblichen Hotelinformationen. Keine privaten Unterlagen oder Notizen, wie Anneliese beim schnellen, aber gründlichen Durchblättern feststellte. Sie zog die oberste Schublade auf. Bis auf die hoteleigene Bibel war sie leer. Ebenso die zweite. Majuseppekait! Irgendetwas Persönliches mussten die beiden doch in ihrer Suite haben. Rasch wandte sie sich um und ließ ihren Blick durch das Zimmer schweifen. Constanze und Fred schienen sehr ordentlich zu sein. Nichts lag herum, lediglich über der Bank, die quer vor dem Bett stand, lag ein Hemd. Oder war das Hotelpersonal für die Ordnung verantwortlich? Egal, Anneliese eilte auf den Kleiderschrank zu. Der Safe war abgeschlossen. Damit war zu rechnen gewesen, dennoch unterdrückte sie einen Fluch. Freds Anzugtaschen hatte sie schnell durchsucht, nichts. Bevor sie sich Constanzes Hälfte zuwenden konnte, fiel ihr Blick auf den Nachttisch. Eine Packung Taschentücher und ein Buch lagen darauf. „Poker mit System", murmelte sie den Titel vor sich hin. Sie nahm es auf, merkte sich die Seitenzahl, an der das Lesezeichen steckte und schüttelte es aus. Als ein Zettel herausflatterte, hielt sie den Atem an. Doch es handelte sich nur um einen Flyer über den Wellnessbereich des Hotels.

Hastig bückte sie sich, um unter dem Bett nachzuschauen. Nichts. Sie war im Begriff, sich aufzurichten, als ein Geräusch an der Tür sie innehalten ließ. O nein! Die beiden kamen doch nicht etwa schon zurück? Sie durfte nicht erwischt werden. Hastig versuchte sie, weiter unter das Bett zu kriechen, als sie die Stimme von Fred vernahm. Hatte er sie bereits entdeckt? Nein, er schien mit jemandem auf dem Flur zu sprechen. Sie hörte die Worte „In zehn Minuten" und „Massage". Mit Entsetzen registrierte sie, dass sie zu üppig war, um unter dem Bett verschwinden zu können. Sie trat den Rückzug an, als sie für einen schrecklichen Moment befürchtete, steckenzubleiben. Panik stieg in ihr hoch. Mit einem Ruck gelang es ihr, sich aus ihrer misslichen Lage zu befreien. Gerade, als die Tür mit einem leisen Geräusch über den Teppichboden glitt, schlüpfte sie in den Kleiderschrank. In ihrem Versteck hörte sie, wie Fred sich von jemandem verabschiedete. Die Tür des

Schranks ließ sich, da sie zwischen seinen Anzügen steckte, nicht mehr vollständig schließen. Anneliese betete, dass sie unentdeckt blieb. Ihr Herz hämmerte und Schweißtropfen rannen ihr von der Stirn in die Augen. Sie kniff sie zusammen, wie ein kleines Kind, das hoffte, nun unsichtbar zu sein. Da sie nichts mehr sehen konnte, waren ihre anderen Sinne umso schärfer. Sie fühlte etwas Weiches, Flauschiges an ihrer Wange. Das war kein Anzug. Im nächsten Moment registrierte ihr Verstand, an was sie sich da schmiegte. Ein Bademantel. Hatte Fred nicht etwas von Massage gesagt? O nein, o nein, o nein! Er konnte jeden Moment an den Schrank kommen, um sich den Mantel zu holen. Was, wenn er plötzlich nackt vor ihr stehen würde? Bei der Vorstellung merkte Anneliese, wie ein hysterisches Kichern ihre Kehle hinaufstieg. Jetzt bloß nicht lachen, mahnte sie sich. Das wäre das Ende. Wenn sie entdeckt wurde, konnte sie die Ermittlungen vergessen. Constanze hatte sie sowieso schon auf dem Kieker. Sie hörte, wie Fred ins Bad ging. Wasser rauschte. Anneliese überlegte, ob sie die Gelegenheit nutzen sollte, um aus dem Kleiderschrank zu schlüpfen und zur Tür zu huschen. Nein, das Risiko war zu groß. Aber sie konnte etwas anderes tun. Vorsichtig schob sie die Tür einen Spalt auf und spähte aus ihrem Versteck. Die Suite war leer, das Wasser nebenan floss immer noch. Hastig riss Anneliese den Bademantel vom Bügel und legte ihn aufs Bett. Sie drapierte ihn, so gut es ging, damit es aussah, als hätte das Zimmermädchen ihn für den Gast bereitgelegt. Erneut zögerte sie. Sollte sie es wagen, die Suite zu verlassen? Ehe sie eine Entscheidung treffen konnte, versiegte das

Wasserrauschen. Hastig schlüpfte sie zurück in ihr Versteck. Abermals schloss sie die Augen und schickte ein stummes Gebet gen Himmel. Sie hörte, wie Fred aus dem Bad kam. Vorsichtig öffnete sie ein Auge und versuchte, durch den kleinen Spalt der Schranktür etwas zu erkennen. Nichts. Sie sah nichts und im Augenblick hörte sie auch nichts. Ihr Auge näher an die Öffnung zu schieben, traute sie sich nicht, aus Angst, entdeckt zu werden. Sie schwitzte mittlerweile unsäglich. Die Bluse klebte am Rücken und ein Schweißtropfen rann ihre Schläfe hinab. Sie wagte es nicht, ihn abzuwischen, um keine unnötigen Geräusche zu verursachen. Was tat Fred bloß? Warum war es so still? In dem Moment hörte sie etwas. Waren das Schritte auf dem weichen Teppichboden? Kam er auf den Schrank zu? Annelieses Herz hämmerte in der Brust. Was sollte sie sagen, wenn er sie entdeckte? Die Verwirrte spielen und so tun, als habe sie sich im Zimmer geirrt? Sie verwarf diese Möglichkeit sofort wieder. Wie sollte sie ihm erklären, dass sie in seinem Kleiderschrank stand? Ein schriller Klingelton ließ sie zusammenzucken. Freds Smartphone. Als er ranging und zu sprechen anfing, wagte Anneliese es, einen längeren Atemzug auszustoßen. Sie versuchte angestrengt, etwas von dem Telefonat mitzubekommen, doch Fred schien nur zuzuhören. Mit den Worten „Ich liefere, keine Sorge" verabschiedete er sich schließlich von seinem Gesprächspartner. Plötzlich wieder ein Geräusch. War das Rascheln von Papier? Ja, er schien etwas zu lesen. Ab und zu wurde die Stille von dem Umschlagen einer Seite unterbrochen. Es kostete sie unglaubliche Selbstbeherrschung, nicht ungeduldig mit dem Fuß zu tippeln. Majuseppakait! Warum las er denn jetzt ein

Buch? Konnte er das nicht im Wellnessbereich machen, nach der Massage? Ein Klopfen an der Tür ließ sie zusammenzucken. Wer kam nun? Hoffentlich nicht Constanze! Sie hörte, wie Fred zur Tür ging. Er sagte etwas, das sie nicht verstand, dann das Knistern von Stoff und das Schließen der Zimmertür. Anneliese horchte angestrengt. Hatte Fred die Suite verlassen? Sie traute sich nicht aus ihrem Versteck. Was, wenn er am Schreibtisch saß und las? Oder im Bad war und sich die Nasenhaare zupfte? Andererseits konnte sie nicht ewig in diesem Kleiderschrank ausharren. Wenn Fred zur Massage gegangen war, musste sie die Gelegenheit nutzen, den Rest des Zimmers so schnell wie möglich zu durchsuchen und zu verschwinden. Vorsichtig linste sie durch den Türspalt. Der Teil des Raumes, den sie erkennen konnte, war leer. Der Bademantel lag nicht mehr auf dem Bett. Sie schloss die Augen. Jetzt oder nie, ermutigte sie sich. Langsam stieß sie die Tür auf, schob ihren Kopf hinaus und ließ ihren Blick durch die Suite schweifen. Leer! Mit einem Aufseufzen kroch sie aus dem Schrank. Puhhh, das war noch einmal gut gegangen. Jetzt schnell Constanzes Schrankhälfte und das Bad inspizieren, dann würde sie verschwinden. Der Schrankinhalt war schnell durchsucht und bot leider auch nichts Neues. Nur noch die Handtasche, die über einem Bügel hing. Anneliese öffnete sie. Nichts. Moment, da war ein kleiner Reißverschluss an der Rückseite. Ohne Erwartungen zog sie ihn auf und wurde überrascht. Ein Stück Papier steckte darin. Neugierig zog sie es heraus und faltete es auseinander. Ein Brief. Doch er war nicht an Constanze adressiert, sondern an Inga!

Kapitel 28

„Können wir uns nicht mal irgendwo anders treffen?" Loni rutschte auf dem Bett hin und her. Zum Sitzen war es zu weich und ihr fehlte die Rückenlehne.

„Wo denn?" Anneliese, die bisher aufgeregt im Zimmer auf und abgelaufen war, blieb stehen und verschränkte die Arme vor der Brust. „Ich weiß, hier in unserer Suite ist es ein bisschen eng und nicht ideal, aber wir sind wenigstens vor Lauschern sicher." Sie wandte sich Richtung Fenster und ging darauf zu. „Und vor Jupp und Willi", schob sie mit einem Blick über die Schulter hinterher.

„Ich gebe Anneliese recht." Julius sprang ihr zur Seite. „Nicht, was Jupp und Willi angeht, aber ich denke, dass euer Appartement angesichts der Umstände unsere ideale Kommandozentrale ist. Auf der Terrasse oder in der Bar sind wir nie ungestört und in der Bibliothek müssen wir damit rechnen, dass jemand hereinplatzt." Diesmal saßen er und Erich auf der Couch. Emma hatte nicht auf dem Boden, sondern neben Loni auf dem Bett

Platz genommen.

Die winkte nun ab. „Ja, ja, ist ja schon gut." Sie streifte ihre Schuhe von den Füßen, rutschte nach hinten, bis sie sich an das Betthaupt lehnen konnte, und stopfte sich ein Kissen in den Rücken. „Also, Anneliese. Warum hast du uns zusammengerufen? Wollten wir uns nicht erst heute Abend treffen?"

„Stimmt. Von meiner Seite aus gibt es nichts Neues zu berichten. Ich hatte noch keine Möglichkeit, mit dem Koch zu sprechen." Erich blickte entschuldigend in die Runde.

Anneliese nahm wieder ihre Wanderung auf. „Ich habe etwas herausgefunden, das keinen Aufschub duldet."

„Na, da bin ich gespannt." Er lächelte seine Freundin an. „Bevor du loslegst: Kann ich euch eine Tasse Kaffee anbieten?" Er erhob sich und trat zum Schreibtisch, auf dem ein Tablett mit Getränken und Gebäck stand. „Ich habe etwas beim Zimmerservice bestellt, damit wir es gemütlicher haben."

Loni sah, wie Anneliese die Augen verdrehte.

„Willst du noch ein paar Kerzen anzünden? Soll ich vielleicht noch eine Wolldecke und ein Extrakissen an der Rezeption ordern? Das hier ist eine Mordermittlung! Die ist grundsätzlich nicht gemütlich!"

„Also ich habe gegen einen Schluck Kaffee nichts einzuwenden. Im Gegenteil." Loni tat Erich leid, doch ihm schien Annelieses brüske Art nichts auszumachen. Er wirkte eher amüsiert.

„Schwarz, richtig?", wandte er sich ihr zu.

„Genau. Vielen Dank." Sie lächelte ihn dankbar an. Erich schenkte ein, platzierte ein Stück Shortbread auf der Untertasse und reichte sie ihr.

Als er sich selbst und die anderen versorgt hatte, ergriff Anneliese, die während des Kaffeeausschenkens keine Sekunde stillgestanden hatte, das Wort. „Wenn jetzt alle ihre Getränke haben, können wir dann endlich zur Sache kommen?"

„Schieß los", forderte Loni ihre Freundin auf, griff nach dem Gebäck und knabberte daran.

Anneliese zückte ihr Smartphone und hob es triumphierend in die Höhe. „Seht mal, was ich gefunden habe."

„Sag nicht, du hast uns zusammengetrommelt, weil du Schusselliese endlich dein Handy gefunden hast?" Loni konnte sich diese Spitze nicht verkneifen, nachdem Anneliese Erich für seine Bemühungen um Kaffee so abgekanzelt hatte. Die beiden Männer schmunzelten, doch ihre Freundin quittierte die Bemerkung nur mit einem Verdrehen der Augen.

„Natürlich nicht! Aber hierauf befindet sich etwas, das für unsere Ermittlungen von Interesse sein dürfte." Sie setzte sich ihre Lesebrille auf, die an einer Kette vor ihrer Brust baumelte, und tippte auf ihrem Smartphone herum. Als sie fündig wurde, hob sie das Handy erneut in die Höhe und schwenkte es im Kreis vor den vieren.

Loni erkannte ein Foto von einem Stück Papier oder Ähnlichem. „Bis auf Emma sind wir alle nicht mehr die Jüngsten. Ich bezweifle, dass irgendeiner von uns das aus dieser Entfernung lesen kann. Erzähl doch einfach, was das ist", bat sie ihre Freundin.

Anneliese ließ ihr Handy wieder sinken. „Das hier ist ein Stück eines Briefes. Adressiert an Inga."

„Und, was steht drin?" Emma beugte sich gespannt

nach vorn.

„Leider nicht viel. Es ist nur der Anfang. Aber, was viel wichtiger ist …", sie machte eine Kunstpause und sah bedeutungsschwer in die Runde, „… ist, wo ich den Brief gefunden habe!"

„Das würde mich allerdings auch interessieren." Loni wurmte es, dass Anneliese ihr nach dem Mittagessen entwischt war. „Ich wusste, dass du etwas im Schilde führst."

Ihre Freundin grinste überlegen. „Und ich wusste, dass du es wusstest und mich daher nicht aus den Augen gelassen hast. Trotzdem ist es mir gelungen, das hier aufzuspüren." Sie hielt ihr Handy erneut in die Höhe. „Und zwar in Constanzes und Freds Zimmer. Genauer gesagt in Constanzes Handtasche!"

„Ach, die beiden haben dich auf ihre Suite eingeladen?" Lonis Stimme troff vor Sarkasmus.

„Natürlich nicht!" Anneliese steckte ihr Handy zurück in die Rocktasche und berichtet in knappen Worten von ihrem Einbruch in die Suite.

„Anneliese, Anneliese. Sei froh, dass ich nicht mehr bei der Polizei bin. Die Beweise, die du auf diese Weise beschaffst, wären vor Gericht nicht zulässig." Julius beugte sich nach vorn und stellte seine inzwischen leere Kaffeetasse auf dem Couchtisch ab. „Aber da wir in privater Mission unterwegs sind, interessiert uns das herzlich wenig. Gute Arbeit."

Loni traute ihren Ohren nicht. Der stets korrekte Julius lobte Annelieses illegale Ermittlungsmethoden? Sie selbst hätte ihr gern klargemacht, dass sie heimliches Schnüffeln in fremden Zimmern auf keinen Fall guthieß. Andererseits war ihr bewusst, dass jeder Tadel verlorene Liebesmüh war. Ihre Freundin würde bei der nächsten Gelegenheit, ohne zu zögern, in die Räume anderer eindringen und private Papiere fotografieren, wenn sie davon überzeugt war, dass es ihrer Sache diente. Da konnte sie sich ihre Zurechtweisung auch sparen. Eines interessierte sie aber doch. „Warum hast du ausgerechnet das Zimmer von Constanze und Fred durchsucht?"

Anneliese wedelte mit ihren Händen durch die Luft. „Weil Constanze uns konsequent aus dem Weg geht. Über sie wissen wir so gut wie gar nichts. Am liebsten hätte ich Ingas Zimmer inspiziert, aber das ist noch unter polizeilichem Verschluss. Das habe selbst ich mich nicht getraut. Ich habe Emma gebeten, ein Treffen mit Fred und Constanze zu vereinbaren, um ein paar geschäftliche Dinge zu klären." Sie nickte in Emmas Richtung.

Loni sah ihre Enkelin entgeistert an, die nur entschuldigend die Hände hob.

„Ich meine, natürlich muss Emma für die bereits geleistete Arbeit auch entlohnt werden", fuhr Anneliese fort. „Die gute Constanze hat schließlich mehr Probeaufnahmen anfertigen lassen, als andere in ihrem ganzen Leben von sich machen. Ich wusste also, dass ich dank Emma freie Bahn hatte, wenigstens für ein paar Minuten."

Anneliese besaß die Dreistigkeit, voller Stolz in die Runde zu grinsen. Loni runzelte nur die Stirn.

„Da ich beim ersten Versuch schon erfolgreich war, sollten wir das wiederholen. Die Zimmer von Marius und Nick haben bestimmt ebenso Interessantes zu bieten."

„Untersteh dich!" Loni hatte nicht nur die Stimme, sondern auch ihren Zeigefinger erhoben. Als sie es bemerkte, ließ sie ihn leicht verlegen wieder sinken.

„Loni hat recht." Sie bekam Unterstützung von Julius. „Du hattest einmal Glück und bist nicht entdeckt worden. Das Risiko würde ich kein zweites Mal eingehen. Denk dran, du bist bei Constanze bereits in Ungnade gefallen. Wenn sie dich jetzt beim Schnüffeln auf den Zimmern erwischt, traue ich ihr durchaus zu, dass sie ein Hotelverbot erwirkt."

„Na gut." Anneliese zog eine Schnute. „Aber jetzt lasst uns endlich über meinen Fund sprechen."

„Was steht denn überhaupt in dem Brief?" Loni trank den letzten Schluck Kaffee und stand auf, um sich nachzuschenken.

„Neugierig bist du doch, was?", feixte Anneliese.

„Jetzt hört auf zu zanken, ich will auch wissen, was drinsteht", ermahnte Emma die beiden.

„Schon gut, schon gut. Leider nicht viel. Wartet, ich lese euch den Brief vor." Anneliese zückte wieder ihr Handy, setzte ihre Lesebrille auf und las vor:

„Liebe Inga, ich habe mich sehr gefreut, mal wieder von dir zu hören. Von der Hochzeit wusste ich tatsächlich nichts. Danke, dass du mich informiert hast. Leider beiße ich bei Constanze auf Granit. Sie möchte mich nicht dabeihaben. Kannst du ein gutes Wort für mich einlegen? Deine Meinung ..."

Anneliese ließ ihr Handy sinken. „Mehr nicht. Der Rest der Seite fehlt. Der Brief ist handgeschrieben. So wie die Schrift aussieht, geschrieben von jemandem, der nicht oft zum Stift greift." Sie ging zum Schreibtisch und schob sich gedankenverloren ein Shortbread in den Mund.

„Zeig mal her." Loni streckte die Hand nach dem Handy aus und studierte das Foto. „Warum hat Constanze einen Brief, der an Inga adressiert ist?"

„Gute Frage. Hinter der sich eventuell auch ein Motiv verbirgt." Julius fuhr sich mit der Hand übers Kinn.

„Könnte Constanze sich mit Inga getroffen haben, um an den Brief zu kommen? Sie haben sich darum gestritten, dabei ist er zerrissen und Inga ist vom Turm gestürzt", mutmaßte Anneliese.

„Mmmhh. Für diese These spricht, dass Constanze von den Probeaufnahmen wusste. Das heißt, sie wusste auch, dass Inga morgens auf dem Turm sein würde", ergänzte Julius.

„Aber musste sie dann nicht davon ausgehen, dass Emma dabei ist?", gab Erich zu bedenken.

„Vergiss nicht, dass Inga schon vor der verabredeten Zeit auf dem Turm gewesen sein muss. Vielleicht, weil sie dort mit ihrem Mörder verabredet war", entgegnete Loni.

„Ich finde Constanzes ganzes Verhalten sowieso verdächtig. Sie weigert sich, mit uns zu reden. Wenn sie unschuldig ist, sollte sie dann nicht großes Interesse daran haben, dass der Fall so schnell wie möglich geklärt wird? Immerhin war Inga ihre beste Freundin. Welchen Grund sollte sie daher haben, zu uns auf Distanz zu gehen, unsere Ermittlungen sogar zu behindern, wenn nicht den, dass sie etwas vor uns verbergen möchte." Anneliese griff nach dem nächsten Shortbread.

„Da ist auf jeden Fall etwas Wahres dran", stimmte

Emma ihr zu.

„Mich interessiert vor allem, wer der Absender des Briefes ist. Wen wollte Constanze nicht bei ihrer Hochzeit dabeihaben?" Julius stand auf und trat zum Fenster.

„Einen Ex-Freund vielleicht?", schlug Anneliese vor.

„Na, das ist nichts Außergewöhnliches. Wer lädt schon seine Expartner zur Hochzeit ein?", konterte Loni.

„Stimmt auch wieder." Anneliese ließ sich auf die Couch fallen, wo dem bis vor Kurzem noch Julius gesessen hatte. „Ihre Affäre? Vergesst nicht, was Marius behauptet hat."

Erich nickte. „Stimmt. Das könnte sein. Falls wir Marius' Aussage überhaupt Glauben schenken dürfen. Du hast ja selbst bezweifelt, dass sie wahr ist."

„Ich weiß. Irgendwie dachte ich, mein Fund bringt uns ein gutes Stück voran, dabei wirft er nur weitere Fragen auf." Anneliese zog eine Grimasse.

„Lass nicht gleich den Kopf hängen", versuchte Julius, sie zu trösten. „Wir müssen zwei Fragen klären: Von wem stammt der Brief und warum hat Constanze ihn in ihrem Besitz. Wenn wir die Antworten kennen, sind wir schon ein ganzes Stück weiter."

„Das bedeutet, Constanze ist unsere Hauptverdächtige?" Erich beugte sich nach vorn und rieb sich erwartungsvoll die Hände.

„Sie ist auf jeden Fall ganz vorne mit dabei." Anneliese nahm ein Kissen in den Schoß und knetete es. „Wir müssen uns dringend mit ihr unterhalten. Natürlich ohne unser Wissen preiszugeben. Mit mir wird sie nicht reden, sie kann mich nicht ausstehen." Sie verzog das Gesicht, wandte sich Loni zu und sah sie bittend an.

Die hatte damit schon gerechnet und grinste. „Schon gut, ich werde sehen, ob ich ihr ein wenig auf den Zahn fühlen kann."

„Aber sei bitte vorsichtig." Julius sah sie mit besorgter Miene an. „Wenn sie etwas mit Ingas Tod zu tun hat, kann es gefährlich werden."

„Du kennst mich doch. Ich werde ganz einfühlsam sein." Loni lächelte ihn zärtlich an.

„Das glaube ich dir. Trotzdem ist mir wohler, wenn ich dabei bin. Lass uns gemeinsam mit ihr sprechen."

„Na schön", willigte Loni ein. „Wir werden sie zu zweit in die Mangel nehmen."

„Wir anderen haben ebenfalls unsere Aufgaben." Anneliese warf das Kissen unachtsam auf den Boden und stand auf. „Lasst uns loslegen. Sobald es Neuigkeiten gibt, treffen wir uns wieder hier, in unserer Kommandozentrale."

Auf dem Hotelflur sah Loni den anderen nach. Annelieses Tatendrang machte ihr ein wenig Sorgen. Nicht, dass sie eine Dummheit beging und sie schneller des Hotels verwiesen wurde, als sie gucken konnte!

Kapitel 29

„Okay, das war wohl nichts." Julius zuckte mit den Schultern und setzte sich auf die Bank im Rosengarten.

„Ich habe so etwas schon befürchtet." Loni ließ sich neben ihn fallen. „Constanze kann Anneliese nicht ausstehen. Dass wir mit ihr befreundet sind, weiß sie. Kein Wunder, dass sie nicht bereit war, mit uns zu reden."

Nach einer etwa einstündigen Suche waren sie dem Brautpaar in spe im Rosengarten über den Weg gelaufen. Die Möglichkeit, sie zu einem Gespräch zu bitten, hatte sich gar nicht erst ergeben. Als Constanze sie erblickte, hatte sie Fred am Arm gegriffen und mit den Worten „Die gehören auch zu den Schnüfflern. Bloß weg hier" in die andere Richtung gezogen.

„Ein bisschen verdächtig finde ich es schon, dass sie uns konsequent aus dem Weg geht." Loni hatte ein ungutes Gefühl, was Constanze betraf. Irgendetwas stimmte nicht mit ihr. Sie hatte ein Geheimnis. Die große Frage war, ob es mit den Todesfällen zu tun hatte oder nicht.

„Du hast recht. So ganz kann ich ihre Ablehnung uns gegenüber auch nicht nachvollziehen." Julius legte ihr einen Arm um die Schultern.

„Da unsere Mission gescheitert ist, wie wäre es stattdessen mit einer Partie Schach in der Bibliothek?", schlug Loni vor. „Um den Kopf freizubekommen?"

„Liebend gern, aber vorher möchte ich mit Meierle und Schnitthagen telefonieren. Ich komme ungern mit leeren Händen zu unserer nächsten Besprechung."

„Hast du etwa Angst vor Anneliese?", neckte Loni ihn.

„Ach was." Julius lachte. „Aber wir stochern im Nebel. Das wurmt mich. Eigentlich hätten wir heute abreisen müssen. Durch den Tod der Kellnerin haben wir nun einen kleinen Aufschub. Die Polizei wird uns aber nicht wieder mehrere Tage hier festhalten können. Ich schätze, spätestens Ende der Woche müssen wir endgültig abreisen. Bis dahin hätte ich den Fall gern gelöst."

„So ehrgeizig kenne ich dich ja gar nicht."

„Du kennst auch nur meine private Seite. Beruflich kann ich mich total in einen Fall verbeißen."

Loni nickte. „Ich verstehe dich. Mich nervt es auch, dass wir auf der Stelle treten." Sie stand auf. „Na los, lass uns zurück ins Hotel gehen. Du telefonierst und ich warte so lange in der Bar auf dich. Vielleicht ist danach noch Zeit für eine Partie Schach."

Julius erhob sich und griff nach ihrer Hand. „So machen wir es."

Im Hotel angekommen, zog er sich in ihr Zimmer zurück, um ungestört zu telefonieren. Loni steuerte die Bar an. An einem Fenstertisch entdeckte sie Nanette und Claudine. *Wenn ich bei Constanze nicht landen* kann, vielleicht kann ich aus den beiden etwas herausbekommen, schoss es ihr durch den Kopf. Zügig marschierte sie auf deren Tisch zu. „Darf ich mich zu Ihnen setzen?" Sie lächelte unschuldig und sah die beiden treuherzig an.

Die Cousinen warfen sich einen kurzen Blick zu, nickten unisono und Nanette deutete auf den freien Stuhl zu ihrer Rechten.

Loni beschloss, mit offenen Karten zu spielen. „Wie Sie sicherlich mitbekommen haben, ermitteln meine Freundin und ich im Todesfall Inga Krüger und nun leider auch im Fall von Cornelia, der ermordeten Kellnerin."

Ein erneuter schneller Blickwechsel. „Ja, Constanze hat so etwas angedeutet", entgegnete Nanette.

„Wie können wir Ihnen da weiterhelfen? Wir haben gar nichts mitbekommen." Claudines Miene wirkte verschlossen.

„Wissen Sie", Loni beugte sich nach vorn und stützte ihre Ellbogen auf dem Tisch ab, „bei einem Mordfall spielt die Persönlichkeit des Opfers oftmals eine große Rolle. Wir kannten Inga nicht sonderlich gut. Ich hatte gehofft, dass Sie ein wenig von ihr erzählen könnten. Damit ich mir ein besseres Bild von ihr machen kann."

„Da sind Sie bei uns an der falschen Adresse." Nanette hatte sich ebenfalls ein wenig nach vorn gebeugt und drehte gedankenverloren den Serviettenspender in ihren Händen. „Inga war Constanzes Freundin. Am besten fragen Sie sie. Wir kannten sie nicht gut."

Loni lächelte. „Ich weiß, aber Constanze steht unseren Ermittlungen - wie soll ich sagen - nicht besonders wohlwollend gegenüber."

Claudine lachte. „Das haben Sie jetzt aber sehr diplomatisch ausgedrückt. Sie hat uns sogar verboten, noch einmal mit Ihnen zu reden. Scheinbar hat sie uns nach der Zumbastunde zusammen gesehen."

„Genaugenommen hat sie uns nicht verboten, mit Ihnen zu sprechen, sondern mit Ihrer Freundin", korrigierte Nanette. „Mit Anneliese."

„Aha." Loni nickte. „Und was Constanze sagt, ist Gesetz in dieser Familie, das habe ich schon mitbekommen." Wie erhofft, hatte ihre Provokation die gewünschte Wirkung.

„ICH lasse mir nicht vorschreiben, mit wem ich mich unterhalten darf und mit wem nicht." Claudine verschränkte die Arme vor der Brust.

„So schätze ich Sie auch nicht ein. Sie sind eine selbstbewusste junge Frau." Loni hoffte, dass sie mit dieser Äußerung nicht zu dick aufgetragen hatte. Doch Claudine schien das Lob zu genießen.

„Sie müssen wissen, so herrisch, wie Constanze hier in den letzten Tagen rübergekommen ist, ist sie gar nicht", sprang sie zu Lonis Erstaunen für die zukünftige Braut in die Bresche.

„Sie kann richtig nett sein", ergänzte Nanette. „Ich glaube, der ganze Hochzeitsvorbereitungsstress ist ihr zu viel geworden."

„Den Eindruck habe ich auch." Claudine nickte. „Wie wir beim letzten Mal schon erzählt haben, sind wir ein wenig in die Vorbereitungen involviert. Wir waren bei einigen Treffen mit der Hochzeitsplanerin dabei, weil Kayla und Lola Blumenmädchen werden sollten. Ihre Kleider wurden auf das Farbkonzept der Hochzeit abgestimmt."

„Constanze hat uns außerdem darum gebeten, die Geschenkewunschliste zu koordinieren. Vermutlich, um Inga zu entlasten. Am Anfang war Constanze locker und manchmal sogar lustig. Erst mit der Zeit ist sie irgendwie …" Nanette suchte nach den richtigen Worten.

„… zu Brautzilla mutiert", ergänzte Claudine.

„Genau." Nanette nickte so heftig mit dem Kopf, dass ihre Sonnenbrille, die sie in die Haare geschoben hatte, auf die Nase rutschte. Sie nahm sie herunter, faltete sie zusammen und legte sie auf den Tisch. „Zu Fred war sie manchmal echt gemein."

„Ach ja? Was hat sie denn gesagt oder getan?", wollte Loni wissen.

„Es war nichts Konkretes, aber die Stimmung zwischen den beiden ist irgendwann gekippt. Sie hat Fred oftmals nicht ausreden lassen oder hat seine Vorschläge abgebügelt."

„Und er hat sich das gefallen lassen?"

Nanette zuckte mit den Schultern. „So ist er halt. Geht Konfrontationen gern aus dem Weg."

„Außerdem ist er dieses Verhalten ja von seiner Mutter gewohnt", ätzte Claudine, wofür sie einen bösen Blick von ihrer Cousine erntete.

„Eigentlich sind die beiden ein harmonisches Paar. Zumindest habe ich sie bei Familientreffen immer so wahrgenommen. Ich weiß auch nicht, was hier mit ihnen los ist. Die Hochzeit scheint ihnen nicht gut zu tun."

Für ein paar Minuten verebbte das Gespräch und Loni versuchte, das Gehörte einzuordnen. War etwas zwischen Fred und Constanze vorgefallen, das für die veränderte Stimmung sorgte? Oder war es nur der übliche Hochzeitsstress, dem viele Paare heutzutage ausgesetzt waren? „Meinen Sie, Untreue könnte der Grund für das Zerwürfnis zwischen Fred und Constanze gewesen sein?", wagte sie einen Schuss ins Blaue, Marius' Worte an Anneliese im Ohr.

Beide rissen erstaunt die Augen auf. Claudine war die Erste, die reagierte. Sie schüttelte vehement den Kopf. „Auf keinen Fall. Fred ist der treuste Mensch, den ich kenne. Manchmal grenzt das schon an treudoof."

Interessant, dass sie direkt von Fred als dem Schuldigen ausgeht, ging es Loni durch den Kopf.

„Da gebe ich Claudine recht", blies Nanette ins selbe Horn. „Frauengeschichten zählen sicher nicht zu seinen Lastern."

„Hat er überhaupt Laster?", hakte Loni schnell nach.

Nanette hielt einen Moment inne. „Eigentlich nicht, oder?" Sie warf ihrer Cousine einen fragenden Blick zu. „Er raucht nicht, trinkt kaum Alkohol …"

„Er hat früher mal Online-Poker gespielt. Wenn man das als Laster bezeichnen kann." Claudine lachte. „Aber Nanette hat schon recht. Fred ist stinklangweilig. Spannung bringen immer nur die Frauen in sein Leben, nach deren Pfeife er tanzt."

Nanette gab ihrer Cousine einen Klaps gegen den Oberarm. „Das war nicht nett."

Claudine zog die Augenbrauen hoch. „Aber es stimmt doch. Wolltest du mit ihm verheiratet sein? Ein Mann, der dich immer nur anhimmelt, zu allem Ja und Amen sagt und nie mal ein bisschen Rückgrat zeigt? Also ich nicht."

„Wie hat Inga denn auf die Unstimmigkeiten zwischen dem Brautpaar reagiert?", lenkte Loni das Gespräch zurück auf das Mordopfer.

„Inga war ja mit beiden befreundet und hat versucht zu vermitteln." Nanette zuckte die Schultern.

„Allerdings ohne Erfolg." Claudine senkte die Stimme. „Ich weiß, dass Constanze und Inga den ein oder anderen Streit hatten." Sie legte den Kopf schief. Dann schien ihr aufzugehen, was sie gesagt hatte, und sie schob schnell hinterher: „Womit ich nicht andeuten will, dass Constanze etwas mit ihrem Tod zu tun hat. Auf keinen Fall." Fahrig griff sie nach ihrem Glas, trank jedoch nicht.

„Nein. Auf keinen Fall", bekräftigte Nanette.

„Was lief da eigentlich zwischen Nick und Inga?" Loni sah, wie Nanette bei ihrer Frage ein wenig rot wurde.

Claudine warf ihr einen schnellen Seitenblick zu. „Was meinen Sie? Nichts ist da gelaufen", entgegnete sie rasch.

„Ich hatte den Eindruck, die beiden verband mehr als Freundschaft."

Die zwei Frauen antworteten nicht, sondern sahen nur stumm vor sich auf den Tisch.

„Oder sagen wir so, auf mich wirkte Nick, als hege er tiefergehende Gefühle für Inga."

Loni sah, wie Nanette sich auf ihrem Stuhl wand. Sie mied ihren Blick und fuhr mit dem Finger eine Kerbe in der Tischplatte entlang.

Nach ein paar Sekunden rang sich Claudine zu einer Antwort durch. „Das mag sein, aber das beruhte keinesfalls auf Gegenseitigkeit. Da bin ich mir sicher."

„Ach ja, wie kommen Sie zu der Ansicht?"

„Ich weiß es einfach. Inga hat sich nicht die Bohne für Nick interessiert. Also, ich meine, als Mann."

Loni erstaunte die Vehemenz, mit der Claudine bestritt, dass Inga Gefühle für Nick gehabt haben könnte. Tat sie das nur, um ihre Cousine zu schützen, die augenscheinlich in Nick verliebt war. Oder steckte mehr dahinter? „Ich könnte es verstehen. Nick ist ein toller Mann. Und dazu gutaussehend." Bei Lonis Worten vertiefte sich die Röte auf Nanettes Wangen und sie nestelte an einer Haarsträhne.

„Trotzdem ist er nicht Ingas Typ. Zumindest waren ihre ExFreunde immer viel größer und blond", versuchte Claudine, von der Verlegenheit ihrer Cousine abzulenken.

In dem Moment betrat Constanze die Bar. Als sie Claudine und Nanette bei Loni sitzen sah, verdüsterte sich ihre Miene. Mit raschen Schritten kam sie an ihren Tisch. „Hier seid ihr. Ich habe einiges mit euch zu besprechen!"

Wie erwartet, behandelte sie Loni, als wäre sie Luft.

„Setz dich doch." Nanette deutete auf den letzten freien Stuhl an ihrem Tisch.

Constanze blieb stocksteif stehen und sagte mit gepresster Stimme: „Unter sechs Augen!" Dann drehte sie sich schwungvoll um und verließ die Bar, in der Erwartung, dass die beiden ihr folgen würden. Was sie anstandslos taten. Claudine hob nur grüßend die Hand zum Abschied, während Nanette ein leises „Auf Wiedersehen" murmelte.

Loni sah ihnen nachdenklich hinterher. Es war doch erstaunlich, wie alle Constanze aufs Wort gehorchten.

Kapitel 30

„Fassen wir zusammen. Erich, fängst du an?" Anneliese nickte ihrem Partner zu.

Erich lächelte sie an und setzte sich etwas aufrechter hin.

Die vier hatten sich mal wieder in ihrem kleinen Appartement versammelt. Loni hatte es sich wie beim letzten Mal auf dem Bett gemütlich gemacht, während die Männer die Couch belagerten. Anneliese zog es vor, zu stehen und durchs Zimmer zu laufen. Auf diese Weise ließen sich ihre Gedanken besser ordnen. Auch dieses Mal hatte Erich für ein paar Erfrischungen gesorgt. Auf dem Schreibtisch stand ein Tablett mit Wein, Cognac, Wasser und Nüssen. Ehe sie sich alle einen Platz gesucht hatten, hatte sich jeder selbst versorgt.

„Wartet." Julius stellte sein Glas ab. „Bevor ihr eure Erkenntnisse zusammentragt, habe ich etwas zu verkünden. Ich habe mit Schnitthagen, dem Rechtsmediziner, telefoniert und weiß, woran Cornelia gestorben ist."

Er legte eine Kunstpause ein und ging Anneliese damit bereits jetzt auf die Nerven. Mit einer Handbewegung forderte sie ihn auf, weiterzusprechen.

„Sie starb an einer Überdosis Schlafmittel."

Auf diese Verkündung folgte Schweigen.

„Die Polizei geht von einem Selbstmord aus?", fragte Loni schließlich.

„Dazu konnte oder wollte Schnitthagen sich nicht äußern. Die Ermittlungen laufen noch."

„Das glaube ich einfach nicht. Ich denke vielmehr, dass wir es hier mit einer überaus gerissenen Person zu tun haben, die es versteht, ihre Morde als Selbstmorde zu tarnen."

„Nicht so voreilig, Anneliese. Noch wissen wir nicht, ob die beiden Todesfälle zusammenhängen", ermahnte Julius sie.

„Ach komm", mischte Loni sich ein. „Ich finde auch, dass zwei Todesfälle in so kurzer Zeit verdächtig sind."

„Sind sie. Keine Frage", schwächte Julius seinen Einwand ab. „Doch bevor wir voreilige Schlüsse ziehen, würde ich gern hören, was ihr herausgefunden habt. Dann können wir Thesen aufstellen. Erich, entschuldige, dass ich mich vorgedrängt habe. Ist es dir gelungen, mit dem Koch zu sprechen?"

Der Angesprochene richtete sich in seinem Sessel auf, räusperte sich und zwirbelte seine Schnurrbartenden. „Ich habe ein paar Worte mit dem Koch gewechselt. Nachdem ich ihm eine Zigarre angeboten habe, war er recht zugänglich und hat ein wenig aus dem Nähkästchen geplaudert. Das meiste war Hotelklatsch, der für unseren Fall nicht wichtig ist. Wer häufig zu spät kommt, bei wem der Lohn nie bis zum Monatsende reicht – solche Sachen."

„Hat er auch etwas für unsere Ermittlungen Relevantes gesagt?", bohrte Anneliese nach. Konnte er nicht schneller zur Sache kommen?

„Nicht so ungeduldig, meine Liebe." Er lächelte ihr zu und goss sich gemächlich noch einen Cognac ein.

Sie war kurz davor, ihm an die Gurgel zu springen und öffnete schon den Mund für eine gepfefferte Antwort. Ein amüsierter Blick von Loni ließ sie innehalten. Stattdessen wanderte sie wieder auf und ab.

Nachdem Erich einen Schluck getrunken hatte, lehnte er sich im Sessel zurück. „Cornelia arbeitete seit fast drei Jahren hier im Hotel. Laut dem Koch - der übrigens Dimitri heißt – war sie zuverlässig, pünktlich und kam mit allen gut aus. Er ist sich sicher, dass sie sich nicht das Leben genommen hat. Soweit er wusste, hatte sie für die Zukunft große Pläne. Sie habe ihm erst zwei Tage vor ihrem Tod gesagt, dass sie bald kündigen werde. Auf seine Frage hin, was sie vorhabe, sagte sie, sie werde etwas Eigenes eröffnen. Sie sprach von einem kleinen Café, einer Art Ausflugslokal im Soonwald. Scheinbar hat sie Dimitri angeboten, als Koch bei ihr zu arbeiten."

„Das klingt in der Tat nicht nach jemandem, der aus dem Leben scheiden möchte", warf Loni ein.

Erich nickte. „Dimitri hat sie gefragt, woher sie das Kapital nehmen wolle. Ihre Antwort war wohl etwas kryptisch. Sie sprach von einer neuen Quelle, die sie aufgetan habe."

„Und welche Quelle das ist, wusste er nicht?", wollte Julius wissen.

„Leider nein. Sie sprach von verschiedenen möglichen Investoren. Dimitri erzählte, er habe versucht, mehr aus ihr herauszubekommen, sie habe aber eisern geschwiegen. Auch das Argument, wenn er seinen gut bezahlten Job im Romantikhotel kündige, müsse er schon gewisse Sicherheiten haben, hat bei ihr nicht gezogen. Sie sagte wohl nur, in den nächsten Tagen werde sich alles entscheiden, dann könne sie genauere Angaben machen."

„Mmmhhh." Anneliese rieb sich mit dem Zeigefinger über ihre Nasenspitze. „Wenn sie eine größere Geldsumme in Aussicht hatte, könnte das darauf hindeuten, dass sie tatsächlich Ingas Mörder erpresst hat."

„Da fehlen uns leider die Beweise, aber das ist eine Richtung, in die wir weiter nachforschen sollten." Julius nickte bedächtig mit dem Kopf.

„Auf jeden Fall deuten ihre Aussagen darauf hin, dass sie sich nicht selbst umgebracht hat." Anneliese ließ sich auf der Sofalehne nieder.

„Bliebe die Möglichkeit, dass sie aus Versehen eine zu hohe Dosis von den Tabletten genommen hat", schlug Loni vor.

Erich beugte sich nach vorn. „Das habe ich Dimitri auch gefragt. Also, ob er weiß, ob Cornelia ab und an Schlafmittel genutzt hat."

Er schwenkte sein Cognacglas so geistesabwesend, dass Anneliese befürchtete, der gute Tropfen würde sich gleich auf seine Anzughose ergießen. „Und?" Zuweilen trieb seine Behäbigkeit sie in den Wahnsinn.

„Das wusste er nicht. Aber er hat Irmi, die Spülhilfe gefragt. Sie und Cornelia waren befreundet. Irmi konnte sich auch nicht vorstellen, dass sie Tabletten genommen hat. Beim letzten Betriebsausflug haben die beiden sich ein Zimmer geteilt. Da hatte sie keine Schlafmittel dabei. Da ist sie sich absolut sicher."

„Wann war das?", wollte Julius wissen.

„Im November. Das genaue Datum weiß ich nicht. Das Hotel hat im November zwei Wochen Betriebsferien und da findet der Ausflug statt", erklärte Erich.

„Das ist ein halbes Jahr her. Nur, weil sie damals keine Schlaftabletten genommen hat, bedeutet das nicht, dass sie jetzt ebenfalls nichts einnimmt", gab Julius zu bedenken. Loni nickte mehrmals bekräftigend mit dem Kopf.

„Das habe ich auch zu Irmi gesagt. Sie meinte aber, Cornelia sei generell – Moment, wie hat sie sich ausgedrückt? – eher so eine ‚homöopathisch Veranlagte' gewesen. Sie habe zum Beispiel Schmerztabletten abgelehnt. Bei Kopfschmerzen habe sie immer Pfefferminzöl auf ihre Schläfen gerieben." Erich zwirbelte mit der freien Hand erneut eines seiner Schnurrbartenden. „Dimitri hat das in gewisser Weise bestätigt. Das Lokal, das Cornelia vorgeschwebt habe, sei ein cleanes Restaurant gewesen", erklärte er.

„Dass es in einer Gaststätte sauber ist, sollte ja wohl eine Selbstverständlichkeit sein." Anneliese schnaubte. „Sonst wäre ganz schnell die Lebensmittelaufsicht auf dem Plan und würde den Schuppen dicht machen."

Loni lachte auf. „Clean bezieht sich in dem Fall nicht auf die Räumlichkeiten, sondern auf die Ernährung", erklärte sie. „Das weiß ich von Jack. Der ist doch Veganer. Clean Eating bedeutet so viel wie eine natürliche, unverarbeitete Ernährungsweise ohne industriell gefertigte Produkte oder Zusätze."

„Ach so", murmelte Anneliese. „Nie gehört."

„Das alles deutet in der Tat darauf hin, dass Cornelia das Schlafmittel nicht freiwillig zu sich genommen hat", fasste Julius zusammen.

„Was bedeutet, jemand hat es ihr verabreicht", ergänzte Loni.

„Und damit ist klar, sie wurde ermordet", schlussfolgerte Anneliese.

„Wobei wir wieder bei der Frage wären, ob die beiden Todesfälle zusammenhängen." Lonis Finger trommelten gegen ihr Weinglas.

„Natürlich! Zwei ungeklärte Todesfälle innerhalb von ein paar Tagen am selben Ort. Beides gesunde junge Frauen. Da ist etwas faul. Solche Zufälle gibt es nicht." Anneliese schüttelte den Kopf.

„Ich bin geneigt, dir zuzustimmen. Und ich tendiere in beiden Todesfällen dazu, auf Fremdeinwirkung zu schließen." Julius, der seinen Cognac bisher nicht angerührt hatte, nahm sein Glas von dem kleinen Beistelltisch und nippte vorsichtig daran.

„Das hast du jetzt schön ausgedrückt, aber was bedeutet das für uns?", neckte Loni ihren Freund ein wenig.

„Wir sollten herausfinden, wo Cornelia das Geld für ihre Caféeröffnung herbekommen wollte, und, ob es eine Verbindung zwischen Inga und der Kellnerin gibt, die wir bisher übersehen haben." Julius schwenkte sein Cognacglas.

„Ich werde dem Personal noch mal auf den Zahn fühlen. Vielleicht hat Cornelia außer mit Dimitri auch mit anderen über ihre Zukunftspläne gesprochen", schlug Erich vor.

„Und ich werde mit Irmi sprechen. Sie scheint Cornelia gut gekannt zu haben. Vielleicht fällt ihr noch etwas anderes ein, was für ihren Tod relevant sein könnte." Loni verzog das Gesicht.

„Was kann ich tun?" Anneliese fühlte sich abgehängt.

„Du hältst im Hintergrund alle Fäden zusammen. Aktiv in die Ermittlungen einzugreifen, wird schwierig sein, da Constanze dich im Auge hat." Julius warf ihr einen bedauernden Blick zu.

Anneliese wusste, dass er recht hatte. Aber Constanze konnte nicht überall sein. Sie würde schon einen Weg finden, um mit dem einen oder anderen ins Gespräch zu kommen. Und Jupp und Willi musste man auch beaufsichtigen. Nicht, dass sie durch eine unbedachte Äußerung die Ermittlungen gefährdeten.

Kapitel 31

„Wie schön, dass Sie Zeit für ein Gespräch haben." Loni deutete auf den freien Stuhl und sah Irmi freundlich an. Die lächelte scheu und nahm Platz. Sie kauerte sich zusammen, die Hände im Schoß verschränkt.

„Möchten Sie etwas trinken?", fragte Anneliese. „Ich hole Ihnen gern etwas." Wie nicht anders zu erwarten, konnte Anneliese nicht im Hintergrund bleiben, sondern hatte sich Loni spontan angeschlossen, als sie von dem Treffen erfahren hatte.

„Nein, danke." Irmi schüttelte den Kopf.

Loni beobachtete die junge Frau, die mit hochgezogenen Schultern auf ihrem Stuhl saß. Sie sah ihnen nicht in die Augen, sondern stumm vor sich auf den Tisch. Wie alt mochte sie sein? Höchstens zwanzig. Auf sie wirkte sie kindlich und schutzbedürftig.

Dimitri hatte das Treffen eingefädelt. Sie saßen hinter der Küche in einer Sitzecke, in die sich das Personal für eine kurze Pause im Freien zurückziehen konnte. Aus einem gekippten Fenster drang Geschirrklappern und der Duft nach gebratenem Fleisch. Loni hatte vorgehabt, Irmi auf einen Kaffee und ein Stück Kuchen auf der Hotelterrasse einzuladen, doch die hatte erschrocken abgelehnt. Die Hotelchefin sehe es nicht gern, wenn das Personal mit den Gästen privat Kontakt habe.

Jetzt überlegte Loni, wie sie das Gespräch eröffnen sollte. Sie hatte vorher mit Anneliese verabredet, dass sie die Unterhaltung führen und ihre Freundin sich nur einschalten würde, falls sie vergaß, wichtige Fragen zu stellen. Irmi wirkte so scheu, dass Loni bezweifelte, überhaupt etwas aus ihr herauszubekommen. „Der Tod Ihrer Freundin tut mir furchtbar leid", begann sie. „Ich habe sie als eine äußerst nette und kompetente Person wahrgenommen."

Irmi nickte mit gesenktem Kopf. Sie knetete ihre im Schoß gefalteten Hände. „Das war sie." Ein leichtes Aufschluchzen. „Ich kann nicht glauben, dass sie nicht mehr da ist."

Loni hätte ihr gern tröstend den Arm um die Schultern gelegt, doch sie befürchtete, der jungen Frau damit zu nahezutreten. „Ich weiß, das ist eine schwierige Frage, aber glauben Sie, Cornelia könnte die Tabletten freiwillig genommen haben?"

Irmis Kopf ruckte nach oben. „Auf keinen Fall!" Ihre Augen funkelten wütend. „Sie hatte Pläne für die Zukunft. Große Pläne. Sie hätte sich nie … umgebracht." Das letzte Wort flüsterte sie.

„Könnte sie aus Versehen eine zu große Menge der Tabletten eingenommen haben?"

Die junge Frau schüttelte den Kopf. „Nein. Das kann ich mir nicht vorstellen." Sie fuhr sich mit der Hand erschöpft über die Augen. „Cornelia nutzte so gut wie nie

Tabletten oder andere Medikamente. Sie hat auf homöopathische Mittel vertraut. Ich glaube, sie hat noch nicht einmal Aspirin besessen. Schon gar keine Schlaftabletten." Irmi sah ihr fest in die Augen. „Sie hätte die Tabletten nie freiwillig genommen!"

Für einen Moment kehrte Schweigen ein. Loni merkte, dass Anneliese unruhig wurde. Bevor sie sich ins Gespräch einmischen konnte und Irmi mit ihrer forschen Art verschreckte, hakte sie schnell nach. „Was glauben Sie, ist passiert?"

Es fiel der jungen Frau sichtlich schwer, die Worte auszusprechen. „Ich denke, jemand hat ihr die Tabletten heimlich irgendwo reingetan."

„Also Mord?", platzte es aus Anneliese heraus und Loni hätte ihr dafür am liebsten gegen das Bein getreten.

Doch Irmi schienen die klaren Worte nichts auszumachen. Sie nickte und sagte ruhig. „Ja. Das denke ich."

„Haben Sie eine Vermutung, wer das gewesen sein könnte?" Loni hoffte, dass Anneliese sich jetzt wieder im Griff hatte und ihr die Gesprächsführung überließ.

Irmis Gesicht verdüsterte sich. „Leider nein. Ich habe mir schon den Kopf darüber zerbrochen. Cornelia war bei allen beliebt. Egal, ob bei den Angestellten oder den Gästen."

Loni überlegte, wie sie weiter vorgehen sollte. „Haben Sie mit ihr über den Tod von Frau Krüger gesprochen?"

„Natürlich. Ihr Tod hat uns alle mitgenommen. Wir vom Personal haben oft darüber geredet. So schrecklich."

„Hat Cornelia irgendwelche Thesen geäußert, was passiert sein könnte?"

Irmi schüttelte den Kopf. „Nein. Wir sind eigentlich alle von einem Unfall ausgegangen. Erst später wirkte Cornelia beunruhigt. Sie fragte mich einmal, ob ich mir vorstellen könne, dass Frau Krüger nicht gefallen ist, sondern gestoßen wurde."

„Hat sie einen Verdacht geäußert, wer das gewesen sein könnte?"

„Nein. Sie sagte nur, dass die Dinge manchmal anders scheinen, als sie sind. So was in der Art."

„Haben Sie eine Ahnung, was sie damit gemeint haben könnte?"

Irmi schüttelte den Kopf.

Plötzlich kam Loni ein Gedanke. „Wissen Sie, wo Cornelia zum Zeitpunkt des Todes von Inga war?"

Irmis Gesicht verdüsterte sich schlagartig. „Was wollen Sie damit andeuten?"

Loni verfluchte sich im Stillen für die ungeschickte Formulierung ihrer Frage. „Nein, nein, das verstehen Sie falsch", lenkte sie schnell ein. „Ich meinte nur, ob es sein könnte, dass Cornelia am Morgen des Todes von Inga etwas gesehen hat?"

„Mir gegenüber hat sie nie Derartiges erwähnt." Irmi zögerte. „Aber es könnte sein. Cornelia hatte an dem Vormittag frei. Sie hat den Rosengarten geliebt und sich oft mit einem Buch dorthin zurückgezogen. Auch wenn das eigentlich für uns vom Personal verboten war." Sie wurde bleich und schlug sich eine Hand vor den Mund. „Sie meinen …?"

Anneliese nickte. „Es könnte sein, dass Cornelia etwas gesehen hat, was ihr am Ende zum Verhängnis wurde."

Nun legte Loni Irmi doch vorsichtig eine Hand auf

die Schulter. „Denken Sie genau nach. Hat Cornelia Ihnen gegenüber irgendetwas erwähnt?"

„Nein", kam es verzweifelt von ihr. „Sie war geschockt, dass ja. Wie wir alle. Erst ein paar Tage später wirkte sie … beunruhigt. Als sie mich fragte, ob ich mir vorstellen könne, dass jemand Frau Krüger gestoßen hat."

Die drei schwiegen für eine Weile, jede in ihre Gedanken versunken. Loni war sich sicher, dass Cornelia etwas gesehen hatte, dessen Bedeutung ihr erst später aufgefallen war.

„Wissen Sie mehr über Cornelias Pläne, hier im Romantikhotel zu kündigen?", lenkte sie das Gespräch in eine andere Richtung.

Irmi nickte. „Ja, sie hat davon erzählt und mir versprochen, mich einzustellen, sobald ihr Restaurant läuft und sie es sich leisten kann." Ein flüchtiges Lächeln huschte über ihr Gesicht. „Nicht als Spülhilfe, sondern als Kellnerin." Sie ließ den Kopf wieder hängen. „Daraus wird ja nun nichts."

„Wissen Sie, woher sie das Geld hatte, um sich selbstständig zu machen?"

Irmi schüttelte den Kopf. „Von der Bank nicht, das weiß ich. Das hatte sie vor einem Jahr probiert, aber keinen Kredit bekommen. Sie war am Boden zerstört. Ich dachte schon, sie hätte sich die Idee aus dem Kopf geschlagen, als sie vor ein paar Wochen meinte, sie habe einen Investor gefunden. Wer, wollte sie mir nicht sagen."

Anneliese schaltete sich ein. „Haben Sie eine Idee?"

Abermals schüttelte Irmi den Kopf. „Ich habe sie mehrfach gefragt. Das Einzige, was ich ihr entlocken konnte, war, dass es eine Privatperson sei, die unerkannt bleiben möchte."

„Könnte es einer der Gäste sein?", bohrte Anneliese nach.

Irmi überlegte einen Moment. Schließlich zuckte sie die Schultern. „Möglich. Unsere Gäste sind meist wohlhabend. Aber uns ist es verboten, privat mit ihnen in Berührung zu kommen. Wenn Cornelia Kontakt zu einem von ihnen aufgenommen hätte, hätte sie Ärger riskiert."

Loni konnte sich gut vorstellen, dass Irmi dieses Risiko nie eingegangen wäre. Aber war Cornelia auch so vorsichtig gewesen? Sie hatte sie als taff, wenn nicht gar forsch wahrgenommen. Möglich, dass sie sich über Regeln hinweggesetzt hatte, um ihren großen Traum zu verwirklichen. „Wissen Sie, wie weit die Pläne schon gediehen waren?"

„Kurz vor ihrem Tod erzählte sie mir, dass die Finanzierung unter Dach und Fach sei. Es habe sich alles auf wundersame Weise gefügt."

„Komische Formulierung", ließ Anneliese verlauten.

„Aber genau das sagte sie. Sie wirkte äußerst zufrieden."

Und kurz darauf war sie tot. Loni glaubte nicht an einen Zufall. „Sonst ist Ihnen nichts aufgefallen?"

Irmi druckste herum. „Doch schon. Aber ich möchte nicht, dass Sie das falsch verstehen."

Loni lächelte sie aufmunternd an. „Keine Sorge. Sie können uns vertrauen. Wir ziehen keine voreiligen Schlüsse."

Irmi schien mit sich zu ringen, gab sich aber einen Ruck. „Na gut. Am Abend vor ihrem Tod meinte sie zu mir, sie glaube, sie habe einen großen Fehler gemacht."

„Hat sie gesagt, welchen Fehler?"

Irmi schüttelte den Kopf. „Ich habe versucht, mehr aus ihr herauszubekommen. Doch sie blieb hartnäckig und meinte, es sei besser, wenn ich nicht mehr wüsste." Sie schluchzte auf. „Aber nicht, dass Sie jetzt denken, dass sie sich wegen dieses Fehlers umgebracht hat. So war sie nicht. Sie war eine Kämpferin und hätte eine Lösung gefunden."

Loni wollte die junge Frau gerade tröstend in den Arm nehmen, als Dimitri seinen Kopf aus der Küchentür steckte. „Irmi, du musst kommen. Margarete sucht dich schon überall."

Hastig sprang die junge Frau auf. „Tut mir leid. Ich muss." Mit diesen Worten verschwand sie im Haus.

Anneliese stand auf und schlug sich mit der Hand gegen die Stirn. „Ich habe ganz vergessen, dass ich gestern noch einen Massagetermin vereinbart habe. Vielleicht erfahre ich da auch etwas Neues. Wir reden später", rief sie ihrer Freundin im Weggehen zu.

Loni blieb allein vor der Küche sitzen. Gut, so konnte sie in Ruhe nachdenken. Sie zog ihr Notizbuch aus der Tasche und notierte sich die wichtigsten Punkte, die Irmi gesagt hatte. Dann blätterte sie ihre bisherigen Aufzeichnungen durch. Irgendwo in diesem Heft war der Schlüssel zur Lösung des Falls verborgen, da war sie sich sicher. Sie hatte nur noch nicht die richtige Zusammensetzung der Fakten und Indizien gefunden. Ihr ging die Frau durch den Kopf, die sie am Teich getroffen hatte. Von dort wanderten ihre Gedanken zu dem Gespräch mit Rosamund über deren ehrenamtliche Arbeit im Krankenhaus. Plötzlich stockte sie. Was, wenn …?

Laute Stimmen rissen sie aus ihrer Versunkenheit. Das klang nach einem Streit. Loni blickte auf, sah jedoch niemanden. Sie erhob sich, ging am Gebäude entlang und lugte vorsichtig um die Hausecke. Auf dem Parkplatz entdeckte sie Fred, in eine hitzige Diskussion vertieft mit einem Mann, den sie nicht kannte. Der Fremde sprach mit lauter Stimme. Freds Gesten nach zu urteilen, versuchte er, ihn zu besänftigen und seine Lautstärke zu dämpfen. Er sah sich immer wieder um, als wollte er nicht gesehen werden. Loni zog ihren Kopf zurück und hoffte, dass er sie nicht entdeckt hatte. Schließlich schien sich der Fremde zu beruhigen. Sie meinte die Worte „Ich gebe dir eine Woche. Mehr nicht", zu verstehen. Vorsichtig schob sie ihren Kopf wieder um die Ecke. Der Unbekannte stieg ins Auto und fuhr mit aufheulendem Motor vom Parkplatz. Fred sah sich noch einmal verstohlen um, dann schlich er mit gesenkten Schultern zurück ins Hotel.

Kapitel 32

Loni saß tief in Gedanken versunken am Fenster und ließ ihren Blick über die grüne Landschaft des Soonwalds schweifen. Sie fühlte sich erschöpft. Zum ersten Mal, seit sie im ‚Räuberherz' angekommen war, sehnte sie sich nach ihrem Zuhause. So komfortabel und luxuriös alles war, ihr fehlten ihre Hühner, ihr Garten und das gemächliche Dorfleben. Und wenn sie ehrlich war, hatte sie auch keine Lust mehr auf die Mordermittlungen. Ja, sie hatte Inga gemocht und es war ihr wichtig, dass ihr Mörder oder ihre Mörderin zur Strecke gebracht wurde, doch konnten das dieses Mal nicht andere erledigen? Ihr fehlte die Energie. So kannte sie sich gar nicht. Lag es daran, dass sie diesmal nicht in ihrer gewohnten Umgebung ermittelte? Bei ihren letzten beiden Mordfällen hatte sie ihr Zuhause als Rückzugsort genutzt, um ihre Gedanken zu ordnen und in Ruhe nachzudenken. Hier hatte sie keine Möglichkeit, mit den Händen zu arbeiten. Beim Backen konnte sie wunderbar mit den verschiedenen Theorien in ihrem Kopf spielen und wenn sie den fertigen Kuchen aus dem Ofen nahm, hatte sich meist auch das Gedankenchaos in ihrem Hirn gelichtet. In dem opulenten Ambiente des Hotels fühlte sie sich seltsam gehemmt und gebremst.

Ein Klopfen an der Tür riss sie aus ihren Grübeleien. Ob das Julius war? Er war nach dem Mittagessen nach Koblenz gefahren, um mit Kommissar Meierle zu sprechen. Und um ein paar andere Dinge in Erfahrung zu bringen, wie er nebulös angedeutet hatte. Mehr hatte er sich nicht entlocken lassen. Beim Abendessen war er noch nicht zurück gewesen. Sie sprang so schnell auf, dass ihr ein Stich in den Rücken fuhr, den sie ignorierte und zur Tür hastete. Erwartungsvoll riss sie sie auf. Vor ihr stand allerdings nicht Julius, sondern Anneliese.

„Na, du scheinst dich ja zu freuen, mich zu sehen", wurde sie von ihrer Freundin begrüßt.

„Nichts für ungut, aber ich hatte gehofft, Julius sei zurückgekommen."

„Und warum sollte er klopfen und nicht seinen Schlüssel nutzen?"

„Hast ja recht, ich habe nicht nachgedacht." Loni winkte Anneliese ins Zimmer, doch die blieb im Hotelflur stehen und lehnte sich mit der Schulter an den Türrahmen. „Ich bin hier, um dich zu einem Drink an der Bar abzuholen. Wir sind in einem der besten Hotels im Hunsrück, da verbringt man den Abend nicht einsam und traurig auf seinem Zimmer. Außerdem haben wir eine Mission zu erfüllen. Los, zieh dir was Ordentliches an und komm mit."

„Ach, ich weiß nicht." Sie hatte keine Lust, sich an der Hotelbar unter die Leute zu mischen.

„Keine Widerrede. Wenigstens auf einen klitzekleinen Eierlikör."

Loni, die ahnte, dass Widerstand zwecklos war, fügte sich in ihr Schicksal. „Dann komm kurz rein, bis ich mich umgezogen habe." Sie zog ihre Freundin am Arm ins Zimmer und schloss die Tür. Während sie ihren Jogginganzug auszog und in eine Jeans und eine kurzärmelige Bluse schlüpfte, fragte sie Anneliese nach dem Verbleib von Erich.

„Der ist mal wieder mit Konrad im Rauchersalon. Die zwei sehen sich so selten, da sollen sie das ruhig auskosten. Vielleicht ist Konrad auch noch etwas eingefallen, das die Ermittlungen voranbringt."

„Also bist du hier, um dir deine Langeweile zu vertreiben und nicht, um mich aufzumuntern?", neckte Loni ihre Freundin.

„Das eine schließt das andere nicht aus", kam es schlagfertig zurück.

Als sie ein paar Minuten später die Bar betraten, war diese fast leer. Ein junges Pärchen saß in einer Sitzgruppe vor dem Kamin und zwei ältere Männer vor dem Fenster. Die Bus-Reisegruppe war wieder abgereist und die von Thalheims blieben seit den Todesfällen lieber unter sich. An der Bar entdeckte Loni Marius von Thalheim. Er saß mit hängenden Schultern tief über sein Glas gebeugt auf einem Barhocker. Ganz nüchtern war er nicht mehr. Die Gelegenheit, ihm ein paar Familiendetails zu entlocken! Mit einmal war ihre Müdigkeit wie weggeblasen. Sie sah Anneliese an und deutete mit dem Kopf in seine Richtung. Die verstand sofort und steuerte die Theke an. Ohne sich abzusprechen, ließen sie sich zu beiden Seiten von ihm nieder. Marius hob langsam den Kopf und blickte in Zeitlupe einmal nach rechts und links. Loni hatte den Eindruck, er wollte etwas sagen, doch dann sackte er wieder in sich zusammen. Anneliese orderte bei James, dem Barkeeper, zwei Kikeriki. Das Getränk aus Eierlikör, Orangenlimo und einer von James streng gehüteten geheimen Zutat hatten sie hier im Hotel kennen und lieben gelernt. Unglaublich, dass es ihr bisher nicht untergekommen war. Als passionierte Eierlikör-Liebhaberin kannte sie eigentlich alle Drinks, Kuchen oder Desserts, die man mit dem leckeren Likör herstellen konnte.

Als James nach ein paar Minuten zwei Longdrinkgläser mit Glasstrohhalmen vor ihnen abstellte, prosteten sie einander zu und Loni hob ihr Glas Richtung Marius. Mit einer langsamen Bewegung griff er nach seinem Whiskey und leerte ihn in einem Zug. Mit der Hand gab er James zu verstehen, dass er nachschenken sollte.

„Allein hier?", eröffnete Anneliese das Gespräch. „Wo steckt denn der Rest Ihrer Familie?"

„Die hat sich in ihren Suiten verkrochen und bläst Trübsal, weil jemand es gewagt hat, ihre Pläne zu durchkreuzen." Seine Aussprache war nicht mehr ganz deutlich.

„Oder, weil ein Mensch zu Tode gekommen ist, der ihrer Familie nahestand, meinen Sie nicht?", hakte Loni nach.

„Pfffff!" Marius stieß verächtlich die Luft aus. „Da haben Sie aber ein zu positives Bild von meiner Familie. Erst kommt die Familie, dann lange Zeit nichts und dann … immer noch nichts. Andere Menschen sind uns egal, solange wir nicht irgendeinen Vorteil oder Profit aus der Bekanntschaft ziehen können." Marius hob sein in der Zwischenzeit wieder aufgefülltes Glas und nahm einen tiefen Schluck. Dann setzte er sich ein wenig aufrechter hin. „Ich bin nicht blöd. Ich weiß genau, warum Sie hier sind. Sie wollen mich erneut verhören. Nur zu." Er stieß ein freudloses Lachen aus. „Ich habe Ihnen ja schon bei unserem ersten Gespräch gesagt, dass Constanze das nicht schätzt." Er hob seinen Zeigefinger, kniff seine Augen zusammen und deutete damit auf Anneliese. „Vor allem vor Ihnen sollen wir uns in Acht nehmen." Plötzlich kicherte er. „Aber Constanze hat mir gar nichts zu sagen. Fred kann von mir aus nach ihrer Pfeife tanzen und sich von ihr herumkommandieren lassen, aber ich nicht! Also los, was möchten Sie wissen?"

„Woher kannten Sie Cornelia, die tote Kellnerin? Ich habe gesehen, wie Sie beide recht vertraut miteinander geplaudert haben", ergriff Loni die Gelegenheit beim Schopf, bevor Marius es sich anders überlegte.

„Woher wohl? Das hier ist das Stammhotel meiner Familie. Wir sind jedes Jahr mehrmals hier. Da lernt man sich eben kennen."

„Das sah aber nach mehr als einer normalen Angestellten-Gast-Beziehung aus", entgegnete Loni.

Marius zuckte die Schultern. „Was soll's. Jetzt, wo Cornelia tot ist, kann ich es ja erzählen: Beim letzten Mal, als ich ohne meine Familie hier war, sind wir uns ein wenig nähergekommen."

„Könnten Sie das genauer ausführen?" Anneliese beugte sich gespannt ein wenig nach vorn.

Marius lachte. „Wir sind miteinander im Bett gelandet, verstanden?"

Sie nickte. „So was dachte ich mir schon."

„Das heißt nicht, dass ich sie umgebracht habe." Er stockte. „Das mit uns war eine einmalige Sache, da waren wir uns einig. Aber ich mochte sie. Ehrlich." Er ließ die Schultern hängen und drehte das Whiskeyglas in seinen Händen. „Ihr Tod tut mir wirklich leid. Das hat sie nicht verdient."

„Haben Sie eine Idee, wer ihr das angetan hat?" Loni rückte ihren Barhocker ein wenig in seine Richtung.

Marius hob die Hände in einer ahnungslosen Geste. „Ich habe keinen blassen Schimmer. Wir hatten Sex, mehr nicht. Über private Dinge haben wir nicht geredet."

„Wenn Ihr Techtelmechtel bei Ihrem letzten Besuch hier im Hotel eine einmalige Sache war, worüber haben Sie sich dann am Tag ihrer Ankunft auf der Terrasse so intensiv mit ihr unterhalten?" Loni ahnte, dass Marius nicht alles gesagt hatte, und noch wollte sie ihn nicht vom Haken lassen.

Er sah sie lange an und dachte nach. Schließlich schien er einen Entschluss gefasst zu haben. „Na gut, ich habe überlegt, geschäftlich mit ihr zusammenzuarbeiten. Cornelia wollte sich mit einem eigenen Restaurant selbstständig machen und hat mich um eine kleine Finanzspritze gebeten. Ist leider nichts draus geworden." Marius hob die Hände in einer abwehrenden Geste. „Aber privat hatte ich wirklich nichts mit ihr zu tun. Das müssen Sie mir glauben."

Er sah Loni tief in die Augen und als er wieder auf sein Glas blickte, huschte etwas über sein Gesicht, dass sie nicht deuten konnte. Ein Ausdruck von Verschlagenheit? Sie glaubte seinen bisherigen Ausführungen. Dennoch hatte sie den Eindruck, dass er nicht alles preisgegeben hatte. Dafür wirkte er zu zufrieden. Wollte er sie mit den erhaltenen Informationen nur ruhigstellen, um damit von anderen Dingen abzulenken?

Sie setzte zu einer weiteren Frage an, doch Marius hob abwehrend die Hand. „Genug geplaudert. Jetzt würde ich gern in Ruhe meinen Whiskey genießen." Mit diesen Worten beugte er sich wieder über sein Glas und drehte ihr demonstrativ den Rücken zu.

Loni tauschte einen Blick mit Anneliese. Beiden war klar: Aus ihm würden sie heute nichts mehr herausbekommen.

Kapitel 33

Die Hotelbar schimmerte warm im Licht des Kamins, dessen Flammen sanft knisterten und lebhafte Schatten an die Wände warfen. Der Duft von Whiskey mischte sich mit dem Geruch von Holzfeuer. Auf den Tischen leuchteten Stumpenkerzen in großen Gläsern. Anneliese konnte der behaglichen Atmosphäre jedoch nichts abgewinnen. Nach dem Gespräch mit Marius hatte sich Erich zu ihnen gesellt, und sie waren von der Theke an einen Platz mit gemütlichen Sesseln umgezogen. Inzwischen waren sie die letzten Gäste. Der Barkeeper schien Feierabend machen zu wollen, denn er hatte schon mehrfach verstohlen zu ihrem Tisch gelinst. Anneliese griff nach ihrem Kikeriki. Vielleicht sollten sie doch zu Bett gehen? Wusste der Teufel, wo Julius steckte. Er hatte eine WhatsApp-Nachricht an Loni geschickt, dass er sich verspätete und sie nicht auf ihn warten sollten. Doch Anneliese war nicht bereit, erst am nächsten Morgen die Neuigkeiten aus dem Polizeirevier zu erfahren. Daher hatte sie Erich und Loni gedrängt, mit ihr in der

Hotelbar bei Whiskey und Kikeriki auf ihn zu warten. Sie sah, dass Erich ein Gähnen unterdrückte und Loni einen verstohlenen Blick auf ihre Armbanduhr warf. Bald halb zwölf. Von ihrem Platz hatte sie die große Uhr über der Bar gut im Auge. Ebenso die Lobby. Wo blieb Julius bloß? Sie hoffte, dass die Neuigkeiten, die er mitbrachte, sie für die lange Wartezeit entschädigten.

„Sollen wir nicht endlich zu Bett …", setzte Erich an, als Anneliese ihn unterbrach. „Da ist er ja!" Sie stand auf und winkte Richtung Lobby. „Julius, wir sind hier."

Julius, der mit schnellen Schritten gen Aufzug gehastet war, hielt inne und sah sich mit suchendem Blick um. Als er sie in der Bar entdeckte, hellte sich seine Miene auf. Er kam zu ihnen und ließ sich in den letzten freien Cocktailsessel fallen.

„Schieß los!", bedrängte ihn Anneliese. „Ich sehe dir an der Nasenspitze an, dass du etwas in Erfahrung gebracht hast."

„Entschuldigt, dass es so spät geworden ist. Meierle hatte heute Nachmittag keine Zeit, ein Notfall, also haben wir uns zum Abendessen getroffen."

„Ja, ja, das tut doch nichts zur Sache." Anneliese gelang es nicht, ihre Ungeduld im Zaum zu halten. „Was hast du herausgefunden?"

„Von Max leider nicht viel. Inga ist an einem Genickbruch gestorben. Hinweise auf Fremdeinwirkung hat die Obduktion keine ergeben."

„Das ist alles?" Anneliese sackte in sich zusammen. „Da hatte ich mir aber mehr erhofft."

„Und was heißt das jetzt? Ist der Fall abgeschlossen?", wollte Erich wissen.

„Noch nicht. Aber falls keine neuen Erkenntnisse

auftauchen, wird Ingas Tod als ungeklärter Todesfall zu den Akten gelegt."

„Das wird nicht passieren!" Anneliese schlug mit der Faust auf den Glastisch. „Nicht mit uns!"

Erich legte ihr beruhigend eine Hand auf den Arm. „Nicht so stürmisch, meine Liebe. So schnell geben wir nicht auf."

Sie lächelte ihn dankbar an.

„Das ist aber nicht alles, oder?" Loni blickte Julius herausfordernd an. „Da ist noch mehr, das sehe ich dir an."

Er nickte und grinste. „Du hast recht. Ich habe auf eigene Faust ein paar Nachforschungen angestellt. Ich war in der Praxis, in der Inga gearbeitet hat. Und hier habe ich tatsächlich etwas Interessantes erfahren."

„Mensch Julius, lass dir doch nicht alles aus dem Mund ziehen. Was weißt du noch?" Anneliese war versucht, ihre Faust erneut auf den Tisch zu hauen. Im letzten Moment bremste sie sich, da sie nicht sicher war, ob die Glasplatte dem standhalten würde.

„Vor ein paar Wochen sind aus der Praxis mehrere Packungen mit Tabletten verschwunden."

„Welche Tabletten?" Loni beugte sich gespannt nach vorn.

„Beruhigungsmittel, Schlaftabletten und Aufputschmittel."

„Das gibt es nicht." Dieses Mal krachte die Faust doch auf den Tisch, was Anneliese einen missbilligenden Blick von Loni einbrachte.

„Denkst du, Inga hat die Medikamente entwendet?" Erich sah Julius mit aufgerissenen Augen an.

„Das ist die große Frage. Meines Erachtens gibt es

zwei Möglichkeiten. Erstens: Inga hat die Tabletten selbst genommen, weil sie sich das Leben nehmen wollte. Aus irgendeinem Grund kam es nicht dazu und sie hat einen anderen Weg des Freitods gewählt: den Sprung vom Turm."

„Das glaube ich nicht!" Anneliese schüttelte unwillig den Kopf.

„Gegen diese Variante spricht, dass die Tabletten bisher nicht aufgetaucht sind. Weder in Ingas Besitz – das hat Max mir verraten – noch in der Praxis oder sonst wo", erläuterte Julius.

„Und Variante zwei? Du sagtest eben, es gibt zwei Möglichkeiten", hakte Loni nach.

„Es wäre möglich, dass jemand anderes die Tabletten entwendet hat und Inga es herausfand."

„Und du meinst, diese Person könnte Inga deswegen umgebracht haben?", wollte Erich wissen.

„Vielleicht." Julius nickte.

„Aber ist das nicht etwas weit hergeholt? Bringt man deswegen jemanden um?" Erich war nicht überzeugt.

„Falls es sich um einen Suchtkranken handelt, möglicherweise." Julius nahm sich Lonis Glas und trank einen Schluck Kikeriki. Der schien ihm nicht zu schmecken, denn er verzog das Gesicht.

Erich, dem seine Grimasse nicht entgangen war, stand auf. „Was möchtest du trinken? Du bist nach der langen Fahrt sicher durstig. Ich hole dir etwas an der Bar."

„Ein Wasser, danke."

Als Erich mit dem bestellten Getränk zurückkam, fuhr Anneliese fort. „Falls ein Suchtkranker die Tabletten gestohlen hat, würde das bedeuten, derjenige ist Inga bis hierher nachgereist?"

Julius nickte. „Wäre möglich."

„Und die Hochzeitsgesellschaft ist aus dem Schneider?" Lonis Miene drückte ihre Zweifel deutlich aus.

„Genau." Ein erneutes Nicken von Julius.

Anneliese schwieg. Konnte es so gewesen sein? Ein Fremder war für Ingas Tod verantwortlich und die Familie von Thalheim war rein zufällig in das Geschehen hineingezogen worden? Das gefiel ihr nicht. Ganz und gar nicht.

„Du bist nicht zufrieden mit dieser Lösung?", fasste Loni ihre Bedenken in Worte.

„Nein. Das klingt für mich zu unwahrscheinlich. Außerdem: Wie passt der Tod von Cornelia ins Bild? Sie starb an einer Überdosis Tabletten. Das kann doch kein Zufall sein!"

„Stimmt." Loni griff nach ihrem Glas, trank aber nicht. „Das hängt zusammen, da bin ich felsenfest von überzeugt."

„Ich weiß es ja auch nicht." Julius nahm einen großen Schluck von seinem Wasser. „Ich spiele nur die verschiedenen Möglichkeiten durch."

„Okay. Nehmen wir an, Inga wurde von der Person umgebracht, die die Tabletten entwendet hat. Vielleicht hat sie denjenigen morgens auf den Turm bestellt, um die Medikamente zurückzufordern", schlug Erich vor.

„Als Ärztin kann sie die doch nicht einfach zurück in die Schublade legen. Da macht sie sich strafbar", hielt Anneliese dagegen.

„Da stimme ich dir zu", gab Julius ihr Schützenhilfe. „Wenn es sich außerdem um eine suchtkranke Person handelt, muss sie behandelt werden. Inga als verantwortungsvolle Ärztin hätte das nicht unter den Tisch fallen lassen."

„Und wenn die tablettenabhängige Person jemand ist, den sie gut kannte? Wenn derjenige ihr gar nicht nachgereist ist, sondern schon vor Ort war?" Loni sah mit großen Augen in die Runde.

„Du spielst auf die von Thalheims an, nicht wahr?" Erich wiegte bedächtig den Kopf.

Loni nickte. „Vielleicht wäre sie für eine ihr nahestehende Person bereit gewesen, ihre Integrität als Ärztin unter den Tisch fallen zu lassen. Sie hätte dafür sorgen können, dass die Person sich in Behandlung begibt, und hätte den Entzug überwachen können."

Anneliese war mit einmal ganz aufgeregt. „Inga hat die Person für eine Unterredung auf den Turm bestellt. Sie wollte denjenigen überreden, alles zu gestehen und eine Therapie zu machen." Sie machte eine Pause. „So könnte es abgelaufen sein."

„Dann kam es zum Streit, die Person hat Inga gestoßen und sie ist vom Turm gestürzt", ergänzte Erich.

„Das würde erklären, warum der- oder diejenige keine Hilfe geholt hat. Weil dann die Sucht aufgeflogen wäre." Loni stellte ihr mittlerweile leeres Glas auf dem Tisch ab und wischte mit der Hand den Wasserrand trocken, den es auf der Platte hinterlassen hatte.

Für eine Weile herrschte Schweigen. Anneliese spielte im Kopf dieses Szenario durch. Konnte es so gewesen sein? Aber was war dann mit Cornelia geschehen? Sie sprach ihren letzten Gedanken laut aus. „Und Cornelia hat den Täter beobachtet und ihn erpresst. Also musste sie auch sterben."

Loni schauderte.

„Es ist spät. Lasst uns eine Nacht drüber schlafen", schlug Erich vor. „Morgen werden wir prüfen, ob unsere Theorie dem Tageslicht standhält."

„Gute Idee." Loni stand auf. „Ich bin hundemüde und kann gar nicht mehr klar denken. Machen wir morgen weiter."

Auch die anderen erhoben sich. Anneliese bedeutete ihnen, schon ohne sie zu gehen. Sie wollte ein paar Minuten für sich sein. Die Theorie, die sie entwickelt hatten, klang schlüssig. Dennoch nagte etwas an ihr. Nur was?

Kapitel 34

„Na, ihr lasst es euch ja gutgehen." Anneliese pfiff durch die Zähne und ließ ihren Blick durch die luxuriöse Suite schweifen.

Auch Loni war überrascht von dem weiträumigen, noblen Appartement, das Jupp und Willi im Räuberherz bewohnten. „Schön habt ihr es hier."

Nachdem sie beim Frühstück ihre Thesen vom Vorabend besprochen hatten und diese in ihrer aller Augen weiterhin schlüssig klangen, hatten sie, Anneliese, Julius, Erich und Emma, beschlossen, in diese Richtung weiter zu ermitteln. So schön ihre Theorie auch war, es fehlten die Beweise.

Noch während sie am Frühstückstisch saßen und die nächsten Schritte planten, waren Jupp und Willi zu ihnen getreten und hatten sie mit der Aussicht auf neue Erkenntnisse in ihre Suite eingeladen. Nun waren sie hier und warteten gespannt auf die angekündigten Neuigkeiten.

„Wer kann, der kann", reagierte Willi auf die Bewunderung der anderen und wurde gleich ein paar Zentimeter größer. Er deutete mit der Hand auf eine ausladende Sitzgruppe, die den Großteil des Raumes einnahm. „Setzt euch. Was kann ich zu trinken anbieten?"

„Sag nicht, ihr habt hier eine eigene kleine Bar?" Annelieses Mund klappte auf.

„Selbstverständlich!" Jupp reckte sein Kinn nach oben und schob die Brust vor, wie ein Hahn, der stolz seine Hühnerschar präsentierte. Was ein wenig komisch aussah, da er fast in den weichen Kissen der Sofalandschaft versank. Mit der Hand deutete er in die Ecke des Raumes, wo Willi einen großen Teakholz-Schrank öffnete, der sich als Kühlschrank entpuppte. „Was möchtet ihr? Champagner? Whiskey? Wir haben sogar Eierlikör da. Von glücklichen Hunsrücker Landhühnern." Jupp genoss es sichtlich, vor Anneliese mit der luxuriösen Ausstattung ihrer Suite zu prahlen.

„Frag doch nicht, das ist doch klar. Eine Runde Eierlikör für alle", ordnete Anneliese an und ließ sich neben Jupp in die bequemen Polster des Sofas sinken. „Himmel, ob ich hier nachher wieder hochkomme?", murmelte sie.

„Dein Geliebter wird dir bestimmt behilflich sein", zog Jupp sie auf und erntete dafür einen Knuff mit dem Ellbogen.

Als Willi allen einen Eierlikör kredenzt hatte, kam Anneliese zur Sache. „Ihr habt uns eingeladen, weil ihr neue Erkenntnisse habt?"

„Genau. Wir haben Folgendes herausgefunden." Jupp machte Anstalten, sich aufrecht hinzusetzen, was die weichen Polster aber verhinderten. Kurz ruderte er mit den Armen, bevor er den Kampf aufgab und wieder zurücksank.

Anneliese stupste ihn erneut in die Seite. „Nun spuck es schon aus", forderte sie ihn auf.

Loni hatte den Eindruck, sie erreichte mit ihrer Forderung das genaue Gegenteil, denn Jupp wandte sich ihr im Zeitlupentempo zu.

„Wir haben Folgendes herausgefunden", wiederholte er. Eine weitere Pause.

Loni unterdrückte ein Seufzen. Gleichzeitig amüsierte sie Jupps Art, sich wichtigzumachen.

Der holte einmal tief Luft, warf einen letzten bedeutungsvollen Blick in die Runde und sagte: „Marius hatte ein Verhältnis mit Constanze, der Braut."

Anneliese lachte auf. „Nein, nein, mein Lieber. Da verwechselt ihr etwas, ihr meint sicher, Cornelia, die Kellnerin."

Jupp wandte sich ihr mit entrüsteter Miene zu. „Ich mag zwar alt sein, aber ich bin nicht senil. Wenn ich Constanze gesagt habe, dann meine ich Constanze." Er funkelte sie an.

„Woher wisst ihr das?" Anneliese konnte ihre Zweifel nicht verhehlen.

„Das haben wir mit akribischer Befragungstechnik herausgefunden", erklärte Willi.

„Und von wem? Wer ist eure Quelle? Ist sie zuverlässig?" Annelieses Fragen kamen wie aus der Pistole geschossen und klangen nicht besonders freundlich.

Loni sah, wie Jupps Gesicht sich rötete. Schnell schaltete sie sich ein, bevor es zu einem erneuten Disput zwischen den dreien kam. „Ihr müsst ihre Reaktion verstehen. Marius hatte auch ein Verhältnis mit der Kellnerin. Das haben unsere Nachforschungen ergeben. Daher Annelieses irritiertes Nachfragen."

„Was?", platzte es nun aus Jupp und Willi heraus.

„Na, das scheint mir ja ein schöner Schürzenjäger zu sein", schob Willi hinterher.

„Sieht ganz so aus." Anneliese stieß ein verächtliches Schnauben aus. „Zuerst ihr. Woher wisst ihr von der Affäre und wie gesichert sind eure Erkenntnisse?"

„Das wissen wir von Adele", erklärte Willi und Jupp fügte hinzu: „Ich kenne sie gut und halte sie für eine vertrauenswürdige Informationsquelle."

„Und das hat sie euch einfach so erzählt?" Anneliese runzelte die Stirn.

„Natürlich nicht." Willi schnalzte missbilligend mit der Zunge. „Ich sagte doch schon, diese Information haben wir nur unserer ausgefeilten Fragetechnik zu verdanken."

„Na dann, erzähl mal. Ich bin gespannt." Anneliese gelang es nicht, den Sarkasmus und die Zweifel aus ihrer Stimme zu verbannen.

„Ihr müsst wissen, dass Marius ein enges Verhältnis zu Adele hat. Wie euch vielleicht aufgefallen ist, gilt er als das schwarze Schaf der Familie. Fred ist der Traumsohn, wohingegen Marius immer ein wenig in seinem Schatten steht", erklärte Jupp.

„Ehrlich?" Loni runzelte die Stirn. „Fred wirkt doch recht handzahm, um nicht zu sagen, unterwürfig, während Marius selbstbewusst auftritt und – wenn man seinen und euren Erzählungen Glauben schenken darf – bei den Frauen recht erfolgreich ist."

„Ja, ja, das mag sein. Aber das ist alles nur Fassade."

Jupp machte eine wegwerfende Handbewegung.

„Innerhalb der Familie wird er nicht für voll genommen", ergänzte Willi. „In der Firma hat er zwar offiziell einen Posten, aber das ist mehr Formsache. Wirkliche Entscheidungsgewalt hat er nicht. Konrad hat eindeutig Fred zu seinem Nachfolger bestimmt."

„Und das wurmt Marius", fügte Jupp hinzu.

„Sogar gewaltig." Willi nickte.

„Sagt wer?", hakte Anneliese nach.

„Adele. Die beiden haben, wie gesagt, ein inniges Verhältnis zueinander. In ihren Augen wird Marius von seinem Vater unterschätzt und von seiner Mutter ignoriert. Und das schon, seit er ein kleiner Junge war. Er tat ihr leid und daher hat sie ihn ein wenig unter ihre Fittiche genommen." Willi lief dozierend vor der Sitzgruppe auf und ab.

„Und das alles hat Adele euch einfach so bei einem Nachmittagstee erzählt?" Annelieses Stirn legte sich in tiefe Falten.

„Ich sagte doch: Mit einer ausgefeilten, psychologisch fundierten Fragetechnik kommt man an alle Informationen", brüstete sich Jupp.

Loni, die an ihrem Eierlikör nippte, musste sich beherrschen, um das Getränk nicht in weitem Bogen über den Couchtisch zu spucken. Jupp und psychologisch fundierte Fragetechniken? Da würde sie zu gern einmal Mäuschen spielen.

Anneliese schien Jupps Antwort die Sprache verschlagen zu haben. Sie sah Loni nur mit aufgerissenen Augen an.

„Und Adele verfügt über eine ähnlich ausgeklügelte psychologische Verhörtechnik, oder wieso hat Marius ihr anvertraut, dass er mit der Zukünftigen seines Bruders eine Affäre hatte? So was erzählt man normalerweise nicht seiner Oma", hakte Loni nach.

„Ach, redest du mit Emma und Laurens nicht über deren Liebesleben?", neckte Willi sie.

Emma, die gerade an ihrem Glas nippte, verschluckte sich. Loni sah sie an, schüttelte fast unmerklich den Kopf und wandte sich wieder Willi zu. Sie überging seine Frotzelei. „Na los, ich bin neugierig."

„Er hat es ihr gar nicht anvertraut, sie hat die beiden auf frischer Tat ertappt und ihn hinterher zur Rede gestellt", erklärte Jupp.

„Und? Hatte Marius' Tat Konsequenzen für ihn?" Anneliese machte Anstalten, sich zu erheben, musste sich aber den weichen Sofakissen geschlagen geben. Loni eilte ihr zu Hilfe und reichte ihr die Hand. „Danke. Im Sitzen kann ich weniger gut denken und Informationen verknüpfen." Sie stand auf und begann, im Zimmer umherzuwandern. „Also Willi, wie ist Adele mit ihrem Wissen um die Affäre umgegangen?"

„Laut Marius war es ein einmaliger Ausrutscher. Sie seien beide betrunken gewesen und waren sich danach einig, dass so etwas nie wieder vorkommen werde." Willi nahm sich die Eierlikörflasche und machte die Runde, um allen erneut einzuschenken.

„Und Adele hat ihr Wissen für sich behalten und lässt ihren anderen Enkelsohn eine Frau heiraten, die ihm nicht treu ist?" Erich, der bisher geschwiegen hatte, mischte sich in das Gespräch ein.

Willi zuckte mit den Schultern. „Wie gesagt, Marius ist ihr Lieblingsenkel und Adele meint, Fred müsse seine Fehler selbst machen. Nur so lerne man und komme im

Leben weiter."

„Eine äußerst pragmatische Einstellung. Die Frau gefällt mir." Anneliese grinste.

„Da stellt sich mir erneut die Frage, ob nicht Constanze das beabsichtigte Mordopfer war. Vielleicht hat Fred Wind von der Affäre bekommen und wollte seine untreue Verlobte vom Turm stoßen", schlug Emma vor.

„Mmmhhhh." Anneliese blickte nachdenklich in die Ferne.

„Du bist von dieser Theorie nicht überzeugt, oder?" Loni sah ihrer Freundin die Zweifel an der Nasenspitze an.

„Ich weiß nicht. Meint ihr, Fred hätte nicht erkannt, dass es sich bei der Person auf dem Turm um Inga handelt? Trotz der Ähnlichkeit?"

„Wenn er sie nur von hinten gesehen hat, wäre das doch möglich", versuchte Emma, ihre Theorie zu verteidigen.

Anneliese schüttelte den Kopf. „Glaube ich nicht. Und wieso sollte er davon ausgehen, dass seine Verlobte auf dem Turm ist? Sie war doch für die Probeaufnahmen gar nicht eingeplant."

„Constanze hat ihre Pläne ständig über den Haufen geworfen", wagte Emma einen letzten Vorstoß, doch sie klang nicht mehr ganz so überzeugt.

„Diese Theorie halte ich für äußerst unwahrscheinlich, aber ausschließen können wir es nicht." Anneliese stöhnte auf. „Ich habe das Gefühl, jedes Indiz, das wir entdecken, wirft neue Fragen auf, anstatt welche zu beantworten. Gestern Abend hatte ich den Eindruck, wir sind der Lösung des Falles einen Schritt nähergekommen. Jetzt fühlt es sich an, als müssten wir wieder ein paar Schritte zurückgehen. Oder hatte die Affäre gar nichts mit Ingas Tod zu tun?"

„Für mich klingt das schlüssig. Fred hätte ein Motiv. Falls er von dem Seitensprung wusste." Erich zwirbelte seine Schnurrbartenden.

„Ich bezweifele das, denn dafür geht er mir mit Marius zu unbefangen um. Also ich hätte ordentlich Brass auf meinen Bruder, wenn der mit meiner Braut im Bett landet." Anneliese schnaubte.

„Da ist was Wahres dran." Loni leerte ihr Schnapsglas und stellte es auf dem Couchtisch ab. „Die beiden scheinen ein gutes Verhältnis zu haben. Nichts deutet auf ein Zerwürfnis hin."

„Wollt ihr jetzt unsere Ermittlungsarbeit schlechtmachen, oder was?" Jupps Stimme bebte vor Empörung.

„Auf keinen Fall", beeilte sich Loni zu versichern. „Ihr habt großartige Arbeit geleistet. Die Information ist wichtig und wirft ein neues Bild auf Constanze. Ich muss sie nur ein wenig sacken lassen, um sie an der richtigen Stelle ins Puzzle einzufügen."

„Und wenn nicht nur Adele von der Affäre wusste, sondern auch Inga? Und sie, anders als Adele, Fred nicht mit einer Lüge in die Ehe schicken wollte? Immerhin ist sie nicht nur mit Constanze befreundet gewesen, vergesst das nicht. Am Anfang stand ihre Freundschaft mit Fred. Vielleicht hat sie Constanze auf dem Turm zur Rede gestellt und verlangt, dass sie Fred noch vor der Hochzeit reinen Wein einschenkt?", schlug Anneliese vor.

„Und dann hat Constanze sie zum Schweigen gebracht, indem sie sie vom Turm gestoßen hat", sagte Jupp mit dumpfer Stimme.

„Es hilft alles nichts. Wir müssen dringend mit Constanze reden. Sie ist die Einzige, mit der wir noch nicht gesprochen haben. Zu dumm, dass sie mir misstraut." Anneliese ballte ihre Hand zur Faust und schlug damit auf ihren Oberschenkel. „Loni, du musst deine Bemühungen, mit ihr zu reden, verstärken."

„Das sagt sich so leicht. Sie weiß, dass wir befreundet sind, und misstraut mir genauso wie dir." Loni schüttelte den Kopf. „Ich habe alles versucht. Ich bin ihr sogar ins Fitnessstudio gefolgt. Und in die Sauna. Aber jedes Mal, wenn sie mich gesehen hat, hat sie mir einen Blick zugeworfen, dass mir fast das Blut in den Adern gefroren wäre und ist verschwunden."

„Dann muss jemand anderes sie verhören. Erich, du scheidest aus naheliegenden Gründen aus. Julius?"

„Ich befürchte, als Lonis Partner stehen meine Chancen genauso schlecht wie deine, Anneliese."

„Aber irgendetwas müssen wir doch tun können!" Sie warf sich entnervt aufs Sofa.

„Hallo! Wir sind auch noch da." Jupp fuchtelte aufgeregt mit den Händen herum. „Wir gehören doch mittlerweile zum Ermittlungsteam, habt ihr das vergessen? Und wir haben bewiesen, dass wir etwas draufhaben."

„Genau!" Willi nickte eifrig. „Lasst uns das machen. Wir werden Constanze schon zum Reden bringen."

Anneliese runzelte die Stirn.

Loni war jedoch klar: Eine Alternative hatten sie nicht. Jupp und Willi waren ihre beste Chance. Sie nickte. „Na los, dann versucht mal euer Glück."

Kapitel 35

„Da würde ich jetzt zu gern Mäuschen spielen." Anneliese trommelte mit ihren Fingern ungeduldig auf der Tischplatte. Sie und Loni saßen auf der Hotelterrasse, vor sich zwei Tassen Kaffee und bereits geleerte Kuchenteller. Über eine Stunde hatten sie gewartet, in der Hoffnung, dass Constanze kam, um sich am nachmittäglichen Kuchenbüfett zu bedienen. Die Chancen waren gering, denn die Familie von Thalheim mied seit den Morden die anderen Gäste. Meist speisten sie auf ihren Zimmern und man bekam sie kaum noch zu Gesicht. Doch heute war ihnen das Glück hold. Die verhinderte Braut war vor zehn Minuten mit einer Tasse Kaffee und einem Teller Kuchen in der Hand draußen erschienen. Dicht gefolgt von Jupp und Willi, die im Foyer auf sie gewartet hatten. Anneliese hatte befürchtet, dass sie auch mit ihnen nicht reden würde. Doch den beiden war es gelungen, an ihrem Tisch Platz zu nehmen. Seitdem waren sie in ein angeregtes Gespräch vertieft. Leider konnte Anneliese von ihrer Position aus Constanze nicht sehen. Sie hatte extra einen Sitzplatz hinter einer Pflanze gewählt, um ihr nicht direkt ins Auge zu fallen. „Und? Was siehst du?", fragte sie Loni, die einen besseren Blick auf den Tisch der drei hatte.

„Jupp und Willi scheinen den Großteil des Gesprächs zu bestreiten. Constanze wirkt recht zugänglich. Eben hat sie sogar gelacht."

„Ach was? Wusste gar nicht, dass sie dazu überhaupt fähig ist. Na, hoffentlich denken Jupp und Willi an unsere Mission. Sie sollen sie zum Reden bringen, nicht ihr ein Loch ins Ohr kauen."

„Jetzt wart' doch mal ab. Ein wenig Smalltalk schadet nicht. Sie können ja nicht direkt mit der Tür ins Haus fallen."

Anneliese schnalzte missbilligend mit der Zunge. Ihr fiel es schwer, die nötige Geduld aufzubringen. Sie war nicht dafür geschaffen, untätig herumzusitzen und andere die Arbeit erledigen zu lassen. Am liebsten wäre sie ein zweites Mal zum Büfett gegangen und hätte sich Kuchennachschub geholt, doch sie befürchtete, damit Constanzes Aufmerksamkeit auf sich zu lenken. Dummerweise trug sie ein Kleid in schreiend bunten Farben. Das hatte sie heute Morgen beim Ankleiden nicht bedacht.

Loni schien ihre Gedanken gelesen zu haben. „Soll ich dir zur Beruhigung der Nerven ein zweites Stück Eierlikörtorte holen? Ich mag eh noch einen Kaffee."

„Du musst hellseherische Fähigkeiten haben. Genau das brauche ich jetzt." Loni würde unscheinbar wie eine Maus zum Büfett huschen. In ihrem All-Over-Beige-Look konnte sie gar nicht auffallen. Als ihre Freundin verschwunden war, versuchte Anneliese, um die Pflanze herum einen Blick auf den Tisch der drei zu werfen. Gerade, als sie ihren Kopf hinter dem Rankgitter hervorstreckte, blickte Constanze in ihre Richtung. Hastig zuckte sie zurück, wobei sie fast mit dem Stuhl umgekippt wäre. War sie entdeckt worden? Sie hielt den Atem an und wagte es nicht, einen weiteren Blick zu riskieren. Starr saß sie auf ihrem Platz, bis Loni mit einem Kuchenteller und einer Tasse Kaffee an ihren Tisch zurückkam.

„Was ist denn mit dir los? Wieso sitzt du denn steif wie ein Zinnsoldat da?"

„Ich befürchte, Constanze hat mich entdeckt."

„Was?" Loni warf einen Blick über die Schulter. „Glaube ich nicht. Die drei plaudern ganz angeregt."

Anneliese entspannte sich und stieß einen Seufzer aus. „Gib her, den Kuchen brauche ich jetzt dringend." Sie nahm ihrer Freundin den Teller aus der Hand. Schweigend machte sie sich über die Torte her. Loni rührte stumm in ihrem Kaffee. Ein Zeichen, dass sie nicht so ruhig war, wie sie wirkte. Da sie keinen Zucker und keine Milch trank, war Umrühren unnötig.

Als Anneliese den letzten Bissen in den Mund geschoben hatte, raunte Loni: „Constanze geht."

„Und?", gab sie leise zurück und fragte sich im selben Moment, warum sie flüsterte.

„Was und?" Loni sah sie fragend an.

„Wie sieht sie aus? Verärgert? Wütend?"

„Nein, entspannt."

„Und Jupp und Willi?"

„Jupp hat mir den hochgestreckten Daumen gezeigt. Scheinbar war das Gespräch erfolgreich."

„Gut. Hoffentlich stürmen sie jetzt nicht direkt an

unseren Tisch."

„Keine Angst. Wir haben doch abgemacht, dass sie warten, bis wir sicher sind, dass Constanze verschwunden ist."

Anneliese begann wieder mit ihrem Trommelkonzert auf der Tischplatte.

„Kannst du damit aufhören? Das macht mich nervös", bat Loni.

„Ist ja schon gut." Sie zog die Hände zurück und verknotete sie in ihrem Schoß. Schweigend warteten sie, bis Jupp und Willi nach etwa fünf Minuten an ihren Tisch traten.

„Die ist verschlossen wie eine Auster. Viel haben wir nicht herausbekommen." Jupp stellte seinen Rollator in eine Ecke und ließ sich in den Stuhl zwischen den zwei Freundinnen fallen. Willi umrundete den Tisch und setzte sich seinem Freund gegenüber.

„Also war alles umsonst?" Annelieses Magen verkrampfte sich.

„Nicht ganz." Jupp hob einen Zeigefinger.

Wie nervig diese Geste war. Er sah damit aus wie Wickie, die Zeichentrickfigur. Sie hätte den Finger am liebsten gepackt und kräftig daran gerüttelt. Doch sie beherrschte sich. Sie waren auf die Informationen der beiden angewiesen. Daher sagte sie möglichst freundlich: „Dann erzählt mal. Was hat Constanze Spannendes berichtet?"

„Wir haben zuerst eine Zeit lang über Adele gesprochen. Ich glaube, das hat das Eis gebrochen, denn sie war äußerst gesprächig. Sie hat von deren Vorliebe für Rosen aller Art erzählt …" Jupp wandte sich an Willi.

„Ich hatte übrigens recht. Adele ist eine Rosenliebhaberin. Von wegen Nelken. Pfff." Er stieß einen verächtlichen Schnaufer aus und warf seinem Freund einen überheblichen Blick zu.

„Dafür hatte ich recht mit ihrer Leidenschaft für Roger Whittaker", giftete Willi zurück. „Ich habe beim Tanzabend gleich gemerkt, dass ihr Blut bei ‚Albany' in Wallung geraten ist." Er kniff die Augen zusammen und hob die linke Augenbraue.

Anneliese beneidete ihn für diese mimische Leistung. In jungen Jahren hatte sie das täglich vor dem Spiegel geübt. Leider vergeblich.

„Trotzdem wird sie mein Rosenstrauß mehr gefreut haben als deine blöden Nelken."

„Rosen hin oder her, wenn …"

Anneliese hatte genug und ließ ihre Faust auf den Tisch krachen, sodass der Kaffee in Lonis Tasse überschwappte. „Können wir endlich zum Wesentlichen kommen? Mir ist es piepschnurzegal, ob Adele die Musik von Roger Whittaker oder die der Backstreet Boys bevorzugt. Constanze war unser Ziel, schon vergessen?", zischte sie zwischen zusammengebissenen Zähnen hervor, bemüht, nicht laut zu werden.

„Meine Güte, sei doch nicht so empfindlich." Willi schüttelte den Kopf.

„Genau, sei froh, dass wir euch überhaupt helfen. Wir können auch gehen", drohte Jupp und Willi nickte eifrig mit dem Kopf.

Na bitte, dachte Anneliese. So schnell wurden die beiden Nebenbuhler wieder ein Herz und eine Seele. Als Willi jedoch ein „Wir können den Fall auch ohne euch lösen, wir sind auf eure Hilfe nicht angewiesen" hinterherschob, wäre sie ihm am liebsten an die Gurgel gegangen.

Loni schien ihre Gemütsverfassung zu spüren, denn sie warf ihr nur einen warnenden Blick zu und ergriff das Wort. „Ihr müsst Annelieses Ungeduld verstehen. Wir warten seit über einer Stunde und beobachten euch bei eurem Ermittlungseinsatz. Wir sitzen auf glühenden Kohlen."

Lonis Worte hatten die gewünschte Wirkung, denn Jupp rückte seinen Stuhl zurecht und erzählte: „Also, nachdem wir ein wenig über Adele geplaudert haben, haben wir das Gespräch geschickt auf die Todesfälle gelenkt. Constanze hat sofort dichtgemacht, aber etwas haben wir doch herausbekommen." Er beugte sich nach vorn und senkte die Stimme. „Sie hat angedeutet, dass Rosamund gesundheitliche Probleme hat." Mit zufriedenem Grinsen lehnte er sich wieder zurück.

„Uuuund? Was hat das mit unserem Fall zu tun?" Anneliese konnte nicht verhindern, dass Enttäuschung in ihrer Stimme mitschwang. War das alles?

Willi sah sie an, als hielte er sie für etwas langsam im Kopf.

„Anneliese! Inga war Ärztin. Schon vergessen?"

„Natürlich nicht." Sie sah in empört an. „Trotzdem verstehe ich nicht, wie Rosamunds Krankheit mit dem Mord an Inga zusammenhängen soll."

„Du bist doch die Superdetektivin. Finde es heraus", ätzte Jupp.

„Hat Constanze gesagt, um welche Krankheit es sich handelt?", ging Loni schnell dazwischen.

„Nein. Wir haben zwar ordentlich nachgebohrt, aber

da hat sie sich geschickt aus der Affäre gezogen." Willis Miene drückte Bedauern aus.

„Ach, da hat eure ausgefeilte Verhörtechnik wohl versagt, was?" Diesen Kommentar konnte Anneliese sich nicht verkneifen. Sie bereute ihn im gleichen Augenblick, denn Willi rückte demonstrativ seinen Stuhl nach hinten. „Warte!" Sie hob eine Hand. „Ich habe es nicht so gemeint. Wir freuen uns über eure Hilfe. Immerhin redet Constanze wenigstens mit euch."

Willi hob erneut eine Augenbraue und rutschte zurück an den Tisch. „Es scheint nichts Ernstes zu sein, wenn wir Constanzes Verhalten richtig gedeutet haben", erklärte er. „Sie wirkte nicht sonderlich besorgt und hat sogar etwas abfällig darüber gesprochen."

„Genau." Jupp nickte so heftig mit dem Kopf, dass Anneliese Angst hatte, er könne sich gleich einen Wirbel ausrenken.

„Aber was hat Inga damit zu tun? Wollte Rosamund durch einen Mord verhindern, dass andere von ihrer Krankheit erfahren? Nur, wenn sogar Constanze davon weiß – die ja nicht gerade eng mit Rosamund ist – scheint es kein Geheimnis zu sein", gab Loni zu bedenken.

„Vielleicht doch. Es wäre möglich, dass Inga Constanze gegenüber ihre Schweigepflicht gebrochen hat, ohne das Rosamund davon wusste", mutmaßte Jupp.

„Das wäre denkbar." Anneliese kratzte mit ihrer Gabel geistesabwesend über den leeren Kuchenteller. „Vielleicht hat Inga Rosamund gebeten, ihre Familie bezüglich der Krankheit zu informieren. Die fühlte sich bedrängt, es kam zum Handgemenge und Inga ist vom

Turm gestürzt."

„Hmmm. Eventuell könnte das eine Erklärung sein. Aber Konrad hat dir doch erzählt, Inga sei nicht Rosamunds Ärztin gewesen, oder? Sie arbeitete doch nur in derselben Praxis", merkte Loni an.

Anneliese zuckte mit den Schultern. „Das stimmt. Vielleicht hat er gelogen?"

„Konrad doch nicht", verteidigte Jupp seinen ehemaligen Arbeitgeber.

„Wir werden sehen." Anneliese wollte das Thema nicht weiter vertiefen.

„Über ein mögliches Verhältnis von Constanze mit Marius habt ihr nichts herausbekommen?"

Die beiden schüttelten unisono den Kopf. „Wie gesagt, verschlossen wie eine Auster", fügte Jupp hinzu.

Anneliese überlegte. War sie verschlossen, weil sie etwas zu verbergen hatte? Und wenn ja, hatte sie nur Angst, ihre Affäre mit Marius könnte auffliegen oder steckte mehr dahinter? Etwa ein Geheimnis, das sie im Mordfall Inga zu einer Verdächtigen machen würde?

Kapitel 36

Loni lief beschwingt den Hotelflur entlang und schwelgte in Erinnerungen an die sanften Hände von Tina. Im Gegensatz zum letzten Mal war es ihr diesmal gelungen, die wohltuende Rückenmassage zu genießen und die Mordermittlungen für eine Weile beiseitezuschieben. Sie und Julius würden wahrscheinlich die halbe Nacht Theorien wälzen und Thesen aufstellen, da hatte die kleine Verschnaufpause gutgetan. Vor ihrer Zimmertür stieß sie auf Emma. „Wartest du auf mich?", begrüßte sie ihre Enkelin.

Emma nickte. „Ich habe etwas herausgefunden, was dich interessieren wird." Sie zog ihr Smartphone aus der Tasche und hielt es ihr vor die Nase.

Loni hob ihre Hand. „Gönn mir vorher eine schnelle Dusche, okay?"

„Na gut." Emma verzog den Mund. „Ich warte in der Lobby auf dich. Lass uns eine Runde durch den Garten spazieren, dann erkläre ich dir alles."

Als Loni eine halbe Stunde später die Lobby betrat,

sprang Emma aus ihrem Sessel auf, kam auf sie zu und hakte sich bei ihr unter. Im Rosengarten angekommen, sprudelte sie los: „Oma, du hast doch überlegt, ob die Frau, mit der du letztens auf der Bank am Teich gesprochen hast, Cornelias Mutter ist, oder?"

Loni nickte.

„Ich glaube, das war sie nicht." Emma zog ihr Smartphone aus der Tasche, entsperrte es und zeigte ihr ein Foto auf einem Social-Media-Account. Darauf erkannte sie Cornelia, die mit strahlender Miene eine Torte mit funkelnden Wunderkerzen an eine schlanke, blonde Frau überreichte. Unter dem Bild stand: Herzlichen Glückwunsch, Mama. „Die Frau ähnelt nicht der von deiner Beschreibung, oder? Du hast sie als ältere Frau mit grauen Haaren geschildert."

„Nein, das ist sie nicht. Schade." Loni zog eine Schnute. „Wahrscheinlich hat sie gar nichts mit dem Fall zu tun und es war reiner Zufall, dass sie einen Tag vor Cornelias Tod hier aufgekreuzt ist." Sie hakte sich wieder bei Emma ein, nachdem diese ihr Smartphone in der Hosentasche verstaut hatte. „Wie hast du das Foto gefunden?"

„Ich habe, angeregt durch Laurens Bemerkung bei seinem Besuch, ein wenig in den Sozialen Medien recherchiert. Ich dachte, vielleicht stoße ich dabei auf etwas Interessantes über einen der Beteiligten. Dabei habe ich Cornelia auf Instagram entdeckt. Sie hat dort einen Account, auf dem sie ihre Backkünste präsentiert. Haufenweise Fotos von Torten, Kuchen und Gebäck. Nichts Persönliches. Ich wollte schon aufgeben, als ich beim Scrollen durch ihren Feed auf dieses Foto gestoßen bin."

„Meine kleine Cyber-Detektivin", neckte Loni ihre Enkelin liebevoll.

Emma grinste. „Na ja, wirklich weiterbringen tut dich meine Entdeckung nicht."

„Sag das nicht. Es ist auch wichtig, falsche Theorien auszuschließen."

Das Klingen von Emmas Handy unterbrach ihr Gespräch. Loni bedeutete Emma, dass sie ruhig rangehen könne. „Hi Hansi."

Sie schmunzelte. Ihre Enkelin nannte ihren Freund Hannes normalerweise nicht im Beisein von anderen bei seinem Kosenamen.

Emma nahm ihr Handy vom Ohr. „Das ist Hannes. Es ist wichtig. Es geht um einen neuen Fotoauftrag. Ist es okay, wenn ich kurz mit ihm telefoniere?"

„Natürlich. Ich warte hier so lange auf dich." Loni deutete auf eine Bank neben einem Rosenbeet und setzte sich.

Emma entfernte sich ein paar Schritte.

Loni schloss die Augen und versuchte, ihre Gedanken auf ihr Zuhause zu lenken. Auf ihr kleines Häuschen, die Hühner und ihre Küche. Emmas Erzählung über Cornelias Backleidenschaft hatte ihr wieder bewusst gemacht, wie sehr sie das Hantieren mit Mehl, Zucker und anderen Zutaten vermisste. Das Arbeiten mit den Händen. Zu Hause stand sie fast jeden Tag in der Küche und bereitete Hefekuchen, Kekse oder Torten zu. So vorzüglich das Essen hier war, sie freute sich darauf, ihre Mahlzeiten wieder selbst zuzubereiten, und auf bodenständige Hausmannskost. In zwei Tagen würden sie abreisen. Ob sie bis dahin die fehlenden Puzzleteile fanden? Oder mussten sie unverrichteter Dinge heimkehren, ohne je zu erfahren, was mit Inga und Cornelia geschehen war? Auch wenn sie Emma gegenüber recht gelassen geblieben war, so wurmte es sie doch, dass die Fremde am Teich nicht Cornelias Mutter war. Ihr Bauchgefühl hatte ihr gesagt, dass die Frau eine Rolle in dem Fall spielte. Loni seufzte. Da hatte sie sich dieses Mal geirrt. Plötzlich kam ihr ein anderer Gedanke. Emma hatte Hannes Hansi genannt. Keine gebräuchliche Abkürzung für diesen Namen, der ja an sich schon eine Kurzform von Johannes war. Die Frau am Teich hatte von Conny gesprochen und Loni war automatisch davon ausgegangen, dass damit Cornelia gemeint war. Allerdings konnte man noch einen anderen Namen mit Conny abkürzen. Eher ungewöhnlich, aber das war Hansi für Hannes auch. Das würde sie auf jeden Fall überprüfen. Sie öffnete die Augen, um ihr Notizbuch aus der Tasche zu ziehen, als sie Anneliese schnellen Schrittes auf sich zukommen sah.

„Puhhh", stöhnte diese, als sie vor Loni stand. Mit einem Aufseufzen ließ sie sich neben ihr nieder. „Diese Frau treibt mich einfach in den Wahnsinn."

„Constanze?"

Als Loni zur Massage aufgebrochen war, war ihre Freundin noch auf der Terrasse geblieben, um das von Jupp und Willi Gehörte bei einem Holländischen Kaffee zu durchdenken.

„Die auch. Aber im Moment eher Rosamund."

„Was ist passiert?"

„Sie macht gerade einen Aufstand am Kuchenbüfett, weil es den zweiten Tag in Folge Eierlikörtorte gibt. Sie hat sogar verlangt, die Konditorin zu sprechen. Diese

Eintönigkeit sei sie von diesem Hotel nicht gewohnt. Sie werde sich bei der Hotelleitung beschweren." Anneliese äffte mit affektierter Miene Rosamunds Tonfall nach. „Als ich die arme Konditorin aufmuntern wollte und sagte, die Torte sei köstlich, ich könnte sie jeden Tag essen, hat Rosamund mich mit einem abschätzigen Blick von oben bis unten gemustert und gemeint, das würde man mir auch ansehen!" Anneliese schnaubte. „So eine Frechheit!"

Loni grinste. „Entschuldige, aber die Vorstellung, wie ihr beiden euch am Kuchenbüfett ein Wortgefecht liefert, ist amüsant."

„Für die Konditorin war es das sicher nicht."

„Ich weiß. So ein Verhalten geht nicht. Es wundert mich aber, dass Rosamund derart die Contenance verliert. Sie mag herrisch sein und gegenüber Constanze auch fies, aber dass sie das Personal auf diese Weise angeht? Zu mir war sie übrigens stets freundlich. Ganz anders als Constanze."

„Vermutlich hast du sie immer an ihren guten Tagen erwischt." Anneliese zog eine Grimasse.

Loni erwiderte nichts darauf. Ihr kam gerade ein Gedanke. Was, wenn Rosamunds gute Tage kein Zufall waren? Sie dachte an das Gespräch mit ihr auf der Terrasse zurück. Das war eine freundliche, zuvorkommende Rosamund gewesen. Konnte es sein, dass … Bevor sie ihre Theorie zu Ende spinnen konnte, klingelte ihr Smartphone. Julius. Er berichtete kurz und knapp, dass Jupp etwas Wichtiges herausgefunden habe und bat alle, in Annelieses und Erichs Appartement zu kommen.

Dieses Mal war es nicht so gemütlich wie sonst. Es

gab weder Getränke noch Knabbereien, dafür hatte Julius die Gruppe zu kurzfristig einberufen. Erich fragte, ob er beim Zimmerservice eine Kleinigkeit bestellen sollte, doch alle winkten ab. Sie waren zu neugierig, was Jupp herausgefunden hatte. Etwas lag in der Luft, das spürte Loni. Ob sie der Lösung des Falles nähergekommen waren?

Jupp, blieb, auf seinen Rollator gestützt, in der Mitte des Raumes stehen. Von dort hatte er sowohl Julius und Willi im Blick, die auf den Sesseln saßen, als auch Loni, Erich und Emma, die mit dem Bett vorliebnahmen. Anneliese wanderte wie immer im Zimmer auf und ab. „Ich habe ein wenig nachgeforscht. Um die Brauerei steht es schlechter, als die Familie von Thalheim zugeben möchte. Die Firma steckt tief in den roten Zahlen. Und nicht nur das. Es gibt Hinweise auf Veruntreuung."

„Wie hast du das herausgefunden?" Anneliese war bei seinen Worten abrupt stehen geblieben.

„Ich habe mit Pfefferschmidt gesprochen. Er hat vor über dreißig Jahren als Lehrjunge in der Brauerei angefangen. Ich habe ihn damals unter meine Fittiche genommen. Er war ein ganz schmächtiger, schüchterner Junge. Die anderen haben ihn immer ein wenig geärgert. Wir haben bis heute sporadisch Kontakt, schicken uns Weihnachtskarten, gratulieren uns zum Geburtstag. Als Pfefferschmidt geheiratet hat …"

„Könntest du bitte endlich zum Punkt kommen?", unterbrach ihn Anneliese ungeduldig.

„Ja, ja. Schon gut." Jupp warf ihr einen genervten Blick zu. „Ich habe ihn heute angerufen. Kann ja nix schaden, so ein bisschen Insiderwissen aus der Brauerei zu erfahren. Und Bingo. Meine Spürnase hat mich nicht getrogen."

„Wie schlecht es um die Brauerei steht, hat Konrad bei unserem Gespräch aber nicht erwähnt. Er sprach von finanziellen Schwierigkeiten, die sich lösen lassen." Anneliese sah Erich vorwurfsvoll an.

Der hob entschuldigend die Hände. „Ich weiß nicht mehr als du. Keine Ahnung, warum Konrad bisher nichts davon erzählt hat."

„Veruntreuung ist ein schwerwiegendes Delikt", mischte sich Julius ein. „Vielleicht möchte er nichts nach außen dringen lassen, bis die Sache geklärt ist."

„Was bedeutet das für unsere Ermittlungen?", wollte Willi wissen.

Ratloses Schweigen folgte seiner Frage.

„Wir müssen herausfinden, ob Inga irgendwie darin verstrickt war." Anneliese knetete ihre Hände. „Uns läuft die Zeit davon. In zwei Tagen reisen wir ab. Wenn das so weiter geht, schaffen wir es nie, dieses verdammte Rätsel zu lösen!"

Erich legte ihr beruhigend eine Hand auf die Schulter. „Wir geben unser Bestes. Gib jetzt die Hoffnung nicht auf."

„Ich habe auch eine neue Idee, die wir weiterverfolgen können." Loni berichtete von ihrer Theorie der Spitznamen und der möglichen Identität der Frau am Teich.

„Okay, mich verwirren die ganzen Informationen gerade." Erich rieb sich die Stirn. „Julius, könntest du bitte noch einmal alles systematisch zusammenfassen?"

„Gute Idee." Julius brachte sich in Position. „Was sind die großen Mordmotive, die in unserem Fall eine

Rolle spielen? Wir hätten Habgier, Eifersucht und Vertuschung im Angebot. Beginnen wir mit Habgier und dem Thema Geld. Was wissen wir? Zum einen: Die Brauerei ist in finanziellen Schwierigkeiten. Zweitens: Cornelia hat von einem Geldsegen oder von einem privaten Investor gesprochen. Marius, der ursprünglich in ihr Restaurant investieren wollte, ist abgesprungen. Wenn man den Worten von Irmi Glauben schenken darf, hatte Cornelia jedoch vor ihrem Tod einen anderen Geldgeber aufgetan.

Ein weiteres mögliches Mordmotiv: Eifersucht. Marius hatte sowohl eine Affäre mit Cornelia als auch mit Constanze. Nick war vermutlich in Inga verliebt, Nanette wiederum in Nick. Liegen hier die Ursachen für die beiden Morde vergraben?

Drittes Mordmotiv: Vertuschung. Constanze besitzt einen Brief, der an Inga adressiert war. Hier tappen wir noch völlig im Dunkeln. Darüber hinaus sind aus Ingas Praxis verschreibungspflichtige Medikamente verschwunden. Will jemand einen Diebstahl vertuschen? Cornelia ist an einer Überdosis Schlaftabletten gestorben. Durch eben die Tabletten, die aus der Praxis gestohlen wurden?"

„Ausgezeichnete Zusammenfassung." Anneliese nickte Julius anerkennend zu. „Ich schlage vor, wir schlafen alle eine Nacht drüber und treffen uns morgen nach dem Frühstück zu einer erneuten Besprechung. Vielleicht hat ja einer von uns heute Nacht die zündende Idee."

„So machen wir es." Jupp schob seinen Rollator Richtung Zimmertür. „Wie wäre es mit einem Schlummertrunk in der Bar?"

Bis auf Loni stimmten alle zu. Ihr gingen zu viele Fragen durch den Kopf. Sie brauchte Zeit, um in Ruhe alles zu durchdenken. Unter einem Vorwand verabschiedete sie sich von den anderen und zog sich auf ihr Zimmer zurück. Dort setzte sie sich aufs Bett, mit dem Rücken an das Betthaupt gelehnt, nahm ihr Notizbuch zur Hand und blätterte es von vorn bis hinten durch. Jede Notiz, die sie sich zu dem Fall gemacht hatte, beleuchtete sie von allen Seiten angesichts der neuen Erkenntnisse. Sie dachte an Fred, im Gespräch mit dem Mann auf dem Parkplatz. An die Frau, deren Tochter ein Treffen mit ihr verweigert hatte. An Rosamunds Stimmungsschwankungen. An Laster wie Medikamentenabhängigkeit und Spielsucht. An Geldprobleme und Veruntreuung. Je mehr sie die einzelnen Puzzleteile in ihrem Kopf hin- und herrückte, desto klarer wurde das Bild. Schließlich griff sie nach ihrem Smartphone und rief Anneliese an. „Ich glaube, ich weiß, was passiert ist."

Kapitel 37

In der Bibliothek des Hotels roch es zart nach Flieder. Ein Duft, der Loni irritierte, denn auf den kleinen Beistelltischchen standen Sträuße mit Rosen. Wahrscheinlich kam der Fliederduft von einem Raumspray. Für sie ein wenig zu penetrant. Er kitzelte Loni in der Nase. Sie saß neben Anneliese auf einem Sessel, der reichlich unbequem war. Vielleicht fühlte er sich auch nur unbequem an, weil sie sich unwohl fühlte. Vor ihnen standen aufgereiht verschiedene Stühle, Sessel und ein kleines Sofa. Sie und Anneliese hatten gemeinsam mit Julius und Erich dieses Arrangement aufgestellt. Loni musterte die Sitzgelegenheiten mit einem mulmigen Gefühl im Magen. Äußerlich war ihr vermutlich nichts anzusehen, doch innerlich tobte ein Kampf in ihr. Taten sie das Richtige? Oder waren sie töricht und überschätzten ihre Fähigkeiten? Hätten sie nicht doch besser Kommissarin Göktan informieren sollen? Jetzt war es dafür zu spät. Sie hatte gestern Nacht erst Anneliese und dann den anderen ihre Theorie dargelegt. Alle waren überzeugt, dass sie die richtige Lösung gefunden hatte. Das Problem: Sie hatten keine Beweise. Daher hatten sie einen wagemutigen Plan entwickelt. Sie warf einen Blick auf die große Standuhr in der Ecke. Drei Minuten vor elf. Sie hatte sich ein wenig von Annelieses Euphorie mitreißen lassen, im Stillen aber gehofft, dass Julius die Aktion abblasen würde. Wider Erwarten hatte er ihren Plänen zugestimmt. Und nicht nur das. Er hatte Meierle mit ins Boot geholt. Diese Tatsache hätte Loni zuversichtlich stimmen sollen, doch sie bewirkte das Gegenteil. Meierles Vorgesetzte wussten nichts von dieser Aktion. Warum nicht? Weil sie von vornherein zum Scheitern verurteilt war? Egal, die Grübelei brachte jetzt auch nichts mehr. Sie saßen hier und warteten auf das Erscheinen der Familie von Thalheim. Das Ticken der Uhr in der Ecke kam ihr überlaut vor. Anneliese sah sie von der Seite an und nickte ihr aufmunternd zu. Doch das beruhigte Loni keineswegs. Sie ahnte, dass ihre Freundin ähnlich aufgeregt war wie sie selbst. Warum war sie sonst so schweigsam? Für einen Moment schloss sie die Augen und stieß langsam die Luft aus. Alles würde gut gehen, alles war mehrfach durchdacht. Das Knarren von Holzdielen ließ sie aufblicken. Konrad und Rosamund betraten den Raum. Pünktlich auf die Minute, wie Loni mit einem Blick auf die Standuhr feststellte.

„Ich weiß wirklich nicht, was dieses Theater soll." Rosamund blieb ein paar Schritte hinter der Türöffnung stehen und verschränkte die Arme vor der Brust. Konrad, der Loni und Anneliese grüßend zugenickt hatte, saß bereits und klopfte mit seinem Gehstock auf den Boden vor dem Stuhl neben sich und bedeutete Rosamund, sich ebenfalls zu setzen. Die folgte seiner Aufforderung, nicht ohne ihren Unmut laut kundzutun. „Ich verstehe nicht, dass du dich auf dieses Affentheater einlässt. Die beiden sind nicht von der Polizei, wir sind ihnen keinerlei Rechenschaft schuldig."

„Wenn sie neue Erkenntnisse zum Tod von Inga und der armen Angestellten haben, schadet es nicht, sie anzuhören. Das haben wir jetzt oft genug besprochen." Konrads Stimme hatte einen schneidenden Tonfall angenommen.

Rosamund stieß ein lautes „Pfff" aus und reckte ihr Kinn nach oben.

Das Eintreten von Fred, Marius und Constanze lenkte Lonis Aufmerksamkeit von Rosamund weg. Constanze machte ein ähnlich hochmütiges Gesicht wie ihre zukünftige Schwiegermutter. Es war erstaunlich, wie sehr sich die beiden glichen. Auch die Wortwahl war gleich.

„Ich weiß echt nicht, was wir hier sollen", raunte sie Fred zu, allerdings so laut, dass alle Anwesenden es verstehen konnten. Ihr Verlobter legte einen Arm um ihre Schultern und geleitete sie zu einem Stuhl links von Konrad.

Marius platzierte sich neben seiner Mutter. Er ließ sich tief in den Sessel sinken und streckte die Beine weit nach vorn aus. „Ich hoffe, es dauert nicht lange. Ich will heute noch zurück nach Frankfurt."

Niemand antwortete ihm. Loni, weil sie sich nicht sicher war, ob ihre Stimme trug. Sie versuchte unbemerkt, sich zu räuspern.

Als Nächstes kamen Claudine, Nanette und Nick. Sie nahmen schweigend Platz. Jupp, Willi und Adele trafen als Letzte ein und machten die Runde komplett. Willi führte Konrads Mutter am Arm, geleitete sie zu dem Sofa und setzte sich neben sie.

Als Jupp seinen Rollator umständlich in Fensternähe postiert hatte und sich auf einen Sessel daneben niederließ, stand Anneliese auf. Lonis Herzschlag beschleunigte sich und sie hatte das Gefühl, ihr Magen formte sich zu einem betonähnlichen Klumpen. Jetzt war es zu spät, sie konnten die Sache nicht mehr stoppen. In dem Moment schlüpften Julius und Erich in die Bibliothek und schlossen die Tür hinter sich. Julius nickte ihr aufmunternd zu.

„Wie schön, dass Sie unserer Einladung gefolgt sind", ergriff Anneliese das Wort. „Uns allen sind die Ereignisse der letzten Tage nahegegangen. Auch Loni und ich sind von den Todesfällen nicht unberührt geblieben und da wir Erfahrung mit Verbrechen haben, haben wir Nachforschungen angestellt, deren Ergebnisse wir Ihnen heute präsentieren möchten."

Loni bemerkte, wie Rosamund bei Annelieses Worten die Augen verdrehte. Sie gab sich nicht einmal Mühe, es zu verbergen. Claudine und Nanette tauschten einen unsicheren Blick, während der Rest ihren Ausführungen reglos lauschte. Lediglich Marius wippte ungeduldig mit einem Fuß auf und ab. Oder war es Nervosität?

„Beginnen wir mit dem Tod von Inga", fuhr Anneliese fort und Loni sah, wie Nick die Augen schloss. „Die Frage, die sich bei ihrem Tod stellt, ist: War es ein Selbstmord, ein Unfall, oder war es Mord."

Bei dem Wort Mord schluchzte Nanette auf und verbarg ihr Gesicht in den Händen.

Ungerührt fuhr Anneliese fort. „Möglichkeit eins: Ihr

Tod war ein Selbstmord. Dies erscheint unwahrscheinlich. Es gab keinen Abschiedsbrief und alle, die sie näher kannten, haben übereinstimmend ausgesagt, dass Inga lebensfroh war. Sie zeigte keinerlei Anzeichen einer Depression, war nicht in ärztlicher Behandlung und sie hatte Pläne für die Zukunft."

„Das beweist gar nichts. Es kommt immer wieder vor, dass Menschen, die mitten im Leben zu stehen scheinen, sich plötzlich umbringen", warf Rosamund ein.

Anneliese nickte. „Da gebe ich Ihnen recht, deswegen sagte ich auch, es erscheint unwahrscheinlich, nicht unmöglich." Sie warf Rosamund einen stechenden Blick zu. Dann wandte sie sich wieder dem Rest ihrer Zuhörer zu. „Gehen wir trotzdem der Einfachheit halber einmal davon aus, dass sie nicht den Freitod gewählt hat. Bleiben zwei weitere Möglichkeiten: Unfall oder Mord. Was genau zutrifft, werden wir zu diesem Zeitpunkt außen vor lassen. Fest steht: Eine Person hat Inga vom Turm gestoßen. Ob aus Versehen oder in mörderischer Absicht, klären wir später. Doch wer könnte ein Motiv haben?" Anneliese machte eine Pause und ließ ihren Blick über die Anwesenden schweifen. Alle starrten sie gebannt an, selbst Constanze schien an ihren Lippen zu kleben. Lediglich Rosamund hatte eine gelangweilte Miene aufgesetzt.

„Unsere Nachforschungen haben ergeben, dass unter der Oberfläche viele Geheimnisse brodeln." Anneliese schritt dozierend vor ihren Zuhörern auf und ab.

Loni war froh, dass ihre Freundin den Redepart übernommen hatte. Ihr war immer noch schlecht vor Aufregung und sie hätte vermutlich kein Wort herausgebracht oder die Tatsachen wild durcheinandergeworfen.

Anneliese blieb vor Nick stehen. „Fangen wir mit Nick an. Er hat Inga geliebt. Doch beruhte diese Liebe auf Gegenseitigkeit? Oder kam es auf dem Turm zu einem Eifersuchtsdrama und er hat Inga gestoßen?" Nick sah sie nur stumm an und schüttelte den Kopf. Sie fuhr fort: „Oder war alles ganz anders und Inga hat seine Liebe erwidert? Was wiederum eine andere Person eifersüchtig gemacht hat, die daraufhin Inga aus dem Weg geräumt hat, um freie Bahn bei Nick zu haben?" Sie ging ein paar Schritte weiter, blieb stehen und bohrte ihren Blick in Nanette.

Die machte erschrockene Rehaugen. „Ich soll … was? … Aber …"

Anneliese gebot ihr mit einer Handbewegung Einhalt. „Kommen wir zu Constanze." Sie baute sich vor ihr auf. „Inga war ihre beste Freundin und Trauzeugin. Doch sie kannte auch ihr Geheimnis. Etwas, das Constanze unbedingt vor der Familie von Thalheim verbergen wollte. Nicht wahr, Conny?" Constanze zuckte bei der Nennung des Spitznamens sichtlich zusammen.

Fred sah seine Verlobte ratlos an und raunte. „Wovon redet sie? Welches Geheimnis?" Doch Constanze hatte sich wieder im Griff, ignorierte ihn und machte ein hochmütiges Gesicht.

„Constanze, von ihrer Mutter liebevoll Conny genannt, ist gar keine Waise. Ihre Mutter lebt noch und wäre sehr gern zur Hochzeit gekommen, doch ihre Tochter hat es ihr verboten. Was Constanze nicht weiß: Ihre Mutter war nach Ingas Tod hier."

„Was?" Constanzes Stimme hatte einen schrillen Tonfall angenommen.

„Ja, sie ist hergekommen, weil sie sehen wollte, wie es ihrer Tochter nach dem Tod ihrer besten Freundin geht. Im letzten Moment hat sie einen Rückzieher gemacht. Doch vorher hat sie jemanden getroffen. Jemanden, der clever kombinieren kann." Anneliese deutete mit ausgestrecktem Arm auf Loni, die damit nicht gerechnet hatte.

Hitze kroch ihre Wangen hinauf, als alle Blicke auf sie gerichtet waren.

„Loni hat kombiniert, dass die Person, die Frau Engelhard gern hier im Hotel getroffen hätte, nicht wie fälschlicherweise zuerst angenommen Cornelia, die Kellnerin, war, sondern Constanze, von ihrer Mutter Conny genannt. Ganz nebenbei: Auch ihr Vater ist quicklebendig. Allerdings hätte er nicht zur Hochzeit kommen können, denn er verbüßt eine mehrjährige Haftstrafe."

Loni warf Julius einen schnellen Blick zu, denn diese Informationen verdankten sie seinen Recherchen.

Anneliese ging ein paar Schritte nach vorn, bis sie direkt vor Constanzes Stuhl zum Stehen kam. „Ist das der Grund, warum sie ihre Familie vor ihrem zukünftigen Ehemann und seinen Eltern verschwiegen haben? Aus Scham?"

Fred sah seine Frau fassungslos an. „Stimmt das, Constanze?"

Die machte ein hochmütiges Gesicht und wischte seine Frage mit einer Handbewegung beiseite. „Pah! Und wennschon. Weshalb sollte ich Inga deswegen umbringen? Auf diese Erklärung bin ich gespannt."

„Ganz einfach. Inga wusste von ihren Familienverhältnissen und hat verlangt, dass sie Fred vor der Hochzeit reinen Wein einschenken."

„So ein Blödsinn! Deswegen werfe ich sie doch nicht von einem Turm!"

„Hier kommt wieder ins Spiel, was ich zu Beginn erwähnte. Vielleicht war Ingas Tod kein Mord, sondern ein Unfall. Vielleicht kam es zum Streit, Sie haben sie gestoßen und Inga ist in die Tiefe gestürzt."

„Das reimen Sie sich alles zusammen, dafür haben Sie keinerlei Beweise." Constanzes Stimme klang fest, doch auf ihren Wangen zeigten sich hektische rote Flecken.

„Es existiert ein an Inga adressierter Brief, der sich in Ihrem Besitz befindet. Doch der Brief ist nicht mehr vollständig. Ein Stück fehlt. Zerrissen bei dem Streit, bei dem Inga vom Turm fiel?" Constanze wand sich unter Annelieses strengem Blick. „Wir werden sehen." Anneliese wandte sich Richtung Fred. „Kommen wir zu Ihnen, Fred, Sie haben …"

Weiter kam sie nicht. Mit einem lauten Geräusch schob Rosamund ihren Sessel nach hinten und stand auf. Alle Köpfe wandten sich ihr zu. „Das ist doch an den Haaren herbeigezogen. Beenden wir diese Farce. Ich gestehe!"

Ein kollektives Raunen ging durch den Raum. Konrad machte Anstalten, sich zu erheben, doch Rosamund bedeutete ihm mit einer Geste, sitzenzubleiben.

„Ja, ich gestehe. Ich habe Inga vom Turm gestoßen und ich habe auch dieser Kellnerin die Schlaftabletten verabreicht."

„Rosamund, was sagst du da?" Konrad starrte seine Gattin fassungslos an und streckte seine Hand nach ihr aus.

Die wehrte sie unwirsch ab und trat einen Schritt vor. Sie wandte sich zur Seite, sodass sie sowohl Loni und Anneliese als auch ihre Familie im Blick hatte. „Ja, ich bin schuldig."

Dieser Offenbarung folgte entsetztes Schweigen. Selbst Konrad wagte es nicht mehr, seiner Frau zu widersprechen.

„Und welches Motiv liegt Ihren Taten zugrunde?" Anneliese ging einen Schritt auf Rosamund zu.

„Ich bin tablettensüchtig. Schlaftabletten, Aufputschmittel ... Um an meine Medikamente zu kommen, habe ich in der Praxis, in der ich Patientin bin, Tabletten entwendet. Inga ist mir auf die Schliche gekommen und wollte mich zwingen, einen Entzug zu machen. Sie hat gedroht, alles meiner Familie zu erzählen, sollte ich mich nicht umgehend nach der Hochzeit einer Therapie unterziehen."

Loni musterte Rosamund eingehend, während sie ihr Geständnis ablegte. Sie stand kerzengerade vor ihren Zuhörern. Kein Anzeichen von Scham oder Reue. Vielmehr lag eine Spur von Genugtuung in ihren Zügen.

„Und Cornelia, die Kellnerin? Warum musste sie sterben?", fragte Anneliese mit einer Kälte in der Stimme, die Loni nicht von ihr kannte.

„Sie ..., weil ..." Zum ersten Mal bekam Rosamunds steinerne Fassade Risse. „Weil sie mich und Inga an dem Morgen gesehen hat, als wir zum Turm sind. Sie hat ... sie hat versucht, mich zu erpressen." Rosamund schüttelte den Kopf. „So etwas lasse ich mir nicht bieten. Man weiß ja, wie das endet. Zahlt man einmal, zahlt man immer!"

„Rosamund. Das ist doch nicht wahr. Sag, dass das nicht wahr ist." Konrad war aschfahl geworden. Mit den Händen klammerte er sich an der Sessellehne fest.

Seine Frau warf ihm einen mitleidlosen Blick zu. „Es ist wahr. Ich bin schuldig."

Anneliese trat noch einen Schritt vor. Sie stand nun so dicht vor Rosamund, dass ihre Nasenspitzen sich fast berührten. Sie sah die Gräfin herausfordernd an, doch die blieb standhaft und wich keinen Zentimeter zurück. „Das sehe ich anders." Annelieses Stimme war laut und kalt.

Rosamund lachte auf. „Was? Sind Sie mit Ihren detektivischen Fähigkeiten etwa zu einem anderen Schluss gekommen? Das ist doch lächerlich. Sie sind zwei alte Damen vom Dorf, Sie haben überhaupt keine Ahnung!"

„Von wegen! Ich werde Ihnen das Gegenteil beweisen. Es gibt noch eine andere Person, die …"

„Das ist eine Farce", fiel ihr Rosamund wieder mit lauter Stimme ins Wort. „Informiert endlich jemand die Polizei? Ich habe doch alles gestanden!" Sie hatte etwas von ihrer Contenance eingebüßt und klang leicht panisch.

„Mama, lass sie reden. Könnte amüsant werden", mischte sich Marius ein. Er schien von den Worten seiner Mutter seltsam unberührt.

„Dann werde ich eben die Polizei anrufen und ein Geständnis ablegen." Rosamund machte Anstalten, zu ihrem Stuhl zu gehen, vermutlich, um ihr Handy aus der Tasche zu ziehen. Die donnernde Stimme von Konrad ließ sie innehalten.

„Ich würde gern hören, was Anneliese zu sagen hat,

bevor wir die Polizei rufen", sagte er mit einer Bestimmtheit in der Stimme, die Loni an ihm noch nie wahrgenommen hatte. Rosamund scheinbar auch nicht, denn sie blieb abrupt stehen und starrte ihren Mann an.

„Fahr fort", forderte Konrad.

Anneliese räusperte sich. „Es gibt, wie gesagt, eine weitere Person, die ein Motiv hat, Inga umzubringen. Eine Person, die in finanzielle Schwierigkeiten geraten ist. Eine Person, die Schulden hat. Hohe Schulden."

Alle Blicke wandten sich Marius zu. Als er das registrierte, hob er seine Hände in einer Verteidigungshaltung. „Heeee. Was guckt ihr mich an? Ich habe keine Geldprobleme."

Anneliese nickte. „Das stimmt. Marius ist nicht die besagte Person. Inga wusste von den Schulden, weil sie dieser Person Geld geliehen hatte."

Loni schluckte. Das, was jetzt kam, war reine Spekulation. Beweise hatten sie für ihre Theorie keine.

Ihre Freundin fuhr fort. „Sie hatte mit dieser Person ein Treffen auf dem Turm verabredet, um sie zu überzeugen, vor der Hochzeit alles zu gestehen. Bevor sie vor den Altar treten würde."

Nun wandten sich alle Köpfe Constanze zu. Die stieß nur ein verächtliches Schnauben aus.

Dann ging alles ganz schnell.

Kapitel 38

Fred sprang auf und warf dabei seinen Stuhl um. Rosamund stieß einen Schrei aus. „Fred nein! Ich war es doch!" Sie machte Anstalten, ihn an seinem Jackett festzuhalten, aber er riss sich los und hechtete zum Fenster. Julius war so geistesgegenwärtig und schubste Jupps Rollator in dessen Laufrichtung. Fred kam ins Straucheln. Für einen Moment schien es, als könnte er sich wieder fangen. Anneliese reagierte blitzschnell und warf sich auf seinen Rücken. Beide landeten unsanft auf dem Boden, sie etwas weicher, da sie auf Fred zu liegen kam. Jemand griff sie sanft am Arm und half ihr, sich wieder aufzurichten. Erich. Julius fixierte Fred. Doch der schien jeden Widerstand aufgegeben zu haben. Willenlos ließ er sich auf die Füße stellen und in einen Sessel bugsieren. Julius bedeutete Erich, ihn im Auge zu behalten und ging ein paar Schritte in die Ecke der Bibliothek, wo er leise in sein Smartphone sprach.

Konrad stand auf und sah seinen Sohn fassungslos an. „Fred, was soll das?", fragte er mit stockender

Stimme.

Anneliese kam es vor, als beobachtete sie eine Filmszene. Fred antwortete seinem Vater nicht, er hockte mit hängendem Kopf auf seinem Sessel. Rosamund stand mit hängenden Schultern daneben und schüttelte unablässig den Kopf. Constanze saß wie versteinert auf ihrem Platz und starrte ihren Verlobten mit unergründlicher Miene an. Marius begann laut zu lachen. Claudine und Nanette wechselten ratlose Blicke. Adele saß mit unbewegtem Gesicht kerzengerade auf dem Sofa, klopfte mit ihrem Gehstock allerdings ein schnelles Stakkato auf den Boden. Loni war bei Freds Sprung zum Fenster mit einem kleinen Schreckensschrei aufgesprungen und ein paar Schritte nach vorn getreten. Nun stand sie wie zur Salzsäule erstarrt mitten im Raum.

Anneliese fühlte eine tiefe innere Ruhe in sich. Sie hatten recht gehabt. Freds Fluchtversuch war praktisch ein Geständnis. Der Rest dürfte nun ein Kinderspiel werden.

Konrad wandte sich ihr zu. „Erfahren wir jetzt endlich, was hier los ist?" Seine Stimme hatte wieder an Festigkeit gewonnen.

Julius, der sein Telefonat beendet hatte, war nach vorn getreten und überließ Anneliese mit einer Geste das Wort.

„Wo war ich stehen geblieben? Ach ja, ich sprach von einer Person, die Schulden hat, von denen Inga wusste."

Alle Augen wandten sich Fred zu. Anneliese nickte. Mit einmal kehrte die Aufregung zurück. Alles, was sie im Folgenden von sich geben würde, waren Mutmaßungen, die sie zum jetzigen Zeitpunkt nicht beweisen konnten. Sie betete im Stillen, dass sie und Loni alle Fakten bedacht und korrekt kombiniert hatten. „Fred hat Spielschulden, hohe Schulden. Um diese zu begleichen, hat er sich Geld bei Inga geliehen. Doch das genügte irgendwann nicht mehr. Als auch Ingas Kapital nicht ausreichte, hat er Gelder der Brauerei veruntreut."

Konrad sog bei diesen Worten scharf die Luft ein.

„Inga, die sowohl mit Constanze als auch mit Fred befreundet war, war nicht länger bereit, seine Schulden und seinen Betrug vor ihrer Freundin zu verheimlichen", fuhr Anneliese fort. „Sie hat ihn bestürmt, seiner Verlobten vor der Vermählung reinen Wein einzuschenken, andernfalls würde sie es tun."

Sie warf bei ihren Worten einen Blick auf den Beschuldigten, doch der schien gar nicht zuzuhören. Er saß völlig unbeteiligt, mit gesenktem Kopf auf seinem Sessel.

Anneliese redete weiter. „Doch Fred weigerte sich und es kam zum Streit und – so unsere Vermutung – zu einem Stoß, der zum Sturz führte."

„Das ist doch lächerlich!" Constanze hatte sich erhoben und funkelte Anneliese wütend an. „Ich weiß von Freds Spielsucht. Er arbeitet daran und wir werden das Problem schon in den Griff bekommen. Außerdem: Fred ist mir seit Ingas Tod nicht mehr von der Seite gewichen, weil er dachte, ich sei das eigentliche Opfer und schwebe in Gefahr. Warum sollte er das tun, wenn er selbst es war, der Inga vom Turm gestoßen hat?"

„Ein berechtigter Einwand", ergänzte Konrad.

Anneliese nickte. „Das war ein äußerst cleverer Schachzug von Fred. Mit ein Grund, weswegen wir ihm lange Zeit nicht auf die Schliche gekommen sind."

„Und warum musste Cornelia sterben?", ergriff Marius das Wort. Seine Stimme klang seltsam dünn.

„Hier kann ich nur Vermutungen anstellen, aber nachdem, was wir herausgefunden haben, hat es sich wahrscheinlich so zugetragen: Cornelia hat gesehen, wie Fred morgens Richtung Rosengarten gegangen und ein paar Minuten später aufgewühlt zurückgekehrt ist. Als Ingas Leiche gefunden wurde, hat sie eins und eins zusammengezählt."

„Warum ist sie mit dieser Information nicht zur Polizei gegangen?", wollte Konrad wissen.

„Weil sie es anderweitig eingesetzt hat. Sie hat Fred damit erpresst, denn sie brauchte Geld. Ihr Traum war es, ein eigenes Restaurant zu eröffnen."

Marius barg bei dieser Aussage sein Gesicht in den Händen.

„Cornelia erwähnte Dimitri, dem Koch, gegenüber, dass sie einen neuen Geschäftspartner aufgetan habe und Dimitri nun einstellen und bezahlen könne."

„Und dieser neue Partner war Fred?" Nanette sah sie mit aufgerissenen Augen an.

„Nun, ich würde ihn nicht direkt als Geschäftspartner bezeichnen. Er sollte nur das Geld liefern. Das er allerdings nicht hatte, denn er ist, wie gesagt, hoch verschuldet. Was Cornelia natürlich nicht wissen konnte."

„Also hat er nicht nur Inga, sondern auch Cornelia auf dem Gewissen?" Marius drehte sich um und starrte seinen Bruder an.

Als er wieder nach vorn blickte, sah Anneliese seine Miene, die von Ekel verzerrt war. „So ist es. Fred ist der

Täter. Der Tod von Inga war kein vorsätzliches Verbrechen, sondern ein Unfall, doch der Mord an Cornelia war kaltblütig geplant und durchgeführt."

„Mein Junge, ist das wahr?" Konrads Stimme klang seltsam leer und kraftlos.

Fred hob den Kopf, sah seinem Vater kurz in die Augen, nickte und senkte sein Haupt wieder, ohne einen Ton von sich zu geben. Rosamund stand mit bleichem Gesicht wie versteinert neben dem Stuhl ihres Mannes.

In dem Moment klopfte es an die Tür der Bibliothek und nach einem ‚Herein' von Julius trat Meierle in Begleitung von zwei uniformierten Beamten ein.

Meierle deutete mit dem Zeigefinger auf Fred, die Polizisten griffen ihm rechts und links unter die Arme und führten ihn ab, gefolgt vom Kommissar.

Constanze streckte die Hand nach ihm aus, doch Fred ignorierte sie.

Als sich die Tür hinter der Gruppe schloss, blieb eine sprachlose Familie von Thalheim zurück.

Kapitel 39

„Nun gib es schon zu, ohne unsere Hilfe hättet ihr den Fall nicht so schnell gelöst. Womöglich nie!" Jupp sah Anneliese herausfordernd an.

Die runzelte die Stirn, lenkte aber ein: „Ich gebe zu, ihr habt ein paar wertvolle Hinweise zur Aufklärung der Todesfälle geliefert."

Jupp lehnte sich zufrieden grinsend in seinem Stuhl zurück. In dem Moment betrat eine neue Kellnerin, der Ersatz für Cornelia, mit einem großen Tablett die Terrasse.

Dort hatten sich neben Anneliese und Jupp, auch Loni, Willi, Erich, Julius und Emma versammelt. Die Familie von Thalheim war am Morgen überstürzt abgereist, nachdem Fred gestern verhaftet worden war.

„Da die Hochzeit ausfällt und ich daher nicht in den Genuss komme, das köstliche Eierlikör-Tiramisu noch einmal zu essen, habe ich zur Feier des Tages eine Runde für alle bestellt." Anneliese leckte sich die Lippen. „Das haben wir uns nach den anstrengenden Ermittlungen und der nervenaufreibenden Überführung des Täters redlich verdient, würde ich sagen."

„Da stimme ich dir uneingeschränkt zu." Willi rieb sich erwartungsvoll die Hände. „Das sieht köstlich aus."

Nachdem die Kellnerin jedem ein Dessertschälchen vor die Nase gestellt hatte, löffelten sie für ein paar Minuten schweigend. Jupp war der Erste, der sich in seinem Stuhl zurücklehnte und sich mit einer Serviette den Mund abtupfte. „Gott, war das lecker! Könnte ich jeden Tag essen."

„Dann wärst du bald nicht mehr in der Lage, mit deinem Rollator durch Mühlbach zu kurven", neckte ihn Anneliese.

Jupp zuckte grinsend die Schultern. „Das wäre es mir wert." Er rieb sich mit einem zufriedenen Grinsen den Bauch. „Da wir nun alle gestärkt sind, habe ich ein paar Fragen zur Aufklärung der Mordfälle." Er richtete sich wieder ein wenig auf. „Woher wusstet ihr, dass Constanze keine Waise ist?"

Loni schob ihr leeres Dessertschälchen ein Stück von sich und erklärte: „Ich habe zufällig ihre Mutter hier am Teich getroffen. Zu dem Zeitpunkt wusste ich nicht, wer sie ist. Sie sagte nur, sie wolle ihre Tochter Conny besuchen. Ich dachte, sie meinte die Kellnerin. Conny ist schließlich eine gebräuchliche Abkürzung für Cornelia. Erst sehr viel später fiel mir auf, dass Conny auch eine Abkürzung von Constanze sein kann. Da habe ich zum ersten Mal in Betracht gezogen, dass die Frau am Teich Constanzes Mutter sein könnte."

„Und wie kamst du von der Ahnung zur Gewissheit?" Willi beugte sich gespannt nach vorn.

„Das ist Julius' Verdienst. Magst du erzählen?" Loni

wandte sich an ihren Freund.

„Nachdem Loni mir von ihrem Verdacht erzählt hat, habe ich über meine beruflichen Beziehungen Nachforschungen beim Einwohnermeldeamt angestellt. Da war schnell klar, dass Constanzes Eltern noch leben."

„Ich verstehe nicht, warum sie ihre Familie unbedingt vor Fred verheimlichen wollte?" Willi zog seine Nase kraus und schüttelte den Kopf.

„Vermutlich, weil sie in den Augen von Rosamund nicht standesgemäß ist. Je näher die Hochzeit rückte, umso klarer wurde Constanze, wie sehr Fred unter der Fuchtel seiner Mutter stand. Sie hatte Angst, ihre baldige Schwiegermutter könnte ihrem Sohn ihre Bedenken einimpfen. Umso größer Rosamunds Vorbehalte gegen die Hochzeit wurden, umso entschlossener versuchte Constanze, ihre wahren Familienverhältnisse vor ihrem Verlobten und seiner Familie geheim zu halten." Anneliese kratzte die letzten Reste Tiramisu aus ihrem Schälchen.

„Ich vermute, sie hat sich außerdem für ihre Herkunft geschämt", spekulierte Loni.

„Wieso das?" Willi griff nach der Wasserkaraffe und goss sich ein.

„Ihr Vater sitzt wegen Betrugs im Gefängnis", erklärte Julius.

„Das sollte doch heute keine Rolle mehr spielen. Da kann das Kind doch nichts für." Willi schüttelte den Kopf.

„Für die von Talheims ist der Stammbaum durchaus von Bedeutung. Und Rosamund konnte Constanze sowieso nicht leiden. Da wollte sie mit der kriminellen

Vergangenheit ihres Vaters nicht weiter in deren Achtung sinken", versuchte Erich, ihr Verhalten zu erklären.

„Aber Inga wusste Bescheid?", wollte Jupp wissen.

Julius nickte. „Laut Constanzes Aussage war Inga bekannt, dass sie keine Waise ist. Sie hat ihre Mutter sogar gekannt. Daher auch der Brief, den Anneliese gefunden hat. Den hat Constanzes Mutter an Inga geschickt, mit der Bitte, ein gutes Wort für sie bei ihrer Tochter einzulegen. Das hat sie auch versucht. Allerdings vergeblich."

„Und warum hatte Constanze den Brief, wenn er doch an Inga gerichtet war?" Jupp runzelte die Stirn.

„Constanzes Bericht nach, hat Inga ihn ihr zum Lesen gegeben, um sie zu überzeugen, ihre Mutter zu der Feier einzuladen. Constanze hat ihn zerrissen und weggeworfen. Oder zumindest einen Teil. Das noch ein Stück des Briefes in ihrer Tasche steckte, wusste sie nicht."

„Die arme Mutter. Von der Hochzeit der eigenen Tochter ausgeladen zu werden, stelle ich mir schlimm vor." Emma drehte ihre leere Dessertschüssel zwischen den Händen. „War Constanze deswegen so erpicht darauf, die Hochzeit trotz Ingas Tod durchzuziehen?"

„Vermutlich." Loni legte ihre Stirn in Falten. „Ihr war klar, dass sie ihre Herkunft nicht ewig geheim halten konnte. Sie hatte wahrscheinlich Angst, dass Fred, sollte er die Wahrheit über ihre Eltern erfahren, im letzten Moment noch einen Rückzieher machen könnte."

„Mich interessiert aber noch etwas anderes." Willi stützte sich mit den Ellbogen auf dem Tisch ab. „Wie seid ihr letztlich auf Fred gekommen? Er war von allen für mich am wenigsten verdächtig."

„Stimmt", pflichtete Emma ihm bei. „Ihn hatte ich

auch nicht auf dem Schirm. Mit seiner unterwürfigen, leicht trotteligen Art hätte ich ihm einen Mord niemals zugetraut. Und nach Ingas Tod war er ständig so besorgt um Constanze." Sie schüttelte sich.

„Sein Entsetzen beim Auffinden der Leiche und später sein übertriebener Beschützerinstinkt gegenüber Constanze waren ein cleverer Schachzug von ihm. Er ist eben ein guter Schauspieler. Im Grunde spielt er zeit seines Lebens eine Rolle: die des angepassten Sohnes und des ergebenen Liebhabers. Wann ist er einfach mal er selbst?" Anneliese zog ihre Augenbrauen nach oben.

„Seine Angst um Constanze war einerseits clever, andererseits war es genau das, was mich später stutzig gemacht hat", warf Loni ein. „Ich habe mich zwei Tage nach dem Mord mit ihm auf der Hotelterrasse unterhalten. Als er Constanze kommen sah, sprang er sofort auf, mit den Worten: Ich habe dich überall gesucht. Das stimmte aber nicht. Als ich auf die Terrasse kam, saß er schon dort. Er war nicht auf der Suche. Wir haben sicherlich eine halbe Stunde geredet. Wenn er sich wirklich Sorgen um seine Verlobte gemacht hätte, hätte er nicht so ruhig bei mir gesessen. In dem Moment ist mir das nicht aufgefallen. Erst später, als Finn verschwunden ist und ich Nicks Sorge um seinen Sohn gesehen habe, kam mir die Szene wieder in den Sinn."

„Ihr sagt, ihr traut Fred keinen Mord zu. Was wir nicht vergessen dürfen: Der erste Todesfall war kein geplanter Mord, sondern ein Unfall, wenn wir seiner Aussage Glauben schenken", ergänzte Anneliese.

„Tun wir das denn?" Willis Stimme klang skeptisch.

„Ich ja. Wie wir schon mal festgestellt haben: Der

Turm ist nicht so hoch, dass man bei einem vorsätzlichen Mord sicher sein kann, dass das Opfer stirbt", erklärte Loni.

„Fred hat ausgesagt, dass er morgens zum Turm ging, um in Ruhe mit Inga zu reden. Er wusste von Constanze von dem Fotoshooting und hat sich dort mit ihr verabredet. Inga hatte ihm ein Ultimatum gestellt: Wenn er nicht bis abends seine Verlobte und seine Eltern über die Veruntreuung des Firmenvermögens und seine hohen Schulden aufklären würde, würde sie das tun. Es kam zum Streit. Fred packte Inga an den Schultern. Sie riss sich los, ging nach hinten, stolperte und fiel rücklings über die niedrige Brüstung. Er lief sofort nach unten, um nach ihr zu sehen, stellte aber fest, dass sie tot war. In Panik sei er davongerannt." Julius blickte nachdenklich vor sich auf den Tisch.

„Und der Mord an der Kellnerin? Das war ja wohl kein Unfall, sondern eine vorsätzliche Tat." In Emmas Stimme schwang Empörung mit.

„Das stimmt. Fred hat ihr die Schlaftabletten, die er vorher seiner Mutter gestohlen hatte, ins Essen gemischt. Der Mord an ihr war Mittel zum Zweck. Laut seiner Aussage hat sie ihn mit den Worten ‚Ich weiß von dir und Inga' aufgefordert, in ihr Projekt zu investieren", erklärte Julius.

Jupp stieß einen tiefen Seufzer aus. „So richtig kann ich das immer noch nicht glauben. Der Fred, der als kleiner Junge auf meinem Schoß saß, soll zwei Frauen umgebracht haben?"

Sein Freund Willi legte ihm tröstend eine Hand auf die Schulter. „Man weiß nie, wie Menschen reagieren, wenn sie sich in die Enge gedrängt fühlen."

„Wusste denn Rosamund, dass Fred der Täter ist? Oder warum hat sie sonst ein falsches Geständnis abgelegt?" Emma zog ihre Nase kraus und rieb sich mit dem Zeigefinger darüber.

„Ja. Sie hat erst die Aussage verweigert, aber nachdem Fred alles gestanden hat, hat sie zugegeben, dass ihr die Tabletten, die sie tatsächlich aus Ingas Praxis mitgenommen hatte, gestohlen worden waren", erklärte Julius.

„Und sie hatte sofort ihren Sohn im Verdacht?" Willi verschränkte die Arme vor der Brust.

„Fred wusste, dass sie Schlaftabletten dabeihat. Er hat sie einmal gesehen, als sie welche genommen hat." Julius griff nach seinem Wasserglas und trank einen Schluck.

„Also wusste Fred von ihrer Sucht? Ich dachte, die hat sie vor allen verheimlicht." Emma kratzte mit einem Löffel die Reste aus ihrem Dessertschälchen.

Julius schüttelte den Kopf. „Beide sagen übereinstimmend aus, dass er es nicht wusste. Rosamund hat ihm erzählt, sie nehme sie nur hier, weil sie in fremden Betten so schlecht schlafe. Als ihre Schlaftabletten fehlten und bekannt wurde, dass Cornelia an einer Überdosis gestorben ist, hatte sie sofort Fred im Verdacht. Sie hat ihn am Morgen von Ingas Tod im Foyer gesehen. Er war wohl recht aufgewühlt. Damals hat sie sich nichts dabei gedacht. Erst nach Cornelias Tod und den verschwundenen Schlaftabletten hat sie eins und eins zusammengezählt."

„Aber Fred musste doch klar sein, dass seine Mutter nach Cornelias Tod ahnen würde, dass er der Täter war." Emma sah Julius fassungslos an.

„Vermutlich schon. Er hat darauf vertraut, dass seine Mutter ihn schützen würde. Was sie ja auch getan hat", mutmaßte Loni.

„Trotzdem ist mir noch nicht klar, wieso ihr euch auf Fred eingeschossen habt." Emma runzelte die Stirn. „Constanze hat doch auch etwas vor Fred verheimlicht, von dem Inga wusste. Sie hätte ihre Freundin aus den gleichen Gründen wie Fred töten können."

„Hier spielten mehrere Faktoren eine Rolle, die uns an Fred als Schuldigen glauben ließen. Zum einen der schon erwähnte, übertriebene Beschützerinstinkt, den er an den Tag gelegt hat. Constanze hat dagegen keinen Hehl daraus gemacht, wie wenig sie Ingas Tod kümmert, und ihr war es auch egal, ob sie dadurch verdächtig wirkt. Gerade diese Unbekümmertheit hat mich an ihre Unschuld glauben lassen", wandte sich Loni an ihre Enkelin.

Anneliese nickte. „Punkt zwei: Die Veruntreuung in der Brauerei. Das konnte nur jemand sein, der Zugang zu sensiblen Bereichen des Unternehmens hat. Hier kamen Konrad, Fred und vielleicht noch Marius und Rosamund infrage. Verschiedene Indizien haben uns auf Freds Fährte geführt. Zum einen haben Claudine und Nanette erwähnt, dass er früher mal Online-Poker gespielt hat, und als ich sein Zimmer durchsucht habe, habe ich ein Poker-Handbuch auf seinem Schreibtisch gefunden."

„Und ich habe ihn beobachtet, wie er mit einem Mann gesprochen hat, der vermutlich ein Geldeintreiber war", fügte Loni hinzu.

„Wenn ihr das alles so erzählt, klingt es wirklich total logisch und ich frage mich, warum ich nicht selbst draufgekommen bin." Emma verzog ihren Mund zu einem schiefen Grinsen.

„Vergiss nicht, die einzelnen Puzzlestücke kamen erst nach und nach ans Licht. Jedes für sich hatte wenig Aussagekraft. Erst zusammengenommen ergeben sie ein schlüssiges Bild", erklärte Loni.

„So traurig. Was als eine Feier der Liebe geplant war, ist in einer Tragödie mit zwei Toten geendet." Emma schüttelte sich.

Für einen Moment schwiegen alle, jeder in seine Gedanken vertieft.

„Nanu, was macht die denn hier?", brach Anneliese das Schweigen und deutete mit dem Kinn Richtung Hoteleingang. Kommissarin Göktan stand dort und sah sich suchend um.

Sie kam an ihren Tisch. „Ah, da ist ja die ganze Truppe versammelt. Der Fall ist abgeschlossen, der Täter geständig und in Untersuchungshaft. Nicht zuletzt dank Ihnen."

Anneliese tauschte bei diesem unerwarteten Lob einen schnellen Blick mit Loni.

„Ich möchte mich für Ihre Mithilfe bedanken, auch wenn ich noch einmal betonen muss, dass ich Ihr Vorgehen nicht gutheißen kann. Aber Sie haben entscheidend zur Lösung des Falles beigetragen. Daher. Vielen Dank." Göktan nickte kurz und verließ die Terrasse auf demselben Weg, auf dem sie gekommen war.

„Entscheidend zur Lösung beigetragen, ist ja wohl

ein wenig untertrieben. Wir haben den Fall doch im Alleingang gelöst!" Anneliese schnaubte.

„Sehe ich genauso." Willi nickte. „Ohne uns würde die Polizei noch heute im Dunkeln tappen."

„Ja, das hat Spaß gemacht." Jupp grinste, doch im nächsten Moment verdüsterte sich seine Miene. „Wobei ich Fred eine solche Tat nie zugetraut hätte. Er war immer so ein lieber, zurückhaltender Junge …" Er verstummte.

Willi legte seinem Freund tröstend eine Hand auf die Schulter. „Jetzt freuen wir uns erst mal wieder auf unser schönes Mühlbach. Wer weiß, vielleicht wartet dort schon der nächste Todesfall auf uns." Er zwinkerte Anneliese zu.

Die machte daraufhin ein derart schockiertes Gesicht, dass alle Anwesenden in lautes Lachen ausbrachen.

Willi knuffte sie in die Seite. „Keine Angst, war nur Spaß. Von unnatürlichen Todesfällen hatten wir in letzter Zeit genug, oder? Jetzt wollen wir alle unseren Lebensabend in Ruhe und Frieden genießen."

„Zumindest für ein paar Wochen." Jupp kicherte. „So ganz ohne Verbrechen wird es doch langweilig in Mühlbach."

Eierlikör-Tiramisu

Dieses Mal gibt es kein Rezept unserer leidenschaftlichen Bäckerin Loni, sondern von Anneliese.
Das Eierlikör-Tiramisu im Hotel ‚Zum Räuberherz' hat sie dermaßen begeistert, dass sie zu Hause so lange herumexperimentiert hat, bis es ihr genauso gut gelungen ist.
Euch verrät sie das Rezept für dieses köstliche Dessert natürlich auch.

Zutaten

- 1 Schokoladen-Biskuitboden (Loni würde ihn natürlich selbst backen, aber Anneliese behilft sich mit einem Fertigboden aus dem Supermarkt)
- 125g Mascarpone
- 350g Quark
- 30g Puderzucker
- Saft und abgeriebene Schale einer Bio-Orange
- 1 Vanilleschote
- 1 Tafel Bitterschokolade (Anneliese schwört auf 80 Prozent Kakaoanteil), geraspelt
- 2 Pfirsiche (im Sommer frisch, ansonsten aus der Dose)
- Eierlikör

So geht's

Den Boden eurer Dessertform mit dem Biskuitboden auskleiden. Mit ca. 4 EL Eierlikör bestreichen.

Den Quark mit dem Handmixer cremig schlagen. Mascarpone, Puderzucker, Orangensaft, den Abrieb der Schale und das Mark der Vanilleschote unterrühren.

Etwa die Hälfte der Masse auf dem Biskuitboden verteilen.

Die Pfirsiche in kleine Würfel schneiden und auf der Mascarponecreme verteilen.

Die restliche Creme darüberstreichen, ca. 5 EL Eierlikör vorsichtig darüber gießen und mit den Schokoladenraspeln bestreuen.

Für mindestens 2 Stunden kaltstellen und dann – genießen!

Danksagung

Liebe Leser*innen,

wäre ich allein dafür verantwortlich, dass ihr heute dieses Buch in den Händen haltet, weiß ich nicht, ob ich bis zum Ende durchgehalten hätte. Doch zum Glück habe ich eine Vielzahl wundervoller Menschen an meiner Seite, die mich auf dem Weg von der ersten Idee hin zum fertigen Buch unterstützen.
An erster Stelle möchte ich euch, meinen lieben Leser*innen, von Herzen danken. Ohne eure Begeisterung und Unterstützung würde ich nicht hier stehen und die Danksagung für den dritten Band von Loni und Anneliese schreiben. Es erfüllt mich mit unendlicher Freude, dass ihr die Abenteuer der beiden so gerne lest, kauft, verschenkt und weiterempfehlt. Euer Enthusiasmus hat meinen Traum wahr werden lassen, und manchmal kann ich es immer noch kaum glauben.
Ein ganz besonderer Dank gilt den drei wunderbaren Frauen, die mich seit dem ersten Buch begleiten: meiner Lektorin Michaela, die Loni und Anneliese ebenso sehr ins Herz geschlossen hat wie ich und ihrer Geschichte den letzten Schliff verpasst hat; meiner Korrektorin Ilka, die ein wandelnder Duden zu sein scheint und akribisch alle Fehler aufspürt, und meiner Coverdesignerin Laura, die mir erneut ein wunderbares Cover gezaubert hat, das sich perfekt in die Reihe einfügt.
Auf meine Instagram-Community ist stets Verlass, wenn ich auf der Suche nach passenden Namen für Figuren oder Ähnliches bin. Danke, dass ihr so viele tolle

Namensvorschläge für das Romantikhotel beigesteuert habt. Die Entscheidung ist mir wirklich sehr schwergefallen.

Ein dickes Dankeschön gebührt auch meinen Buchblogger*innen, die teilweise schon seit dem ersten Band an meiner Seite sind und mit viel Liebe und Herzblut meine Bücher auf den verschiedenen sozialen Kanälen vorstellen und bewerten.

Darüber hinaus danke ich meinen „Informanten" bei der Polizei, die ich jederzeit mit Fragen löchern darf und die mir geduldig die einzelnen Abläufe beim Auffinden einer Leiche erklären.

Ein herzliches Dankeschön geht an meine Autorenkolleg*innen, die mir sowohl in der virtuellen als auch in der realen Welt begegnen. Ihr habt stets ein offenes Ohr für meine Anliegen und der Austausch mit euch ist für mich von unschätzbarem Wert.

Zu guter Letzt möchte ich meiner Familie meinen tiefsten Dank aussprechen. Ihr seid immer für mich da, hört mir geduldig zu, wenn ich an meine Grenzen stoße, und gebt mir die Inspiration, die mich voranbringt. Danke, dass ihr meine Launen ertragt, wenn es kurz vor der Abgabe des Manuskripts oder vor der Veröffentlichung hektisch wird.

Euch allen bin ich unendlich dankbar. Ohne eure Unterstützung wäre dieses Buch nicht möglich gewesen.

Von Herzen Danke

Weitere Fälle von Loni & Anneliese:

Eierlikör	Eierlikör
&	&
Todesschüsse	Giftmischerei

Die unerschrockenen Rentnerinnen Loni und Anneliese gehen im verschlafenen Hunsrückdörfchen Mühlbach auf Mörderjagd und lösen mit Charme, Witz und Scharfsinn den Fall um eine erschossene Frau im Wald.

In ihrem zweiten Fall lösen die Freundinnen Loni und Anneliese einen mysteriösen Todesfall in ihrer Theatergruppe und geraten dabei selbst ins Visier der Polizei

Printed in Great Britain
by Amazon